rororo

Von Susanna Calaverno erschienen bisher «Die Schule der Sinne» (rororo 24047), «Fantasien in Samt und Seide» (rororo 24397) und «SIE sucht IHN» (rororo 24665).

Susanna Calaverno

Das Hotel

Erotischer Roman

Rowohlt Taschenbuch Verlag

Originalausgabe
Veröffentlicht im Rowohlt Taschenbuch Verlag,
Reinbek bei Hamburg, Juli 2009

Redaktion Gabi Banas
Umschlaggestaltung any.way, Cathrin Günther
(Foto: plainpicture/Stockwerk)
Satz FF Quadraat PostScript (InDesign) bei
Pinkuin Satz und Datentechnik, Berlin
Druck und Bindung Druckerei C. H. Beck, Nördlingen
Printed in Germany
ISBN 978 3 499 24932 7

Kapitel 1

«Puh, war das heute wieder anstrengend!» Veronika strich sich das schweißfeuchte Haar aus der Stirn und atmete heftig, während sie auf die Bank im Umkleideraum zuwankte. Wer ihren straffen, geschmeidigen Körper in dem eng anliegenden Aerobic-Dress bewunderte, wäre nicht im Traum darauf gekommen, dass sie in anderthalb Jahren die magische Zahl von 40 überschreiten würde. Sie hatte sich gut gehalten, wie man so schön sagte: Ihr klassisch geschnittenes Gesicht mit den feinen Zügen ließ keine Rückschlüsse auf ihr Alter zu. Insgeheim hatte sie sich immer ein wenig größere Brüste gewünscht, aber der Wunsch war nie so intensiv geworden, dass sie eine Operation ernsthaft in Betracht gezogen hätte.

Veronika löste das Gummiband, mit dem sie die schulterlangen Haare zu einem Pferdeschwanz zusammengebunden hatte, und beugte sich vor, um ihre honigblonde Mähne auszuschütteln.

«Von nichts kommt nichts!», bemerkte das zierliche Mädchen neben ihr grinsend und stellte einen Fuß auf die Bankkante, während sie ihre blau-weiß gestreiften Beinstulpen abstreifte. «Du hast ja jetzt zwei Monate Zeit, dich zu erholen. Weißt du schon, was du in den Ferien machst?»

Veronika gab keine Antwort. Jenny wusste ja nicht, dass sie

an dies verfluchte Haus gefesselt war. Stumm starrte sie auf die Wand, während das Mädchen achtlos das Top über den Kopf zog und ein Handtuch aus ihrer Sporttasche holte. Den Song, der die letzten Übungen untermalt hatte, vor sich hin trällernd, verschwand sie im angrenzenden Duschraum.

«Du wirkst so bedrückt. Immer noch kein Interessent?», fragte eine üppig ausgestattete Brünette mitfühlend und ließ sich auf die Bank neben Veronika fallen. Ihr leise rollendes «R» verriet die slawische Herkunft.

«Nein, nicht ein einziger seit diesem komischen Vogel aus Liechtenstein», gab Veronika niedergeschlagen zu. «Langsam weiß ich nicht mehr weiter.»

«Die Bank?»

«Sie wollen nicht länger warten. Ach, Mascha, das Leben ist wirklich nicht gerecht!»

Mascha hob die Arme und zog sich das feuerrote Oberteil über den Kopf. «Wem sagst du das!», drang es undeutlich aus dem dicken Baumwollstoff. «Weißt du was? Lass mich schnell duschen, und dann gehen wir einen trinken. Ich hab noch eine halbvolle Flasche Wodka im Tiefkühlfach.»

Veronika unterdrückte ein Schaudern. «Komm lieber mit zu mir», schlug sie rasch vor. «Erwins Weinkeller wartet auf die Vernichtung. Immer, wenn ich einen von seinen kostbaren Weinen trinke, habe ich das schöne Gefühl, dass das das Einzige ist, was ihn tatsächlich wurmt.»

«Na, schön, wenn es dir guttut!» Mascha grinste und nestelte an ihrem Sport-BH. «Hilfst du mir mal?» Veronika den Rücken zudrehend, wartete sie, dass diese ihr half, die Metallhäkchen zu lösen. «Der hat aber auch schon bessere Zeiten gesehen», stellte Veronika fest und konzentrierte sich darauf, den Verschluss zu lösen, ohne sich dabei die Fingernägel abzubrechen.

«Er tut's aber noch», gab Mascha gleichgültig zurück. «Hauptsache, er hält meine Möpse. Weißt du, dass ich manchmal die Frauen beneide, die keinen BH tragen müssen?»

«Und wir beneiden dich!» Jenny stand, in ihr Handtuch gehüllt, neben ihnen und starrte sehnsüchtig auf die üppigen Brüste mit den großen rosenholzfarbenen Warzenhöfen und den dicken Nippeln. «Wow, die Männer müssen dir doch reihenweise zu Füßen liegen!»

«Schön wär's», seufzte Mascha und verschwand in der Dusche.

Der Umkleideraum hatte sich bereits geleert. Bis auf Jenny und Mascha zogen die anderen Frauen das häusliche Badezimmer vor. Es war nicht jedermanns, oder, besser gesagt, jederfraus Sache, in dem gekachelten Geviert ohne jeden Sichtschutz zu stehen. Veronika vermutete stark, dass die beiden das sanitäre Angebot der Turnhalle nutzten, weil es kostenlos war.

«Habt ihr noch was vor, oder warum bist du noch da?», fragte Jenny ungeniert und stieß ihr nasses Handtuch mit dem Fuß zur Seite.

«Wir wollen noch ein Glas Wein zusammen trinken», antwortete Veronika und bückte sich automatisch, um das Handtuch aufzuheben und zusammenzulegen. «Komm doch auch mit!», schlug sie spontan vor und legte das ordentlich zusammengefaltete Handtuch neben sich auf die Bank. «Oder hast du schon eine Verabredung?»

«Mit wem denn?» Jenny schnaubte verächtlich durch die Nase. «Nee, von Kerlen hab ich die Nase voll!»

«Mit wie vielen hast du's denn schon versucht?», fragte Veronika erheitert.

«So zwei, drei», war die vage Antwort.

«Ernsthaft?» Veronika hob fragend die Brauen. «Und was lief schief?»

Jenny verzog das Gesicht zu einer angeekelten Grimasse.

«Weiß auch nicht. Maik war einfach ein Arsch. Erzählt mir, wie sehr er mich liebt, und klaut dann meine Daten. Und der vom Computerclub wollte immer nur ficken.

«Wer will immer nur ficken? Klingt interessant. Hab ich was verpasst?» Von Wasserdampf umhüllt, stand Mascha in der Türöffnung und zwinkerte Veronika mutwillig zu. «Meinst du, sie erzählt uns auch die Details?»

Die Stimme des Hausmeisters, der sich lautstark danach erkundigte, ob noch jemand im Damen-Umkleideraum wäre, trieb Mascha zur Eile an. Kurz darauf stiegen sie zu dritt in den klapprigen Polo, den Veronika gegen den schicken kleinen Sportwagen eingetauscht hatte, weil der den Sprit geradezu zu verdunsten schien.

«HIER wohnst du?» Das ungläubige Staunen von Jenny war so echt, dass Veronika und Mascha einen amüsierten Blick tauschten.

«Es ist weniger toll, wenn man tatsächlich in diesem Kasten wohnen muss!», erwiderte Veronika trocken und schloss auf. «Bitte sehr, hereinspaziert.»

Jenny tapste vorsichtig über den polierten Granit des Eingangsbereichs und blieb erneut stehen, um andächtig alles zu mustern. Es war tatsächlich ein beeindruckender Anblick: Rechts erstreckte sich das, was Einrichtungshäuser gerne als «Wohnlandschaft» anpreisen. Der riesige Seidenperserteppich, der ursprünglich den Mittelpunkt des Ganzen gebildet hatte, war allerdings nicht mehr vorhanden. Sein Verkaufspreis hatte Veronika mehrere Monate lang über Wasser gehalten. An seiner Stelle lag nun ein schlichter Webteppich, aber dieser Stilbruch fiel weder Jenny noch Mascha auf. Staunend fuhren sie über das weiche Büffelleder, mit dem die Sessel und Sofas bezogen waren, bewunderten die Kissen aus dem kostbaren Saristoff, die

Veronika selber genäht hatte, und konnten sich gar nicht sattsehen an der Vitrine, in der die letzten Stücke ihrer Muranoglas-Sammlung im Licht der Halogenstrahler funkelten.

Auf der linken Seite lag der Essbereich, in Pinienholz und italienischem Marmor gehalten. Der riesige Refektoriumstisch stammte aus einem aufgelösten Kloster, erklärte Veronika ihrem andächtigen Publikum. Die passenden Stühle hatte ein Schreiner aus der Umgebung nach Erwins Wünschen angefertigt.

In der Mittelachse, genau gegenüber der Eingangstür, verbargen sich hinter schweren, kunstvoll geschnitzten Türen die Zugänge zur Küche und den Wirtschaftsräumen. Die Treppe ins Obergeschoss schwang sich in elegantem Bogen über den hinteren Teil des Wohnbereichs.

«Das ist ja ein Palast», flüsterte Jenny andächtig. «Darf ich alles sehen?»

Von den acht Zimmern im oberen Stockwerk hatte Veronika in letzter Zeit nur ein einziges bewohnt: ihr ehemaliges Refugium, wie sie es immer genannt hatte. Ursprünglich war es als Zimmer des Hausmädchens gedacht gewesen, aber die Angestellten hatten es stets vorgezogen, in ihren eigenen vier Wänden zu schlafen. Nach Erwins Verschwinden hatte Veronika es in Besitz genommen und es sich langsam, aber sicher nach ihrem Geschmack eingerichtet. In dem großen Schlafzimmer mit den angrenzenden zwei Ankleidezimmern hatte sie es nicht mehr ausgehalten.

Dass er sie nicht mehr liebte, hätte sie akzeptiert. Auch ihre Gefühle für ihn waren nicht mehr sehr tief gewesen. Aber dass er in dieser letzten Nacht so mit ihr gespielt hatte, das schmerzte immer noch. Sie erinnerte sich an jedes Detail, als sei es gestern gewesen. Wenn sie die Augen schloss, lief immer wieder der Film ab.

Im Unterschied zu sonst war Erwin ausnehmend guter Laune

gewesen, als er, «Volare» vor sich hin summend, zur Tür hereingekommen war. «Hattest du einen guten Tag?» Angezogen von seiner Heiterkeit, wandte sie sich ihm spontan zu, um ihn leicht auf die Wange zu küssen. Er duftete nach einem neuen Aftershave. Und er strahlte etwas aus, das sie an den alten Erwin erinnerte. Etwas, das schon lange verschwunden war.

«Neues Rasierwasser?», murmelte sie.

«Hmm ...» Sein Mund suchte ihren, und seine Hände fuhren mit der Vertrautheit jahrelanger Intimität unter ihren Pullover, streichelten ihre weiche Haut, glitten unter den BH, suchten und fanden ihre empfindlichen Brustwarzen. Wie eine Fontäne schoss die Erregung in ihr hoch. Ließ sie erschauern. Seine Zunge erkundete ihren Mund, strich über die empfindliche Innenseite ihrer Lippen, drang tiefer ein. Ihre körperliche Reaktion auf ihn verwirrte sie, so hatte sie schon lange nicht mehr empfunden. Vielleicht zu lange. Ein Vibrator kann noch so gut sein, aber er ersetzt keinen Mann aus Fleisch und Blut, dessen heißer, stoßweiser Atem eine ganz eigene Art der Lust in ihr erzeugte. Instinktiv drückte sie ihren Unterkörper an den seinen und stöhnte leise auf. Es war seltsam. Aber dieser unerklärliche Magnetismus, der an diesem Abend von ihm ausging, zog sie unwiderstehlich an.

Ohne sich dessen bewusst zu sein, stahlen ihre Hände sich an seinen Hosenbund, nestelten hektisch am Reißverschluss, betasteten seine harte Erregung. «Lass uns nach oben gehen», flüsterte er heiser und drängte sie sanft Richtung Treppe.

Schon im Flur zog er ihr den Pullover über den Kopf und öffnete ihr den BH. Beides blieb unbeachtet liegen, während sie gar nicht schnell genug die restliche Kleidung abstreifen konnte. Ohne Rücksicht auf die Knöpfe, riss Erwin sich das Hemd herunter, stand mit nacktem Oberkörper vor ihr, während er mit vor Hast unsicheren Händen seine Hose öffnete. Veronika starrte ihn gierig an. Beobachtete das Spiel seiner Muskeln. Sein Körper wirkte auf sie wie eine Droge: Sie wollte ihn so sehr, dass sie sich auf die Lippe beißen musste, um ihn nicht zur Eile anzutreiben, endlich den harten Penis, der dick aus dem Busch dunklen Schamhaars aufragte, in sie zu stoßen.

In stummer Bitte streckte sie die Arme nach ihm aus, aber er schüttelte leicht den Kopf und setzte sich auf die Bettkante. «Ich möchte, dass du ihn in den Mund nimmst. Bitte!», fügte er leise, aber bestimmt hinzu, als er ihr offensichtliches Zögern registrierte.

Dieses «Bitte!» war es, das Veronika dazu bewegte, vor ihm niederzuknien und geradezu ängstlich ihr Gesicht der purpurroten Eichel zu nähern. Von seinen Lenden stieg ein moschusartiger Geruch auf. Animalisch und aufregend zugleich. Bisher hatte Veronika sich immer geweigert, seinen Penis in den Mund zu nehmen, aber diesmal war es anders.

Alles war anders.

«Wenn du ihn mit den Händen unten am Schaft hältst, kannst du mich kontrollieren», meinte Erwin ermutigend. «Pack einfach zu, er hält das schon aus.» Tatsächlich fand sie mehr und mehr Gefallen daran, wie er sich anfühlte. Unter der samtigen Haut spannten sich feste Muskeln. An einigen Stellen spürte sie das Blut in den dicken Adern an der Oberfläche pulsieren. Zunehmend mutiger, begann sie, die Hände auf und ab zu bewegen. Beobachtete fasziniert, wie die Haut am Eichelrand vor- und zurückglitt. An der Eichelspitze, mitten in der Furche, sammelte sich ein glasklares Tröpfchen, und intuitiv senkte sie den Kopf, um es mit der Zungenspitze aufzunehmen.

Es schmeckte leicht salzig. Neugierig leckte sie weiter, fuhr mit der Zunge über die seidig-kühle Eichelspitze, testete dann die leicht gefurchten Seiten, den vorspringenden Eichelrand. Und dann senkte sie in einer einzigen Bewegung ihren Kopf über Erwins Penis und nahm ihn ganz in ihren Mund. Lautes, gutturales Stöhnen signalisierte ihr, dass sie das Richtige tat.

Seine Erregung riss sie mit. Ihre Lippen immer noch fest um den Schaft geschlossen, löste sie eine Hand, um ihre wie verrückt pochenden Schamlippen zu streicheln. Feucht und prall schmiegten sie sich an ihre Finger, schienen nach mehr zu verlangen. Zwei Hände, die ihren Kopf umfassten, forderten energisch ihre Aufmerksamkeit zurück. Erwin stöhnte jetzt lustvoll, während er ihren Kopf mit den Händen dirigierte, ihr seinen Rhythmus vorgab. Die Eichel schwoll tatsächlich noch ein wenig an, und die dicke Ader unter ihrer linken Hand fühlte sich an wie ein lebendiges Wesen unter der Haut, das verzweifelt hin und her zuckte.

In der verschwommenen Wahrnehmung ihres eigenen Verlangens, völlig auf die neuartigen Reize konzentriert, die ihre Sinne gefangen nahmen, achtete sie nicht auf die Anzeichen. Die Explosion überraschte sie so, dass sie nicht einmal daran dachte, ihren Kopf zurückzureißen. Heißes Sperma ergoss sich plötzlich in ihren Mund, rann ihre Kehle hinunter. Als sie endlich begriff, was gerade geschehen war, war es zu spät. Erstaunt stellte sie fest, dass es nicht so schlimm war, wie sie immer befürchtet hatte. Eigentlich war es überhaupt nicht schlimm. Warum nur hatte sie sich stets so strikt geweigert?

Sie schluckte die leicht bittere Flüssigkeit hinunter und löste langsam und behutsam die Lippen, mit denen sie die Eichel fest umschlossen hatte. Als sie zu Erwin aufsah, lächelte er mit einem seltsamen Ausdruck auf sie herab. Für einen kurzen Augenblick schien es geradezu triumphierend, wie er sie, die immer noch zwischen seinen gespreizten Schenkeln kniete, unter halb geschlossenen Augenlidern hervor betrachtete. Dann war der Ausdruck verschwunden, machte einer Art von Bestürzung Platz.

«Tut mir leid, Schatz. Du warst einfach zu gut, ich hab's nicht mehr zurückhalten können.»

«Das macht doch nichts», gurrte Veronika und erhob sich geschmeidig, während sie ihren nackten Körper verführerisch an seinem rieb. «Du könntest dich ja revanchieren.»

«Würde ich liebend gerne, aber ich muss noch mal ganz kurz weg.» Er hauchte ihr einen Kuss auf die Schläfe und schob sie dann entschieden von sich. «Blöd von mir, aber ich hab was Wichtiges vergessen. Wenn ich wiederkomme, bist du dran. Versprochen!»

Die Enttäuschung ernüchterte sie wie ein kalter Wasserguss. «Nein, lass mich schlafen», sagte sie und hörte selbst, dass ihre Stimme spitz und abweisend klang.

«Na gut, wie du willst. Dann gute Nacht!» Er raffte seine Sachen zusammen und verschwand im Ankleidezimmer, wo sie ihn vergnügt vor sich hin pfeifen hörte. Erbittert verzog sie sich ins Badzimmer und ließ heißes Wasser in die Wanne laufen. Ein heißes Bad und danach der Vibrator müssten wohl wieder einmal als Ersatz genügen.

Dabei wartete die schlimmste Enttäuschung noch auf sie. Natürlich war Erwin in dieser Nacht nicht zurückgekommen. Irgendwie hatte sie das auch nicht erwartet. Was sie dann aber doch überraschte, war die Reaktion seiner neuen Vorzimmerdame am nächsten Tag.

Ihre Kreditkarte war nicht akzeptiert worden, und entsprechend verärgert war sie in die Firma gestürmt. Es war nicht das erste Mal, dass er es versäumt hatte, sie darüber zu informieren, dass er die Bank gewechselt hatte.

«Ist mein Mann da?», fragte Veronika nach kurzer Begrüßung und fand, dass Erwin ruhig eine etwas weniger begriffsstutzige Dame hätte anstellen können als diese, die sie mit offenem Mund und sprachlos vor Erstaunen angaffte. «Kann ich reingehen, oder ist er in einer wichtigen Besprechung?», wiederholte Veronika etwas schärfer.

«A... aber sie sind doch in Südamerika!», stammelte die Frau schließlich und erhob sich halb von ihrem Stuhl, als könne sie nicht glauben, wen sie vor sich stehen sah.

«Unsinn! Wenn ich in Südamerika wäre, stünde ich ja wohl nicht hier. Was ist nun mit meinem Mann?»

«Gibt es irgendwelche Probleme?», fragte eine fremde Männerstimme hinter Veronika. Die fuhr herum. In Erwins offener Bürotür stand ein wildfremder Mann, adrett und unauffällig gekleidet, und hob die Augenbrauen. «Kann ich Ihnen vielleicht irgendwie behilflich sein, gnädige Frau?»

Jetzt war es Veronika, die mit offenem Mund, wie erstarrt, dastand. Träumte sie? Sie schloss den Mund, schluckte heftig und sagte dann schwach: «Ich wollte zu meinem Mann ...» Es war wie in einem Albtraum: Sie war im richtigen Gebäude, im richtigen Zimmer – aber alles war falsch.

«Bitte kommen Sie doch herein und setzen Sie sich.» Der Fremde führte sie zu der kleinen Sitzgruppe unter dem Gummibaum und rückte ihr auffordernd einen der Sessel zurecht. Dann drehte er sich um, hantierte an der Anrichte und kam mit einem großzügig gefüllten Cognacschwenker zurück. «Hier! Mir scheint, den können Sie jetzt brauchen ...»

Dankbar griff Veronika nach dem Glas und schüttete den Cognac hinunter. Der scharfe Alkohol ließ ihr die Tränen in die Augen treten, aber er brachte sie wieder zu sich. «Entschuldigung», murmelte sie. «Ich muss Ihnen sehr seltsam vorkommen.» Beschämt starrte sie in ihr Glas.

«Ich vermute, Sie sind Frau Lohgerber?», fragte der Mann leise.

Veronika nickte stumm.

«Mein Name ist Meißner. Aber das dürfte Ihnen nichts sagen.

Ich habe vor einigen Wochen die Firma hier von Ihrem Mann übernommen. Wussten Sie denn nichts davon?»

Veronika schüttelte immer noch stumm den Kopf und bemühte sich, das schwindelerregende Karussell der Gedanken in ihrem Hirn anzuhalten.

«Soweit ich informiert bin, plante Herr Lohgerber, nach Costa Rica auszuwandern und dort neu anzufangen», sagte Herr Meißner wie beiläufig, während er angestrengt seine makellosen Fingerspitzen betrachtete. «Aber Genaueres weiß ich selbstverständlich nicht. Vielleicht kann Ihnen Ihre Hausbank weiterhelfen?»

Diesmal war Veronika vorgewarnt: Als die beiden jungen Mädchen am Empfangstresen im ersten Stock große Augen machten, meinte sie nur kühl: «Ich möchte zu unserem Finanzberater. Und ich werde warten, bis er Zeit für mich hat.» Damit setzte sie sich auf die niedrige Sitzbank zwischen den Ständern mit Anlageprospekten. Inzwischen war ihr klar, was Erwin für ein Spiel gespielt hatte. «Sitzengelassen» nannte man so etwas. Stehengelassen wie einen alten Koffer, den man kostengünstig entsorgen wollte. Eine Scheidung wäre ihm deutlich teurer gekommen. Und so hatte er einfach alle Brücken hinter sich abgebrochen, die er abbrechen konnte, ohne sie zu alarmieren. Einen Hausverkauf hätte er nicht geheim halten können, deshalb hatte er wohl darauf verzichtet, auch das zu Geld zu machen. Aber alles andere hatte er versilbert und das Geld auf ausländische Konten überweisen lassen, wie der Bankangestellte ihr peinlich berührt erklärte.

«Wenn ich Sie richtig verstanden habe, dann besitze ich nur noch das Haus. Und sonst nichts?»

Der Mann nickte.

«Das ist doch nicht zu fassen!» Immer noch halb betäubt, starrte Veronika aus dem Fenster. Draußen fuhren die Autos durch die verkehrsberuhigte Zone, schlenderten die Menschen an den Schaufenstern vorbei, als sei es ein Tag wie jeder andere. Ihre persönliche Katastrophe zählte so wenig, wie eine einzelne, zertretene Ameise die übrigen Ameisen gleichgültig ließ.

«Selbstverständlich sind wir gerne bereit, Ihnen einen großzügigen Kreditrahmen einzuräumen», bot der Mann diensteifrig an. «Damit sollten Ihre finanziellen Probleme erst einmal behoben sein.»

Erleichtert war sie auf sein Angebot eingegangen. Sie würde sich eine Arbeit suchen, und alles würde gut werden.

Wie naiv sie doch gewesen war! Energisch schloss sie die Tür zu der protzig ausgestatteten Suite. «Außerdem gibt es noch vier Gästezimmer.» Sie wies auf die Türen, die von der Galerie abgingen. Maschas und Jennys unbekümmerte Bewunderung der komfortablen Räume tat ihr gut. Sie hatte viel Liebe in die Ausstattung investiert, aber das schien keinem der zeitweiligen Bewohner aufgefallen zu sein. Jedenfalls hatte nie einer ein Wort darüber verloren.

«Habt ihr oft Gäste gehabt?», erkundigte sich Mascha neugierig. «Wenn ich so ein Haus hätte, dann würde meine ganze Verwandtschaft bei mir einziehen!»

«Außer einer alten, schwerhörigen Tante im Pflegeheim habe ich keine Verwandten», sagte Veronika leise. «Wenn jemand da war, waren es eigentlich immer Geschäftsfreunde meines Mannes, die er nicht im Hotel unterbringen wollte. Unten gibt's noch ein Schwimmbad. Wollt ihr das auch sehen?»

«Natürlich!»

«Aber klaro!»

«Ich kann mir beim besten Willen nicht vorstellen, dass niemand es haben will», meinte Mascha und sah sich mit offener Skepsis um. «Welchen Makler hast du beauftragt?»

«Das hat auch die Bank übernommen», erwiderte Veronika abwesend und konzentrierte sich darauf, den blutroten Merlot in die Gläser zu gießen, die sie auf den Tisch gestellt hatte. «Wieso fragst du?»

«Weil an der Sache was faul ist», sagte Mascha. «Bist du sicher, dass du diesem Finanzberater vertrauen kannst?»

Veronika überlegte kurz. «Du meinst, er versucht mich finanziell so in die Enge zu treiben, dass der Bank das Haus bei der Versteigerung in den Schoß fällt?», fragte sie dann.

«Der Bank oder einem Strohmann. Da gibt es viele Möglichkeiten. Ich habe mal als Urlaubsvertretung in einer Bank gearbeitet. Was glaubst du, was ich da so alles mitbekommen habe! Dort liefen vielleicht Sachen ...»

«Hast du dabei deinen Mann kennengelernt?», warf Jenny neugierig ein. «War er auch so ein windiger Typ?»

Mascha schüttelte den Kopf. «Nein, Hartmut hat über eine Vermittlungsagentur eine Frau gesucht.»

«Darüber habe ich erst neulich eine Reportage gesehen. Es soll eine Menge Männer geben, die auf diese Art eine Ehefrau suchen. Oft ist es einfach so, dass ihnen die Zeit fehlt», erklärte Veronika ruhig, denn ihr war aufgefallen, dass Maschas runde Wangen sich röteten.

«Oh, Zeit war es nicht, die Hartmut fehlte!» Maschas Stimme klang gepresst vor unterdrücktem Zorn. Sie stürzte ihren Wein hinunter und hielt Veronika auffordernd das leere Glas hin. «Ich erzähle es euch. Aber zuerst gib mir noch 'nen Schluck von diesem Zeug. Dein Mann wusste jedenfalls, was gut war!»

Ohne darauf einzugehen, schenkte Veronika ihr nach und lehnte sich dann bequem zurück. Jenny hatte sich schon in die Sofaecke gekuschelt, die Beine untergezogen, und ihr erwartungsvolles Gesicht ähnelte dem eines Kindes, das auf eine Gutenachtgeschichte wartet.

«Ihr wisst ja, dass ich aus Petersburg stamme», begann Mascha zögernd. «In der Schule war ich immer gut in Sprachen, deshalb meinte mein Vater, ich sollte Dolmetscherin werden. Dann würde ich vielleicht einen deutschen Geschäftsmann kennenlernen und ihn heiraten, und alle wären versorgt. So dachte er, und so dachten auch alle anderen. Ich war dazu ausersehen, der Familie einen reichen Schwiegersohn zu verschaffen, den man melken konnte. Meine Mutter trug ihre Kleider, bis sie auseinanderfielen, nur damit ich immer nach dem letzten Schrei gekleidet sein konnte. Keinesfalls durfte man auch nur erahnen, wie ärmlich es bei uns zu Hause zuging. Wie sagt ihr hier: Mit Speck fängt man Mäuse, nicht wahr?»

«Und? Hat's geklappt?» Jenny rutschte hin und her, um eine bequemere Stellung zu finden.

Mascha schüttelte langsam den Kopf. «Nein, natürlich nicht. Irgendwie funktionierte die Methode nicht. Die guten Dolmetscherstellen gingen alle unter der Hand weg. In Russland ist das noch schlimmer als hier. Jeder, der etwas zu entscheiden hatte, hatte jemanden, der ihm näherstand als ich.»

«Und über das Arbeitsamt?», wandte Veronika ein.

Mascha warf ihr einen mitleidigen Blick zu. «Hast du es schon einmal über das Arbeitsamt probiert? Da bieten sie dir keine anständigen Stellen an. Hier nicht und dort nicht.»

«Also bist du zu einer Agentur gegangen ...», meinte Jenny.

«Nicht gleich.» Mascha errötete leicht. «Vorher habe ich es als Fremdenführerin probiert. Aber das war nicht das Richtige.»

Jenny sah sie fragend an. «Und wieso nicht? Da hättest du doch jede Menge reicher Männer treffen müssen.»

«Gerade nicht! Die offiziellen Fremdenführer werden nur von Reisegruppen gebucht. Reiche Männer lassen sich jemanden von einem Begleitservice kommen. Da ist auch noch so einiges mehr im Angebot, was uns offiziellen streng verboten war.»

«Nicht gerade die geeignetste Umgebung, um nach einer Ehefrau zu suchen», bemerkte Veronika eine Spur süffisant.

«Genau!», gab Mascha ihr recht. «Das dachte ich auch. Mir erschien es geradezu wie ein Wink des Himmels, als ich eine ehemalige Mitschülerin traf und sie mir von dieser Ehevermittlung erzählte. Alles klang absolut vertrauenswürdig: Wenn man bereit war, einen Ausländer zu heiraten, wurde eine Akte angelegt und ein Video gemacht. Wollte einer von den Männern sich mit einem treffen, dann durfte man sich sein Video anschauen.»

«Was waren das für Männer? Wie sahen sie aus?» Jenny gähnte ungeniert. «Komische Typen müssen das sein, die andere ihre Frauen aussuchen lassen!»

«Ich könnte nicht sagen, dass sie sich in irgendetwas von den Männern, denen man täglich auf der Straße begegnet, unterschieden haben!», sagte Mascha nachdenklich. «Seitdem frage ich mich auch, was sich hinter all diesen harmlosen, langweiligen Durchschnittsgesichtern verbirgt!»

«Mach es nicht so spannend! Erzähl schon!» Veronika füllte reihum erneut die Gläser.

«Na ja, spannend war es eigentlich nicht. Eher enttäuschend und manchmal ganz schön verrückt. Zum Beispiel hatte ich einmal eine Verabredung mit einem unheimlich gutaussehenden Mann. Eigentlich haben wir uns prima verstanden, und ich hatte schon gedacht: Das ist er! Mit dem könntest du es riskieren, nach Deutschland zu gehen.» Sie lächelte versonnen, während sie, in Erinnerungen versunken, vor sich hin starrte.

«Und? Was war mit ihm?»

«Ihr werdet es nicht glauben!» Mascha begann zu lachen. «Er hatte eine Schweinezucht und fand keine deutsche Frau. Also suchte er in Russland eine, weil er dachte, dort wären die Frauen weniger anspruchsvoll.»

«Puh, hast du das denn nicht gerochen?» Veronika schüttelte sich bei der Vorstellung an einen nach Schweinedung riechenden Mann.

«Wie denn? Er war doch schon seit Tagen in Petersburg. Immerhin war der echt nett. Wären die Schweine nicht gewesen ... Nun, jedenfalls war er um Klassen besser als der Typ, der eine russische Frau suchte, die ‹seine Mädels› betreuen sollte. Ich kann euch sagen, ich habe etwas gebraucht, bis mir klar war, dass er ein Bordell betrieb. Zuerst dachte ich, er wäre Witwer und suchte eine neue Mutter für seine Töchter!» Alle drei brachen in schallendes Gelächter aus.

«Ich war schon ziemlich verzweifelt, als ich Hartmut traf», fuhr Mascha fort, als alle sich endlich wieder beruhigt hatten. «Zu Hause wurde es immer schlimmer. Mein Vater hatte seine Arbeit verloren, und meine Mutter brauchte teure Medikamente. Ich überlegte sogar schon, zu einem Begleitservice zu wechseln. Der Verdienst wäre deutlich höher gewesen. Aber dann ging ich zum ersten Mal mit Hartmut aus, und der schien geradezu perfekt.»

«Mr. Perfect, hm?» Veronika verzog das Gesicht, als hätte sie auf etwas extrem Saures gebissen. «Kommt mir irgendwie bekannt vor ...»

«Vielleicht wollte ich auch nur, dass er perfekt war», gab Mascha zu. «Aber er schien wirklich fehlerlos zu sein. Gut, sein Äußeres hat einen nicht gerade vom Hocker gerissen, wenn ihr versteht, was ich meine. Aber seine äußere Erscheinung war tipptopp, und er war unwahrscheinlich höflich.»

«Nein, wir verstehen nicht, was du meinst», kicherte Jenny albern. «Beschreib ihn! Sah er aus wie Danny de Vito? Oder eher wie der Franzose mit der hässlichen Kartoffelnase?»

«Nein, eher wie der Kerl, der im Fernsehen immer die braven Ehemänner spielt. Ich komme jetzt nicht auf den Namen, aber gestern war er wieder in dem ‹Tatort› im Dritten – falls ihr den gesehen habt.»

«Ich weiß, wen du meinst», sagte Veronika. «Aber ich wüsste jetzt auch nicht, wie er heißt. Er ist immer so unwichtig, dass man ihn gar nicht beachtet.»

«Genau! So war Hartmut auch. Unscheinbar und zurückhaltend. Als wir zum ersten Mal essen gingen, hat er mir aus dem Mantel geholfen und später sogar den Stuhl zurechtgerückt. Richtig süß altmodisch. Von sich hat er nicht viel erzählt. Er schien immer eher an mir interessiert zu sein.»

«Sehr geschickt!», räumte Jenny ein. «Auf die Art hat er rausgekriegt, dass du keine große Wahl hattest.»

Mascha seufzte. «Vermutlich. Wir gingen noch ein paar Mal miteinander aus. Und immer war er ausgesprochen höflich. Hat nie versucht, mir an die Wäsche zu gehen. Als er mir endlich den Heiratsantrag machte, auf den ich hoffte, hatten wir uns einige Male geküsst. Mehr nicht.»

«Und wie war das?»

«Du meinst, wie er küsste?», fragte Mascha zurück. «Nicht toll. Aber das zählte schließlich nicht. Es ging dann alles ziemlich schnell. Die Eheschließung fand in der Botschaft statt, obwohl meine Eltern es lieber gesehen hätten, wenn wir auch noch in der Kirche geheiratet hätten. Also habe ich ihnen gesagt, dass das wegen der unterschiedlichen Konfessionen zu kompliziert wäre. Am nächsten Tag sind wir nach Deutschland geflogen.»

«Keine Feier? Und die Hochzeitsnacht? Willst du sagen, ihr hättet keine Hochzeitsnacht gehabt?» Jennys Stimme bebte vor Empörung über diese geschäftsmäßige Abwicklung eines Ehebeginns.

«Doch, doch. Allerdings nicht so, wie du es dir in deinem romantischen Köpfchen auszumalen scheinst.» Mascha verzog die vollen Lippen zu einem höhnischen Lächeln. «Wir waren mit meinen Eltern essen. Ich hatte mich von ihnen verabschiedet, und nun stand ich in meinem besten Kostüm, meinen einzigen Koffer neben mir, in Hartmuts Hotelzimmer. Hartmut war ohne ein Wort im Bad verschwunden. Ging es ihm schlecht? War der Wodka ihm nicht bekommen? Die Geräusche aus dem Badezimmer klangen ganz normal: nach Zähneputzen, dann wurde der Wasserhahn aufgedreht. Ratlos setzte ich mich auf die Bettkante. Sollte ich mich einfach ausziehen? Ich wusste ja nicht, was Hartmut von mir erwartete.

Schließlich kam er aus dem Badezimmer. Im Pyjama. Sah mich an, so seltsam nachdenklich, als überlegte er, ob er wirklich zufrieden wäre. Und dann sagte er, ich solle mich ausziehen, sorgfältig waschen und dann zu ihm ins Bett kommen. Na ja, ich geh also duschen und so weiter. Wie ich neben dem Bett stehe, mustert er mich von oben bis unten und fragt, ob ich mich auch innen gewaschen hätte. Ich denke, ich habe etwas falsch verstanden, und frage ihn, was er damit meint.»

«Ich ahne etwas ...», murmelte Veronika und griff nach ihrem Glas. «Hatte er eine Vaginaldusche im Bad?»

Mascha sah sie erstaunt an. «Woher weißt du das? War dein Mann auch so?»

«Im Gegenteil», erwiderte Veronika trocken. «Ich habe nur viel Gelegenheit gehabt, durch die Nachtprogramme der kommerziellen Sender zu zappen. Aber erzähl ruhig weiter.»

«Hartmut bemerkte offenbar, dass ich keine Ahnung hatte, wovon er sprach. Er kam also mit mir ins Bad, hielt mir das Gerät unter die Nase und zeigte mir, wie ich es am Wasserhahn anschließen müsste. Er warnte mich noch, die Wassertemperatur nicht zu heiß einzustellen, und dann ließ er mich allein.» Mascha lachte auf. «Na gut, ich nehme das Ding, das ich für eine Munddusche gehalten hatte, setze mich breitbeinig auf die Toilettenbrille und schiebe es mir vorsichtig rein. Im ersten Augenblick war es seltsam. Wie beim Gynäkologen ... Ich stellte das Wasser an. Das Gefühl war gar nicht so übel, ich fand es sogar immer besser, je länger ich damit experimentierte. Man konnte den Wasserstrahl regulieren, und je härter ich ihn einstellte, desto lustvoller wurde es. Der Strahl massierte mich von innen heraus. Je nachdem, wohin ich den Duschkopf wandern ließ, erzeugte ich damit echt tolle Empfindungen. Ich hatte gar nicht gewusst, wie viele Lustpunkte in mir versteckt waren!»

«Hattest du einen Orgasmus?», erkundigte Jenny sich, mäßig interessiert, während sie Veronika ihr Glas zum Nachfüllen hinhielt.

«Fast! Wenn Hartmut nicht plötzlich in der Tür gestanden hätte ... Ich war so kurz davor», Mascha zeigte mit Zeigefinger und Daumen der rechten Hand eine winzige Spanne an. «Er stand also in der offenen Badezimmertür, betrachtete mich mit zusammengekniffenen Augen, und ich konnte sehen, dass er schon voll erregt war.»

«Vielleicht hat er dich durchs Schlüsselloch beobachtet?», vermutete Veronika. «Männer, die so krankhaft übertrieben auf Hygiene und Sauberkeit bedacht sind, haben zugleich einen Hang zu kindischem Verhalten. Das habe ich neulich erst gelesen. Soll irgendetwas damit zu tun haben, dass sie zu streng erzogen wurden und sich nie aus der Rolle des Kindes gelöst haben.»

«Och, bitte jetzt keinen Vortrag!», maulte Jenny. «Ich möchte lieber hören, wie es weiterging.»

«Du könntest recht haben. Das würde passen», sagte Mascha nachdenklich, ohne Jennys Einwurf zu beachten, und nickte zustimmend. «Damals war es mir jedenfalls schrecklich peinlich, von ihm ertappt zu werden, wie ich kurz vor dem Orgasmus mit einem Duschkopf war! Ich habe nicht weiter darüber nachgedacht, wie er wissen konnte, dass es der richtige Zeitpunkt war. Ich beeilte mich also, mich oberflächlich abzutrocknen, schlüpfte nackt unter die Bettdecke und erwartete natürlich, dass Hartmut sich zu mir legen würde.» Mascha hielt kurz inne.

«Aber ...», fragte Jenny. «Was tat er stattdessen?»

«Er befahl mir, ich sollte mich auf allen vieren aufs Bett knien. Völlig verwirrt gehorchte ich. Was hatte er vor? Nach der Sache mit der Dusche war ich auf einiges gefasst! Er stand über seinen Koffer gebeugt und holte ein Päckchen heraus, riss es auf und zog sich tatsächlich ein Kondom über!»

«Nein!» Der ungläubige Ausruf der beiden anderen Frauen kam unisono.

«Doch. Immerhin dachte er daran, Gleitgel aufzutragen. Also tat es überhaupt nicht weh, als er in mich eindrang. Zumindest dachte ich damals, dass es wegen des Gleitgels wäre ...» Mascha grinste spitzbübisch, und fuhr fort: «Später kam ich dahinter, dass es wohl eher an Hartmuts kleinem Schwanz gelegen hatte. Ich habe kaum etwas gespürt, außer seinen Fingern, die sich in meine Pobacken krallten. Also habe ich einfach abgewartet, bis er fertig war. Das ging ziemlich schnell, und dann war er auch schon wieder im Bad verschwunden.»

«Was für ein Arsch!» Jenny klang ehrlich entrüstet. «Und das in der Hochzeitsnacht. Du Ärmste!»

«Tja, ich muss sagen: Der Duschkopf war aufregender!», gab Mascha zu und schüttelte in Erinnerungen versunken den Kopf. «Es war ja nicht so, dass ich noch Jungfrau gewesen wäre. Ein paar Erfahrungen hatte ich schon. Aber wisst ihr, die russischen Männer sind nicht gerade als tolle Liebhaber bekannt – ich war nicht verwöhnt. Doch das, was Hartmut da abgezogen hat, das war schon der Hammer.»

«Blieb euer Liebesleben so aufregend, wie es angefangen

hat?», erkundigte sich Veronika. «War das der Grund, dass du dich schließlich von ihm hast scheiden lassen?»

«Nicht direkt», meinte Mascha und runzelte die Stirn. «Hätte er wirklich Interesse an mir gehabt, dann hätten wir schon einen Weg finden können. Aber sobald wir in Deutschland waren, hat er mich kaum noch beachtet. Ich kam mir vor wie sein Dienstmädchen: kochen, putzen und hier und da, wenn ihm danach war, Sex. Immer, wenn ich meinen Eltern Geld schicken wollte, musste ich darum betteln. Ganz schlimm wurde es, als seine Mutter zu uns zog.» Mascha erschauerte sichtlich. «Die war wirklich eine Hexe. Von dem Augenblick an hatte ich keinen Moment Ruhe. Immer fand sie etwas, das getan werden musste. Und nie war sie zufrieden.»

«Warum bist du nicht einfach gegangen?», fragte Jenny verständnislos. «So etwas lässt man sich doch nicht gefallen.»

«Ich war jung und naiv», sagte Mascha leise. «Hartmut hatte mir gesagt, wenn ich ihn verlassen würde, dann würde man mich nach Russland zurückschicken, weil unsere Heirat dann nur als Scheinehe eingestuft würde. Und ich habe ihm geglaubt, weil ich so etwas Ähnliches zu Hause auch gehört hatte. Außerdem war das Geld, das er mir für meine Eltern gab, immer noch mehr, als ich dort verdient hatte.»

«Geld ist doch nicht alles.»

«Nein, Jenny, aber für jemanden in meiner Situation war es einfach zu wichtig. Also habe ich die Zähne zusammengebissen und jeden Abend gebetet, dass die Hexe bald sterben würde.»

«Und wie bist du da wieder rausgekommen?»

«Als ich die Nachricht erhielt, dass meine Eltern bei einer Explosion getötet worden wären, hab ich meinen Koffer gepackt und bin gegangen.»

Die beiden anderen starrten sie schockiert an, nach den richtigen Worten suchend.

«Oh, Mascha, das tut uns schrecklich leid», stammelte Veronika schließlich hilflos. Mascha zuckte fatalistisch mit den runden Schultern. «Das passiert in Russland häufig: dass jemand die Gasleitung zu manipulieren versucht und das ganze Haus dabei in die Luft fliegt.»

«Wo bist du denn dann hingegangen?»

«Zu so einem russischen Club. ‹Zarewitsch› oder so ähnlich. Er lag in einer sehr vornehmen Gegend, und ich hielt ihn für so etwas Ähnliches wie die Clubs der Ausländer in Petersburg. Da haben sie nämlich alle ihre nationalen Fluchtburgen. Als ich die Frau hinter dem Empfangstresen nach einer Stelle als Dolmetscherin fragte, sah sie mich an, als wäre ich verrückt. ‹Bist du sicher, Schätzchen, dass das der richtige Ausdruck ist?›, flötete sie und musterte mich. ‹Du bist nicht schlecht gebaut, aber du siehst nicht ganz so aus, wie wir unsere Mädchen gewöhnt sind.› Ich muss ganz schön blöde geguckt haben!»

Veronika schmunzelte. «Und ...? Hast du dort eine Stelle bekommen?»

«Nein», lachte Mascha. «Aber die Frau war wirklich nett. Sie riet mir, es hier in Neustadt zu versuchen. Sie meinte, es gäbe hier so viele Firmen mit russischen Geschäftspartnern, dass sicher viele Dolmetscher gebraucht würden.»

«Das scheint aber nicht so geklappt zu haben. Oder was ist schiefgelaufen?», fragte Jenny offen.

«Ach, so etwa zwei Jahre lief alles toll. Ich hatte eine schöne Stelle, meine eigene Wohnung, ganz für mich allein ...»

«Und dann machte die Firma pleite?», fragte Veronika ahnungsvoll.

Mascha verzog den Mund zu einem zynischen Lächeln. «Genau.» Das Lächeln verzerrte sich zu einer Grimasse. «Ich habe immer gehofft, wieder eine ähnliche Anstellung zu finden, aber es sieht nicht gut aus. Alles, was mir angeboten wird, sind

Stellen als Putzfrau oder Zimmermädchen in einem der Messehotels», fügte sie mit unverhohlener Bitterkeit hinzu.

«Wir müssten unser eigenes Hotel haben», nuschelte Jenny verträumt, durch ihr drittes Glas Wein in phantasievolle Stimmung versetzt. «Wäre das nicht toll? Mascha für den Haushalt, Veronika als Hausdame und ich für die Buchhaltung. Dann hätte jeder von uns eine Stelle.»

«Ich glaube, du hast genug Wein gehabt», stellte Veronika fest und rückte das noch halb gefüllte Glas unauffällig außer Jennys Reichweite. «Wie sollte das denn funktionieren? Wir haben doch alle kein Geld.»

«Na, du hast doch das Haus», beharrte das Mädchen, während es sichtlich mit dem Schlaf kämpfte. «Da kann man doch ein prima Hotel draus machen.» Ihr Kopf sackte nach vorne, und sie begann leise zu schnarchen.

In einvernehmlichem Schweigen machten die beiden Älteren es ihr bequem, indem sie ihr die Schuhe auszogen, sie bequem auf das Sofa legten und zudeckten.

«Der Gedanke ist gar nicht so dumm», meinte Mascha dann leise. «Ich denke, es könnte klappen. Dies Haus wäre wunderbar geeignet als kleine, exklusive Pension für Kunden, denen der normale Hotelbetrieb zu unpersönlich ist. Menschen, die bereit sind, viel Geld für eine ungewöhnlichere Unterbringung zu zahlen. Was hältst du davon?»

«Hm, ich weiß nicht. Einen Haufen fremder Menschen im Haus ...» Veronika klang nicht gerade begeistert.

«Immerhin wäre es dann noch dein Haus», erinnerte Mascha sie nüchtern. «Und wo ist der Unterschied, ob du jetzt Gäste deines Mannes beherbergst oder deine eigenen? Deine eigenen kannst du dir wenigstens aussuchen.»

«Ich habe doch keine Ahnung, wie man ein Hotel führt!», protestierte Veronika, immer noch ablehnend.

«Du müsstest nur als Dame des Hauses fungieren.» Mascha sah ihr beschwörend in die Augen. «Du musst nicht in der Küche stehen, das übernehme ich. Ich bin gut in Haushaltsführung und eine sehr gute Köchin. Und Jenny kann die Buchhaltung machen. Sie ist gut in so was, ehrlich. Wusstest du, dass sie eine eigene Computer-Firma hatte? Alles, was du tun müsstest, wäre, hier zu präsentieren.»

Das klang verlockend. Mascha schien zu spüren, wie Veronikas Widerstand schmolz. «Was hätten wir denn dabei zu verlieren?», setzte sie nach. «Schlimmer als jetzt kann es auch nicht werden.»

«Du hast recht.» Veronika sah sich kritisch um. «Aber dann müsst ihr bei mir einziehen. Ich bleibe nicht allein in einem Haus voller fremder Männer.»

«Sehr gerne», sagte Mascha, erleichtert grinsend. «Meine Wohnung ist sowieso nur ein Loch, und ich glaube, Jenny schläft immer bei Freunden. Wir werden uns fühlen wie die Prinzessinnen.»

Kapitel 2

«Ihr meint wirklich, es wird funktionieren?», fragte Veronika und betrachtete zweifelnd ihre beiden Gegenüber. Jenny mit ihren zerzausten Haaren und dem verschlafenen Gesichtsausdruck wirkte im Moment nicht wie eine PC-Expertin, die fähig wäre, die Buchhaltung zu bewerkstelligen. Mascha rührte angestrengt in ihrem Kaffee und schien in Gedanken ganz woanders zu sein.

«Natürlich», meinte Jenny gähnend und rieb sich den letzten Rest Schlaf aus den Augen. «Hab ich doch schon gestern gesagt. Die werden uns hier noch die Bude einrennen.» Sie sah sich kritisch um, ehe sie hinzufügte: «Sobald hier jemand mal gründlich saubergemacht hat.»

«Keine Angst, das ist das geringste Problem», erwiderte Mascha und sah Veronika an. «Wir sollten einen Plan aufstellen. Kannst du deine Bank noch ein bisschen hinhalten?»

«Ich denke schon.» Sie hob angriffslustig den Kopf. «Diesmal gehe ich gleich zum Chef. Und dann werde ich einige Telefonate erledigen.» Veronikas Blicke wanderten unwillkürlich zu der Vitrine, und sie musterte wehmütig die letzten Stücke ihrer geliebten Muranoglas-Sammlung. «Damit sollte ich uns eine Galgenfrist erkaufen können. Und außerdem gibt es noch das eine oder andere Gemälde, das etwas bringen könnte.»

«Gut. Ich habe mir schon einen Termin bei meinem Arbeitsberater geben lassen», sagte Mascha sachlich. «Zu verkaufen habe ich leider nichts. Aber ich könnte ein Existenzgründungsdarlehen beantragen. Wenn wir Glück haben, kriegen wir es rechtzeitig», bot Mascha an. «Damit müssten wir es doch schaffen, bis es läuft. Meinst du nicht?»

«Ich denke schon», war Veronika zuversichtlich. «Wenn wir alle mit anpacken!»

In den folgenden zwei Wochen schienen die Tage und Nächte im Zeitraffertempo zu verfliegen. Unter Maschas Kommando wurde im ganzen Haus gründlich saubergemacht. Während sie und Veronika Möbel polierten, Böden wischten, Teppiche klopften, Fenster putzten und selbst den Kühlschrank mit Essigwasser auswuschen, war Jenny damit beschäftigt, das sogenannte Büro einzurichten. In Erwins altem Hobbykeller, in dem nur noch ein paar herumliegende Kabel und ein völlig verstaubter PC an seine Nutzung als Heimkino erinnerten, hatte sie mit Feuereifer begonnen, EDV-Teile aufzustellen, die von zweifelhaft aussehenden jungen Männern in alten Kastenwagen angeliefert wurden.

«Ist das auch legal, was du hier machst?», hatte Veronika misstrauisch gefragt. «Nicht, dass wir alle im Gefängnis landen, ehe wir unseren ersten Gast empfangen können.»

«Keine Sorge, ich weiß, was ich tue», hatte Jenny geistesabwesend geantwortet und eine Hand ausgestreckt. «Hast du mal zweihundert Euro?»

«Jenny, wir brauchen korrekte Rechnungen. Du kannst das hier nicht alles unter der Hand machen! Und wenn es nun Hehlerware ist?»

«Schau mal auf den Tisch da. Alles Rechnungen. Zufrieden?

Ich brauche das Geld für ein Extrateil, das du sicher nicht offiziell kriegen würdest.»

«Wofür brauchen wir es dann?», drängte Veronika. «Mit kriminellem Zeug möchte ich nichts zu tun haben!»

«Jetzt stell dich doch nicht so an!», seufzte Jenny, langsam ärgerlich werdend. «Glaub mir, es ist sein Geld wert. Und kein Mensch wird je erfahren, dass wir es haben, das verspreche ich dir. Ich bin Profi, hast du das vergessen?»

«Wofür ist es denn?»

«Das würdest du sowieso nicht verstehen.»

Der Disput hatte damit geendet, dass Veronika das Geld holen ging.

«Wie weit bist du mit der Werbung, Jenny?», fragte Mascha am siebten Abend, als sie alle erschöpft um den großen Tisch saßen. «Ist da schon was zu sehen von unserem Internetauftritt?»

Inzwischen strahlte das ganze Haus vor Sauberkeit. Die Zimmer waren so aufgeteilt worden, dass Mascha und Jenny je eins der Ankleidezimmer in der ehemaligen Suite von Veronika und Erwin beziehen würden und das dazwischenliegende große Schlafzimmer als privates Wohnzimmer für sie drei reserviert bleiben sollte. «Ein bisschen Privatsphäre muss sein», hatte Mascha entschieden gesagt. «Wir wissen ja nicht, was für Typen sich hier einmieten werden.»

Die vier verbleibenden Gästezimmer würden dann den jeweiligen Hausgästen zugewiesen werden. Veronika hatte an ihnen wahre Meisterwerke vollbracht: Jedes Zimmer war ein innenarchitektonisches Kunstwerk für sich. Die Einrichtung orientierte sich an einem dominierenden Gemälde, das jeweils an einer besonders ins Auge fallenden Stelle aufgehängt war und dem Zimmer seinen Namen gab. Es gab ein chinesisches Zimmer, sehr maskulin in Schwarz und Schilfgelb, mit einem wertvollen Seidenrollbild. Daneben lag das Dalí-Zimmer mit dem gerahmten Druck der zerfließenden Uhren. Das hatte sie betont sachlich möbliert, als Farbe dominierte ein elegantes Taubengrau.

Das dritte Gästezimmer hatte Veronika für Naturliebhaber ganz in Grüntönen, mit Kissen in Tigerfelloptik und einem Druck von Rousseau ausgestattet, und das vierte, auf das sie besonders stolz war, orientierte sich an Mackes nordafrikanischer Impression «Händler mit Krügen». Hier lagen vor allem farbenprächtige Teppiche, die in der Abendsonne zu glühen schienen. Samtkissen in tiefem Madrasrot auf weichen Ledersesseln luden zum Entspannen ein. Ein Zimmer, das seinem Bewohner die Wärme und die Lebensfreude des mediterranen Raums suggerierte.

«Sozusagen fertig», sagte Jenny. «Ich möchte uns nur noch ein paar Stellen weiter vorschieben, und ein paar Schlüsselworte ergänzen. Aber die Bilder und das Kontaktformular stehen. Vorhin kam bereits die erste Anfrage.»

«Was! Und das sagst du uns so nebenbei?», rief Mascha empört. «Wir müssen ihm doch sofort antworten!»

«Hab ich doch schon», winkte Jenny ab. «Er wollte übrigens unbedingt das Dschungelzimmer.»

«Und wann kommt er?», wollte Veronika wissen. «Für wie lange hat er gebucht?»

Jenny seufzte theatralisch auf. «Ihr nervt, Leute! Ich wollte es euch doch sowieso gerade sagen. Kommt mal mit.» Sie sprang auf und schlenderte voraus ins Büro, das einmal Erwins Hobbykeller gewesen war. Der Raum hatte sich vollkommen verändert: Das ebenerdig gelegene Fenster, vor dem dicke Vorhänge gehangen hatten, ließ nun ausreichend Licht herein. In der Mitte des

Zimmers stand ein riesiger Schreibtisch, auf dem Jenny die EDV-Anlage aufgebaut hatte. Aktenschränke an den Wänden standen bereit, Rechnungen, Belege und andere Papiere aufzunehmen. Gleich hinter der Tür hing eine große Tafel für Einsteckschildchen. «Damit ihr mir die Finger vom Computer lasst», erklärte Jenny. «Zwar schrecklich altmodisch, aber praktisch. Jedes der vier Zimmer hat eine eigene Spalte mit seinem Symbol: einem Bambusstängel, einer Uhr, einem Tiger und einer Amphore. So sieht man auf einen Blick, welches Zimmer wann gebucht ist.» Sie wies auf den ordentlichen Eintrag unter dem Tiger *Herr Manfred Schmidt, 4.–6. August*. «Seht ihr, das ist unser erster Gast.»

Veronika betrachtete stirnrunzelnd den Eintrag. «Nicht gerade besonders originell», bemerkte sie leicht spöttisch. «Wie Herr Schmidt wohl in Wahrheit heißt?»

«Er heißt wirklich so. Ich habe seine Kreditkarte bereits gecheckt», erwiderte Jenny, in deren Stimme offener Stolz durchklang. «Jetzt schaut mal, wie es euch gefällt».» Damit winkte sie die beiden anderen zu sich heran und ließ ihre Finger über die Tastatur fliegen. Auf dem dunkelblauen Monitor erschien ein Bild der Villa, zerfloss und formte sich neu. Man erkannte das chinesische Zimmer, und die Kamera begann, sich langsam zu drehen. Jedes der vier Gästezimmer war aus mehreren Blickwinkeln heraus aufgenommen worden, zudem der große Wohnraum im Erdgeschoss, der Essbereich und das Schwimmbad samt Weinkeller.

«Hier ist das Kontaktformular.» Jenny klickte es an, und auf dem Bildschirm erschien ein übersichtlich gestaltetes Textfeld.

«Das hast du toll gemacht», lobte Veronika. «Wirkt richtig professionell.»

«Ich bin ein Profi!» Jenny klang deutlich gekränkt.

«Verzeih, ich hab's nicht so gemeint», sagte Veronika rasch und drückte begütigend Jennys Schulter. «Ich wollte damit nur ausdrücken, dass ich ganz begeistert bin. Wann kommt denn nun dieser ominöse Herr Schmidt?» Sie trat vor die Tafel und fuhr zusammen. «Du lieber Himmel, der vierte August, das wäre ja schon übermorgen.»

«Das hört sich nicht gerade begeistert an. Was ist mit dir? Bekommst du etwa kalte Füße?», fragte Mascha gelassen.

«Eher Lampenfieber. Welche Ankunftszeit hat er angegeben?» Sie überflog die Notiz und atmete erleichtert aus. «Abends. Das ist gut. Ich glaube, ich gehe noch eine Runde schwimmen. Wozu haben wir extra das Becken eingelassen.»

«Du hast recht, das muss man ausnutzen», stimmte Mascha ihr zu. «Willst du nicht mitkommen, Jenny?»

«Nein, geht ihr nur», gab die zurück, die Augen bereits wieder fest auf den Monitor vor sich geheftet. «Ich will hier noch was ausprobieren.»

Als Veronika und Mascha das Schwimmbad betraten, seufzte Veronika wohlig auf. «Das hat mir gefehlt», stellte sie fest und sah sich zufrieden um. Das Becken war nicht groß, vielleicht acht Meter lang, aber sie hatte es immer geliebt, hier ihre Bahnen zu schwimmen. Aus Kostengründen hatte sie es nicht mehr gefüllt, doch jetzt hatten sie es wieder zu neuem Leben erweckt. Im Licht der geschickt versteckten Beleuchtung schimmerte das Bodenmosaik in verschiedenen Grün- und Blautönen durch die Wasseroberfläche und spiegelte sich in der Decke, deren Tonnengewölbe mit Spiegelfliesen verkleidet war. Dadurch wirkte der Raum sehr viel größer, als er tatsächlich war. An beiden Seiten standen unter großen Kübelpalmen einige Rohrliegen bereit, erschöpfte Sportler aufzunehmen, und Stapel flauschiger Handtücher warteten auf Benutzer.

Der Boden bestand aus einer Art künstlichem Sand, jedenfalls hatte die Firma, die ihn aufgebracht hatte, ihn als solchen beschrieben. In Wirklichkeit war es eher eine Art angerauter Bodenbelag, der über einer dicken Schicht aus aufgeschäumtem Material lag. Dadurch hatte man zwar das Gefühl, über einen weichen Sandstrand zu gehen, musste aber nicht die Nachteile echten Sands in Kauf nehmen.

Die beiden streiften ihre Kleidungsstücke ab und legten sie auf die vorderste Liege. Dann ließen sie sich ins lauwarme Wasser gleiten. Aus dem Augenwinkel heraus betrachtete Mascha ihre blonde Freundin, während sie nebeneinander ihre kurzen Bahnen zogen. «Du erinnerst mich an das Bild von einer Sirene in der Eremitage», bemerkte Mascha halblaut. «Von irgend so einem Jugendstilmaler. Sie treibt auf dem Wasser und schaut genauso verzückt wie du. Woran denkst du?»

Veronika errötete leicht und wandte den Kopf ab. «Als wir hier einzogen, haben mein Mann und ich dies Becken auf sehr spezielle Art eingeweiht. Daran habe ich mich gerade erinnert.»

Maschas Augen weiteten sich überrascht, und sie hob in stummer Frage die Augenbrauen.

«Na ja, wir hatten schon eine ganze Menge getrunken», fuhr Veronika fast widerwillig fort. «Man könnte also sagen, wir waren ziemlich angeheitert. Jedenfalls fand Erwin, dass es eine gute Idee wäre, einmal Sex im Wasser auszuprobieren»

«Und, war es eine gute Idee?»

«Das kann man wohl sagen!» Veronika lachte auf. «Obwohl es nicht allein Erwins Verdienst war. Pass mal auf!» Sie suchte nach einem versteckten Schalthebel neben der Einstiegsleiter und legte ihn um. Auf einmal erstrahlte das Wasser in allen Regenbogenfarben, und an den Schmalseiten des Beckens begann es zu brodeln, als kochte das Wasser.

«Jacuzzis!» Mascha war hellauf begeistert.

«Probier mal die mittlere Düse aus», riet Veronika mit spitzbübischem Lächeln und schwamm mit einigen kräftigen Zügen an die entgegengesetzte Seite. «Sie hat genau die richtige Höhe.» Damit wandte sie Mascha den Rücken zu, schloss die Augen und bewegte ihr Becken genüsslich auf den harten Wasserstrahl zu. Zwischen den gespreizten Oberschenkeln strömte es so kräftig hindurch, dass ihr Kitzler augenblicklich reagierte. In Windeseile baute sich die vertraute, lustvolle Anspannung in ihrem Unterleib auf. Ihr leises Stöhnen fand sein Echo. Auch Mascha hatte die Beine weit gespreizt und ritt quasi auf dem Strahl, der sich seinen Weg zwischen ihren Schenkeln hindurchbahnte. Sie experimentierte mit der Entfernung und Höhe. Je näher man sich an die Düse drückte, desto kräftiger wurde die Reizung.

«Das ist ja super!», keuchte sie entzückt. «So was habe ich noch nie erlebt.»

Veronika schwieg, in Erinnerungen versunken. Damals hatte Erwin sie scherzhaft vor die Düse gezogen und festgehalten, während er von hinten in sie eingedrungen war. Sein harter Penis hatte sich in sie gedrängt, leidenschaftlich und rücksichtslos. Normalerweise hätte sie protestiert, aber ihr war schwindelig von all dem Champagner, und die Massage der Wasserdüse erregte sie mehr, als sie es für möglich gehalten hätte. Erwins Finger suchten und fanden ihre Nippel, zupften an ihnen, bis sie fest und steif wurden. Immer heftiger drückte und kniff er sie. Es war fast schmerzhaft und dabei so lustvoll, dass sie ihn noch anfeuerte, sich den Händen entgegendrückte. Krampfhaft umklammerte sie mit all ihren Muskeln sein pochendes Glied in sich. Während er in immer schnellerem Stakkato in sie stieß, massierte der kräftige Strahl ihren Kitzler. Veronika nahm den Rhythmus auf, überließ sich ihm. Der Orgasmus, der sich in ihr aufbaute, versprach, alle bisher erlebten in den Schatten zu stellen. Hätte sie noch einen klaren Gedanken fassen können, dann hätte sie es vermutlich bedauert, dass es schon vorbei war, als sie endlich von ihm mitgerissen wurde. Die überwältigende

Lust raubte ihr vorübergehend die Sinne. Als sie wieder zu sich kam, lag sie neben ihrem Mann auf dem falschen Sandstrand. Sie hatte sich aufsetzen wollen, ihm versichern, wie wunderbar es gewesen wäre, aber sein leises Schnarchen hatte ihr verraten, dass er bereits eingenickt war.

Die Hand, die sich auf ihre rechte Brust legte, ließ sie überrascht zusammenfahren. «Es ist toll, aber mir fehlt ein lebendiger Mensch. Dir nicht?», flüsterte Mascha ihr verführerisch ins Ohr. Im ersten Augenblick war Veronika schockiert zurückgezuckt. Noch nie zuvor hatte eine Frau ihr Avancen gemacht. Dann jedoch drang die Wärme der kleinen Hand durch ihre Haut und entzündete etwas, von dem sie nicht zu sagen gewusst hätte, was es eigentlich war.

Lust?

Verlangen?

Oder einfach nur Hunger nach Zärtlichkeit?

Jedenfalls ließ sie Maschas Hand, wo sie war, drehte sich nur um und legte eine Hand auf Maschas üppige Brust, die milchweiß im Wasser schimmerte. «Du wirkst so zart und zerbrechlich, aber dein Körper ist fest wie der einer Sportlerin», stellte Mascha verwundert fest.

«Und du wirkst so handfest und fühlst dich dabei so unglaublich weich an», meinte Veronika und streichelte zärtlich Maschas große Brüste.

In stillem Einverständnis stiegen sie aus dem Becken, legten eines der Laken aus und sahen sich fragend an. «Du zuerst», sagte Mascha und stupste Veronika leicht an, um ihr zu bedeuten, sich hinzulegen. «Leg dich hin.»

Veronika ließ sich gehorsam zurücksinken. Mascha kniete sich neben sie und begann, sie zart zu streicheln. Wie ein Hauch glitten ihre Finger über Veronikas Schultern, Arme, wanderten zu ihren festen Brüsten mit den kleinen Spitzen. Unter den erfahrenen Liebkosungen richteten die Nippel sich zu erstaunlicher Größe auf. Veronika erschauerte, als Mascha begann, sie zu kneten und zu rollen, den Warzenhof zu massieren. Dann beugte sie den Kopf und saugte eine Brustwarze zwischen ihre Lippen. Ihr Mund war heiß. Heiß und feucht und ihre Zunge geschickter als die jeden Mannes. Tief sog sie den gesamten Warzenhof ein und begann, die Brustwarze mit der Zunge gegen den Gaumen zu drücken, zu massieren und gleichzeitig kräftig zu saugen.

Veronika warf unwillkürlich den Kopf hin und her und stöhnte leise. Eine unwiderstehliche Lust bahnte sich den Weg von der Brust bis hinunter in ihren Unterleib, zwischen ihre Schenkel. Unwillkürlich rieb sie sie gegeneinander. Das leise, schmatzende Geräusch der geschwollenen, feuchten Schamlippen, das dabei zu hören war, verriet, wie erregt sie bereits war.

«Das tut gut, nicht wahr?», murmelte Mascha und wechselte zur anderen Brust. Während sie ihr die gleiche Behandlung zukommen ließ, kneteten ihre Finger die aufgerichtete Brustspitze der ersten Brust, hielt die Erregung aufrecht. Jedes Mal, wenn sie den Warzenhof kräftig zwischen zwei Finger nahm und zog, schoss eine Flamme der Lust über die geheimnisvolle Bahn in ihrem Inneren bis in ihren Schoß.

Allmählich verlor Veronika die Beherrschung. Stöhnend warf sie den Kopf hin und her und wand auffordernd ihr Becken. «Gleich, nicht so ungeduldig», vertröstete Mascha sie heiter, und rutschte ein Stückchen tiefer. «Stell die Füße auf und spreiz die Beine. So komme ich am besten ran.»

Veronika gehorchte, und Mascha legte sich zwischen ihre Schenkel. Ihr dunkler Lockenschopf wippte auf und ab, als sie begann, neckisch über Veronikas äußere Schamlippen zu lecken. Spielerisch zwirbelte und zupfte sie an dem blonden Schamhaar, zog daran, legte die inneren Schamlippen frei. Ihre geschickte Zunge tanzte über das empfindliche Fleisch, setzte es weiter in

Brand, indem sie sorgsam die Stellen mied, an denen die Reizung zu einem schnellen Orgasmus geführt hätte.

Während ihre Zungenspitze sich ganz langsam, Zentimeter für Zentimeter, in Veronika hineindrängte, streichelte ein Finger wie zufällig ihren Anus. Die erste Berührung schien so beiläufig, dass Veronika nicht darauf achtete. Erst, als er begann, die Rosette ein wenig zu dehnen, und dann mit einer raffinierten Drehung eindrang, versteifte Veronika sich protestierend.

«Ganz locker bleiben, es tut nicht weh. Das verspreche ich dir», murmelte Mascha beschwörend, ohne den Finger zurückzuziehen. Tatsächlich, sobald Veronika sich an das ungewohnte Gefühl gewöhnt hatte, war es seltsam erregend, wie der Finger den festen Muskel dehnte und reizte, indem er immer größere Kreise beschrieb. Unmerklich glitt er dabei immer tiefer .

Veronikas Kitzler pochte inzwischen wie verrückt, alles in ihr pulsierte. Maschas Zunge zog sich aus Veronikas Spalte zurück, wurde durch zwei Finger ersetzt, während die Zunge den Kitzler suchte und fand. Die zwei Finger streichelten und drückten an einer Stelle, die Erwin nie gefunden hatte. Die Lust schoss wie eine Stichflamme in Veronika hoch. So heftig, dass sie sich nicht beherrschen konnte und Maschas Haare packte. Mit leise gurgelndem Lachen löste sie die verkrampften Finger und saugte den Kitzler in ihren Mund, wie sie es zuvor mit den Nippeln gemacht hatte.

Die derart intensive Reizung war mehr als ausreichend, um Veronika in einen Orgasmus zu treiben, der sie laut aufschreien ließ, ehe sie zitternd zurücksank. «Na, war es gut?», fragte Mascha siegessicher und wischte ihr eine Träne aus dem Augenwinkel.

«Besser als gut. Einfach überwältigend», hörte Veronika sich stammeln. Es dauerte seine Zeit, bis sie sich so weit erholt hatte, dass sie darangehen konnte, sich bei Mascha zu revanchieren.

Seltsam, stellte sie fest, eine Frau zu berühren. Gewöhnungsbedürftig, aber schön. Fast staunend fuhr sie über haarlose, zarte Haut, berührte fremde Nippel, die sich ähnlich wie ihre eigenen und doch so anders anfühlten. Sie probierte aus, was sie selber schön gefunden hatte, und merkte, dass es auch ihr selbst Freude bereitete, an Maschas festen, großen Nippeln zu saugen. Sie schmiegte ihre Wangen in die weiche Fülle und genoss den Duft der Haut. Als sie sich zwischen Maschas Schenkel legte, war sie fasziniert von dem Anblick der purpurroten Blume, die sich vor ihren Augen entfaltete. Dunkelrot und schimmernd von der Feuchtigkeit, die aus Mascha sickerte, erinnerte das pralle Fleisch an eine reife Frucht, die darauf wartet, gepflückt zu werden. Veronika gab dem plötzlichen Impuls nach und senkte den Kopf. Tief sog sie den Duft ein, moschusartig, warm und betörend. Dann streckte sie die Zungenspitze heraus und kostete neugierig von Maschas Honig. Ihr eigener Saft schmeckte ein wenig anders als dieser hier, aber sie hätte nicht zu sagen gewusst, worin genau der Unterschied lag.

Unwillkürlich fragte sie sich, ob der weibliche Geruch und Geschmack sich wie bei Parfüms in Duftfamilien einteilen ließe! Früher hatte Veronika sich begeistert damit beschäftigt, von Parfümerie zu Parfümerie zu schlendern und sich dort die neuesten Duftkreationen vorführen zu lassen. Wenn man künstliche Düfte in bestimmte Klassen einteilte, warum nicht auch natürliche?

Maschas Duft weckte Erinnerungen an ihre frühe Kindheit, an eine Nachbarin, die ihr immer eine Handvoll Kirschen über den Zaun gereicht hatte. In den Duft der Früchte hatte sich immer auch ein leichter Geruch nach Erde, feuchtem Gras und eine Spur Schweiß gemischt. Man kam beim Kirschenpflücken leicht ins Schwitzen, vor allem, wenn die Sonne brannte. Die Sonnenwärme schien all die Gerüche zu intensivieren, und zugleich zu einer so vollkommenen, frühsommerlichen Komposition zu verbinden, wie sie kein Parfümeur besser hätte treffen können.

Lächelnd fuhr Veronika mit der Zungenspitze an Maschas Schamlippen entlang, folgte ihrem Verlauf bis zum oberen Punkt, an dem sie die Klitoris verbergen. Bei Mascha war sie nicht verborgen, sondern ragte wie die Miniaturausgabe einer Eichelspitze empor. Überrascht packte Veronika das dichte schwarze Schamhaar und zog die äußeren Schamlippen weit auseinander. Die inneren Lippen waren so stark geschwollen, dass sie ihr dabei halfen, die äußeren gespreizt zu halten. Mit der Zunge fuhr Veronika leicht über das pralle, nasse Fleisch. Mascha bewegte anfeuernd die Hüften und stöhnte laut auf. Veronika leckte daraufhin kräftiger. Mutig geworden, versuchte sie sogar, mit der Zungenspitze in Mascha einzudringen, während sie ihr Gesicht in der feuchten Wärme ihres Schoßes vergrub. Mascha stöhnte immer lauter, und schließlich nahm Veronika ihre Klitoris behutsam zwischen die Lippen. Ihre Zunge massierte Maschas erstaunlich großen Kitzler, und gleichzeitig saugte sie kräftig daran.

Mit einem kehligen Schrei bäumte Mascha sich auf und fiel dann kraftlos zurück, während ihre Schenkel in den Nachwehen des Orgasmus noch zuckten.

Als sie wieder zu sich kam, lächelte sie Veronika verträumt an und meinte: «Das hat mir gutgetan. Bist du jetzt sehr schockiert?»

«Warum sollte ich denn schockiert sein?», fragte Veronika zurück und streckte sich wohlig. Sie war es tatsächlich nicht. Mascha strahlte eine solch unschuldige Unbekümmertheit aus, dass sie einfach ansteckend war.

«Weißt du, eigentlich ziehe ich Männer vor», sagte die jetzt und schmiegte sich an Veronika. «Andererseits ist eine Frau einfach der bessere Liebhaber!» Sie kicherte übermütig. «Sagt man so? Oder muss es heißen Liebhaberin?»

«Ich weiß es auch nicht», gab Veronika zu. «Ich habe noch nie mit einer Frau geschlafen. Ich kenne mich also nicht besonders damit aus.»

«Noch nie?» Mascha riss überrascht die Augen auf. «Das hätte ich jetzt nicht gedacht. Du bist ein Naturtalent.»

Veronika lächelte verhalten. «Meinst du? Manchmal entdeckt man plötzlich neue Seiten an sich, die einen selber überraschen. Sollen wir nachschauen, was Jenny macht?»

Jenny bemerkte nicht einmal, dass sie nicht mehr allein im Raum war, so gebannt starrte sie auf den erleuchteten Monitor vor sich. Die beiden anderen Frauen wechselten einen Blick und kamen leise näher, um die Jüngere zu überraschen. Was sie dann aber auf dem Bildschirm sahen, ließ Veronika ausrufen: «Das gibt es doch gar nicht!»

Auch Mascha stutzte, ehe sie verwirrt feststellte: «Aber das ist ja in deinem Haus ...»

Jenny fuhr herum und ihr Gesichtsausdruck wirkte ausgesprochen selbstzufrieden. «Da staunt ihr! Was man so alles auf alten Festplatten findet ...» Ihre schmalen Finger flogen über die Tastatur. «Wartet, ich lass es ganz von vorne ablaufen.»

Mascha und Veronika standen rechts und links von ihrem Stuhl und starrten fasziniert auf die Bilder. Offensichtlich hatte Erwin sich mit einer neuen Digitalkamera amüsiert. Seine Stimme drang klar und deutlich aus den Lautsprechern. «Klasse, Baby, ganz super machst du das. Weiter, ja, mach weiter ...»

Nach einigen unsicheren, verwackelten Kameraschwenks in alle möglichen Richtungen wurde das Bild ruhig. Im Fokus der Aufnahme war deutlich ein wohlgeformtes weibliches Hinterteil zu sehen. Ausladend und ansprechend gerundet. Der dezente

Wollstoff des engen Rocks spannte sich gefährlich. Etwas an diesem Rock kam Veronika vage bekannt vor. Die Kamera glitt in kühnem Schwung hinunter, zeigte die Beine, schöne Beine, die in knallroten hochhackigen Pumps endeten. Die Füße in den Pumps bewegten sich zielsicher auf die Treppe zu, und man sah sie Stufe für Stufe hinaufsteigen, wobei die Trägerin es fertigbrachte, den Reißverschluss zu öffnen und langsam, Stück für Stück den Rock abzustreifen wie eine Schlange ihre alte Haut.

Unter dem nüchternen Grau kam ein Hüftgürtel in dem gleichen feurigen Rot wie die Pumps zum Vorschein, mit schwarzer Spitze besetzt. Kein Slip, bei jedem sorgfältig gesetzten Schritt auf die nächste Treppenstufe teilten sich die Pobacken und gaben den Blick auf dunkles Schamhaar frei. Die helle Haut der Oberschenkel kontrastierte auffällig mit den anthrazitfarbenen Strümpfen. Atemlos wartete Veronika darauf, dass die Kamera den Oberkörper zeigte. An dem schien Erwin jedoch nicht so sehr interessiert gewesen zu sein.

Stattdessen klebte sein Blick bzw. das Auge der Kamera geradezu an dem sich aufreizend hin und her schwingenden Hinterteil. Eine Tür klappte, und dann stellte Veronika mit plötzlicher Empörung fest, dass das Paar sich tatsächlich in ihrem ehemaligen gemeinsamen Schlafzimmer befand.

«Soll ich mich ganz ausziehen, Hase?», fragte eine gutturale Frauenstimme.

«Nicht nötig. Leg dich aufs Bett und fang schon mal an», sagte Erwins Stimme, und die Kamera bewegte sich ein Stück ins Zimmer hinein, nahm Aufstellung neben dem Bett, und in der Totale erkannte Veronika nunmehr mit Sicherheit, was sie bereits vermutet hatte.

Die graue Maus aus dem Vertrieb hatte unter ihrem unscheinbaren Äußeren offensichtlich einiges zu bieten gehabt! Ohne ihre dicke Brille und die unvorteilhafte Frisur wirkte die Frau wie verwandelt. Damit war die Frage, wer Erwins Geliebte war, die er als seine Frau ausgegeben und mit der er sich nach Südamerika abgesetzt hatte, beantwortet.

Erstaunt stellte Veronika fest, dass es ihr weniger ausmachte, als sie erwartet hätte. Wenn Erwin sie anständig versorgt zurückgelassen hätte, dann hätte sie ihm vielleicht sogar noch alles Gute gewünscht.

Mit distanziertem Interesse verfolgte sie, wie die Frau sich auf ihrer Lieblingsbettwäsche räkelte, die Beine aufgestellt und weit gespreizt. Im Hintergrund setzte Musik ein. Ja, Erwin hatte es nie verstanden, dass seine Frau es nicht mochte, direkt neben sich fremde Stimmen «Je t'aime» stöhnen zu hören. Dieser Frau schien es nichts auszumachen. Im Gegenteil, es schien sie noch anzuspornen. Ihre Hände mit den krallenartigen, künstlichen Nägeln wanderten zwischen ihre Schenkel, spielten mit dem dunkelbraunen Schamhaar, öffneten weit die Schamlippen, um der Kamera den Blick auf ihre Spalte freizugeben.

Sie schimmerte und glitzerte, von ihrem Saft überzogen. Die Kamera zoomte sich so nah heran, dass man das Gefühl hatte, in eine dunkelrote Landschaft aus prallem Fleisch einzutauchen. Die Finger zogen die Schamlippen noch weiter auseinander, öffneten den Eingang und ließen die Kamera einen Blick in den schwarzen Tunnel werfen, der in das Körperinnere führte.

«Wow, nicht schlecht die Auflösung», murmelte Jenny halblaut, und ihre anerkennende Bemerkung riss die beiden anderen aus ihrer Erstarrung.

«Kennst du sie?», fragte Mascha und warf Veronika einen mitfühlenden Blick von der Seite zu. «Doch nicht etwa eine Freundin?»

«Nein, keine Freundin. Aber ich kenne sie, eine seiner Angestellten. Oder wohl besser eine seiner ehemaligen Angestellten», berichtigte Veronika sich gelassen. «Sie hat den Vertrieb unter sich gehabt.»

«Nicht nur den Vertrieb», bemerkte Mascha anzüglich und wies mit dem Kopf auf den Bildschirm, wo die Szenerie sich grundlegend geändert hatte.

Der Kameramann hatte sich offensichtlich auf das Bett gelegt. Im Zentrum der Aufnahme schwankte jetzt ein erigierter Penis, die Eichel purpurrot, die großen Adern schimmerten violett durch die zum Platzen gespannte Haut des Schafts.

«Angeber!», bemerkte Mascha amüsiert. «Wieso Männer immer so unwahrscheinlich stolz auf ihr Ding sind? Fehlt bloß noch die Fanfare im Hintergrund ...»

Der Schoß der Frau senke sich auf die Penisspitze, nahm ihn auf. Fasziniert beobachteten die drei Zuschauerinnen, wie er Zentimeter für Zentimeter in ihr verschwand, verschlungen von nassem Fleisch. Ein kehliger Laut, dann kullerte die Kamera vom Bett und zeigte nur noch den Staub unter dem Nachtschränkchen.

«Hast du noch mehr von solchen filmischen Meisterwerken gefunden?», fragte Veronika.

«Nein, aber dafür was viel Besseres!» Jenny setzte sich gewichtig in Positur. «Manche Leute sind wirklich unglaublich leichtsinnig, oder dämlich. Guckt mal. Was denkt ihr, was das ist?»

Auf dem Monitor erschienen Zahlenreihen, endlose Zahlenreihen. Jenny scrollte mit der lässigen Geschicklichkeit des PC-Experten weiter. «Dies hier», sie markierte mit dem Mauszeiger einige einzeln stehende Zeichengruppen, «das sieht mir verflucht nach Zugangscodes aus. Wahrscheinlich hat er sie hier zu Hause sicher versteckt geglaubt.»

«Du meinst, das sind Zugangsdaten für Geldkonten?», vergewisserte Veronika sich, dass sie richtig verstanden hatte.

«Hm», brummte Jenny bestätigend, und hämmerte schon wieder eifrig auf die Tastatur ein.

«Kannst du auch herauskriegen, wo die Konten sind?», fragte Veronika, heiser vor Aufregung. Was für eine wunderbare Fügung, wenn sie von dem Vermögen, das Erwin beiseitegeschafft hatte, etwas für sich abzweigen könnte!

«In dieser Datei war nichts darüber. Hast du keine anderen Unterlagen?» Jenny starrte konzentriert auf die rasenden Zahlenreihen. «Aber ich bin ja noch nicht mal zur Hälfte durch», fügte sie geistesabwesend hinzu. «So leichtsinnig, wie dein Mann war, ist es gut möglich, dass er hier auch irgendwo noch Bankaufstellungen hat.»

Ein melodisches Klingeln ertönte aus dem Lautsprecher. «Hey, eine neue Anfrage!», sagte Jenny erfreut und klickte sich zur Homepage zurück. «Wir sollten uns unbedingt noch einen netten Namen zulegen», meinte sie, während sie das Kontaktformular aufrief und sich etwas zur Seite neigte, um den beiden anderen einen Blick darauf zu ermöglichen. «Einen eingängigen, der uns von den ganzen Villa Reginas abhebt. Man muss auffallen, wenn man bemerkt werden will!»

«Leichter gesagt als getan. Hast du schon eine Idee?»

«Wie wäre es mit *Villa zu den drei Grazien?*», schlug Mascha lächelnd vor. «Nein, war ein Witz! Aber Jenny hat recht, wir sollten uns irgendwie abheben von den üblichen Privatpensionen.»

«Das tun wir bereits über den Preis!», warf Veronika trocken ein und wies mit dem Finger auf die zartblau unterlegte Preisliste. «Lasst sie uns doch einfach *La Villa* nennen. Das ist schlicht und dabei vornehm zurückhaltend.»

«Okay, dann setze ich später gleich den Schriftzug ein. Mensch, Leute, das ist ja super: Da will einer alle restlichen Zimmer buchen!»

Kapitel 3

Es traf sich gut, dass in der Stadt gerade eine Gastronomiemesse mit unerwartet großem Publikumsandrang stattfand. Jedes verfügbare Zimmer war gefragt, und es wurde nicht um den Preis gefeilscht.

Nervös warteten die drei, versteckt hinter der Gardine des Küchenfensters, auf das Eintreffen ihrer Gäste. Veronika hatte sich sorgfältig zurechtgemacht: In ihrem türkisfarbenen Leinen-Ensemble mit dem schlichten Silberschmuck wirkte sie wie die Gastgeberin einer exklusiven Abendeinladung.

Mascha sah aus wie immer. Wenn sie die Speisen auftrug, würde sie eine weiße Schürze tragen, hatte sie augenzwinkernd angekündigt. Jennys schmale Gestalt in Jeans und T-Shirt verschwamm beinahe mit der Küchengardine. Sie würde möglichst unsichtbar bleiben, wollte auf keinen Fall mehr als nötig in Erscheinung treten.

Als der schwere Wagen die Einfahrt zum Haus herauffuhr und langsam vor der Eingangstür ausrollte, umklammerte Veronika das Fensterbrett. Jetzt gibt es kein Zurück mehr, Hoffentlich geht alles gut!, dachte sie. Laut verkündete sie: «Da sind sie», und ging mit raschen Schritten zur Tür.

Sie öffnete die Tür, ohne auf das Klingeln zu warten, und sagte mit dem professionellen Lächeln der erfahrenen Gastgeberin: «Herzlich willkommen im *La Villa*. Ich hoffe, Sie hatten eine angenehme Reise?»

«Na ja, es ging so», erwiderte ein bulliger Mann in einem zerknitterten Leinensakko. «Wir sind heilfroh, dass wir endlich da sind.» Mit diesen Worten kam er auf sie zu und streckte dabei seine Rechte aus. «Sven Heinemann. Ich habe bei Ihnen drei Zimmer gebucht.»

«Veronika Lohgerber.» Sie schüttelten sich kurz die Hand, wobei Veronika seine für einen Mann ungewöhnlich weichen Finger auffielen. Offenbar verrichtete er mit ihnen keine körperliche Arbeit. Dann musterte Veronika unauffällig seine beiden Begleiter, die inzwischen ebenfalls ausgestiegen waren und das Gepäck aus dem Kofferraum holten. Der Jüngere der beiden in Lederhosen und Muskelshirt handhabte die schweren Koffer mit einer Mühelosigkeit, die bewies, dass die Muskeln, die unter der leicht gebräunten Haut spielten, nicht nur der Optik dienten.

Der Zweite, gut einen Kopf kleiner und ausgesprochen zierlich, wirkte ein wenig schwächlich neben ihm. Der Grund dafür wurde klar, sobald der Mann in den Lederhosen ihm einen eleganten Gehstock reichte und er stark hinkend auf Veronika zukam, um sie ebenfalls zu begrüßen.

«Leonora Heinemann», sagte die Gestalt mit leiser, angenehmer Stimme. «Ich wusste gar nicht, dass es in diesem Ort eine so entzückende Übernachtungsmöglichkeit gibt. Ein Glück, dass Elvira vergessen hatte, ein Hotel zu buchen!»

Im ersten Moment war Veronika sprachlos vor Überraschung. Eine alte Dame in Männerkleidung! Und ziemlich alt, wenn sie richtig schätzte. Was machte sie in Gesellschaft dieser beiden Männer? Veronika riss sich zusammen. «Wir haben gerade erst eröffnet», erwiderte sie gefasst. «Haben Sie sich schon für ein Zimmer entschieden?»

«O ja, meine Liebe! Ihr nordafrikanisches hat es mir angetan. Erinnert mich an meine wilden Zeiten!» Sie zwinkerte der verblüfften Veronika komplizenhaft zu, wandte sich um und marschierte an ihr vorbei, ohne sich umzusehen.

«Entschuldigung, Tante Leo ist manchmal etwas direkt», meinte der bullige Mann und lächelte. Wenn er lächelte, wirkte er auf einmal gar nicht mehr so einschüchternd, wie er ihr zuerst erschienen war. «Würden Sie sie schon mal auf ihr Zimmer begleiten? Wir kommen sofort mit den Koffern nach. Ich will nur rasch das Auto parken. Ist der Platz neben der Garage okay?»

Veronika nickte und beeilte sich, der alten Dame zu folgen. Tante Leo hatte sich bereits die halbe Treppe hochgekämpft. Ihr steifes Bein hinter sich herziehend, meisterte sie entschlossen Stufe für Stufe. Veronikas Hilfsangebot lehnte sie ab, und so blieb der nichts anderes übrig, als höflich abzuwarten. Oben angekommen, gab die Dame ein herzhaftes Schnaufen von sich und sah sich ungeniert um. «Sie haben einen exzellenten Geschmack, meine Liebe», gestand sie Veronika eine Spur herablassend zu. «Für heutige Verhältnisse jedenfalls.»

«Danke», murmelte Veronika pflichtschuldigst und unterdrückte den leisen Ärger, der in ihr aufstieg. Was bildete diese überspannte Alte sich eigentlich ein? Die humpelte bereits auf die übrigen offenstehenden Türen zu, um die dahinterliegenden Zimmer kritisch zu inspizieren.

«Chinesisch, hm», hörte Veronika sie sagen. «Na ja, wer's mag ...» Das Zimmer der zerfließenden Uhren kommentierte sie mit: «Also da kommt mein lieber Neffe hinein! Dem tut eine Erinnerung an die Zeit ganz gut. Und der gute Willi in diesen Pseudodschungel. Haben Sie zufällig auch noch Plüschtiere da? Er hat ein ausgesprochen kindliches Gemüt.»

«Tut mir leid, das Rousseau-Zimmer ist bereits vergeben.» Es bereitete Veronika ein stilles Vergnügen, der herrischen Dame in die Parade fahren zu können. «Ihr Mitreisender wird sich mit dem chinesischen Zimmer begnügen müssen.»

Leonora nahm es mit einem Schulterzucken hin. «Willi ist sehr anpassungsfähig. Ich habe Durst. Können Sie mir bitte eine Flasche Champagner aufs Zimmer schicken lassen?»

Veronika erschrak. Erwin hatte ihnen zwar einen exzellent bestückten Weinkeller hinterlassen, aber Champagner war nicht unter den Kostbarkeiten. Und er war zu teuer, um ihn auf Vorrat anzuschaffen. Mascha hatte die Preise studiert und dann entschieden, dass sie Champagner nur auf speziellen Wunsch besorgen würden. «Tut mir leid», stammelte Veronika peinlich berührt. «Der Champagner ist noch nicht nachgeliefert worden. Darf es stattdessen auch ein Riesling-Sekt sein?»

Die Blicke der alten Dame aus scharfen schwarzen Augen bohrten sich in Veronikas verunsicherte blaue. «Sie sind etwas knapp bei Kasse? Das sollten Sie sich aber unter keinen Umständen anmerken lassen, meine Liebe! Sie brauchen nicht so erschreckt dreinzuschauen: Ein paar Flaschen unserer Hausmarke haben wir immer dabei. Lassen Sie sich von Willi eine geben und schicken Sie sie mir in einem Sektkühler nach oben. Mit Gläsern natürlich.»

«Du schikanierst doch nicht etwa schon unsere Gastgeberin?», fragte ihr Neffe Sven tadelnd von der Treppe her, wo er sich mit einem unhandlichen, altmodischen Ungetüm von Koffer abmühte. «Willi bringt dir deinen Champagner, Tante Leo, sobald er sich ein bisschen beruhigt hat. Ziemlich durchgeschüttelt von der Fahrt», fügte er erklärend an Veronika gewandt hinzu. «Wenn man ihn nicht erst etwas zur Ruhe kommen lässt, schäumt er nur wie verrückt. Wäre schade um den Veuve Cliquot.»

Ächzend stellte er den Koffer ab und sah sich anerkennend

um. «Nicht schlecht. Um nicht zu sagen, großartig! Wenn das Essen so wunderbar ist wie das Ambiente ...»

«Ich hoffe, dass es Ihren Ansprüchen genügen wird. Wir haben eine russische Köchin, die allerdings auch internationale Erfahrung aufzuweisen hat», verkündete Veronika, Maschas Ehejahre in Deutschland kühn zur internationalen Erfahrung hochstilisierend. «Für heute Abend hat sie eine leichte Vichysoisse vorbereitet, Bœuf Stroganoff als Hauptgericht und zum Dessert eine Russische Creme.»

«Wir freuen uns bereits darauf», gab Sven Heinemann höflich zurück. «Um neunzehn Uhr, wenn ich mich recht erinnere?»

«Ich kann nicht für jeden unsere Gäste extra kochen», hatte Mascha klargestellt, als sie darüber gesprochen hatten, wie sie es mit der Verköstigung halten sollten. «Frühstücken kann jeder, wann er will, aber nicht abends! Abendessen gibt es für alle um sieben. Basta!»

«Richtig», bestätigte Veronika freundlich. «Ab halb sieben bieten wir unten auf der Terrasse einen Aperitif an. Darf ich Ihnen jetzt Ihr Zimmer zeigen? Ihre Tante hat es bereits für Sie ausgewählt.»

Das rasch aufblitzende Lächeln verlieh seinem Gesicht eine überraschende Jungenhaftigkeit. «Aber gerne», meinte er schmunzelnd. «Lassen Sie mich nur zuerst noch meinen Koffer holen.»

Während Veronika oben an die Balustrade gelehnt auf ihn wartete, wiederholte sie in Gedanken, was sie von dem Trio wussten. Sven Heinemann hatte drei Zimmer bestellt und im Voraus bezahlt. Die neugierige Jenny hatte ein wenig im Internet recherchiert und ihn als den Inhaber eines bedeutenden Weinhandelshauses identifiziert. So ausführlich die Angaben zu seiner Handelsware gewesen waren, so wenig waren Informationen zu seinem privaten Umfeld zu finden gewesen. Jenny hatte schließlich aufgegeben und entschieden, dass die anderen beiden Zimmer wohl für Angestellte gedacht sein müssten.

Auf jemanden wie Leonora Heinemann waren sie nicht eingestellt gewesen. Und bei Willi Meister war sie sich nicht ganz sicher, welche Funktionen er außer Chauffeur und Hausdiener bei wem der beiden Heinemanns noch ausfüllte.

Während des Aperitifs klärte es sich jedenfalls noch nicht. An Willi Meisters nunmehr in feines dunkelblaues Leinen gehülltem Arm kam Leonora auf die Minute pünktlich die Treppe heruntergeschritten. Ihr geschickt geschnittener Kaftan aus meergrüner Seide umfloss anmutig den hageren Körper und ließ den glitzernden Brillantschmuck angemessen zur Geltung kommen. In geradezu königlicher Haltung ließ sie sich von Willi zu einem alleinstehenden Sessel führen und nahm kerzengerade darin Platz.

Veronika beeilte sich, ihr etwas von dem Tablett mit den vorbereiteten Gläsern anzubieten. «Sherry, Frau Heinemann? Oder würden Sie einen leichten Prosecco vorziehen?»

Leonora griff gnädig nach einem Sherryglas und nippte damenhaft daran. «Ist der letzte Gast schon eingetroffen?», erkundigte sie sich, während sie sich interessiert umsah.

«Leider noch nicht», sagte Veronika und lächelte Sven Heinemann zu, der sich gerade zu ihnen gesellte. «Aber wir erwarten Herrn Schmidt jede Minute.»

«Schmidt!» Leonora rümpfte verächtlich die Nase. «Dieser Herr Schmidt erwartet ja wohl nicht, dass mit dem Essen auf ihn gewartet wird, oder?»

«Keinesfalls, gnädige Frau!» Die Stimme kam von der Terrassentür. Alle Köpfe wandten sich überrascht zu dem Sprecher um. Der Mann war klein. Ein boshafter Betrachter hätte ihn als so breit wie hoch beschreiben können. Das wäre zwar übertrieben, aber treffend gewesen. Die Gestalt in einem Anzug von unschönem Braun hob zur Begrüßung mit der Rechten den Panamahut und verbeugte sich unerwartet gelenkig, ohne die Reisetasche, die er in der linken Hand trug, abzustellen «Einen schönen guten Abend, die Herrschaften! Gestatten, Manfred Schmidt, Mostweine und Spirituosen.»

Veronika fasste sich als Erste. «Guten Abend, Herr Schmidt. Ich hoffe, Sie hatten keine Probleme mit der Anreise?»

«Weil i durch den Hintereingang komm? Noi, des war nur, weil i mi hab umschaun wolln», war die Antwort in breitestem Schwäbisch. «Man steigt ja nicht täglich in so einer Villa ab», fügte er, wieder in verständlicheres Hochdeutsch wechselnd, hinzu. «Mein Wagen steht vorne, neben dem Benz. Wenn Sie mir mein Zimmer zeigen, springe ich nur schnell unter die Dusche und bin in null Komma nix wieder da!»

Veronika überließ die Gruppe sich selbst und führte den munteren Gesellen in sein Dschungelzimmer. «Ha noi, is des schee!», flüsterte er beeindruckt und ließ seine Reisetasche auf den moosgrünen Teppichboden fallen. «Aber des Gemälde is nit echt, oder? Kein Original, meine ich», verdeutlichte er die Frage, als er Veronikas verständnislose Miene sah.

«Leider nein», antwortete Veronika. «Wenn es ein Original wäre, dann hinge es in einem Museum, weil kein Normalsterblicher die Versicherungsprämien dafür aufbringen könnte.»

«Natürlich, war e granatenmäßig saublöde Frag'!», gab er fröhlich zu, und bückte sich, um seine Reisetasche zu öffnen. «Also dann, pack mer's ...»

Unten sahen ihr drei erwartungsvolle Augenpaare entgegen. «Herr Schmidt wird sich uns gleich anschließen», teilte ihnen Veronika mit, ohne eine Miene zu verziehen, obwohl die Kombination ihrer Gäste sie zum Lachen reizte. Welch eine Zusammenstellung!

Die Küchentür öffnete sich, und Mascha bat zu Tisch. Bis Leonora in dem hochlehnigen Sessel an einer Schmalseite des Tisches Platz genommen und man sich über die restliche Sitzordnung verständigt hatte, war auch Herr Schmidt wieder aufgetaucht. In einem hellblauen Polohemd und schwarzen Jeans wirkte er nicht mehr ganz so voluminös, aber man sah seiner Figur an, dass er beileibe kein Kostverächter war.

Veronika als Hausherrin gab die gekühlte Suppe aus einer Porzellanterrine in die Teller auf. «Kartoffelsupp», stellte Herr Schmidt fest, kaum, dass er gekostet hatte. «Leut', dazu gehört Moscht. Momentle ...» Er verschwand, um gleich darauf mit einer dunkelgrünen Flasche zurückzukehren. Leonora runzelte die Stirn, schwieg aber, als ihr Neffe ihr einen warnenden Blick zuwarf. «Ich habe schon viel über diese sehr spezielle Sorte Obstwein gehört», sagte Sven Heinemann interessiert. «Kann man ihn mit dem französischen Cidre vergleichen? Oder eher mit der hessischen Variante aus Äpfeln und Speierling?»

«Moscht is Moscht», erwiderte Herr Schmidt, ohne aufzusehen. Großzügig goss er allen von der hellgelben, leicht säuerlich riechenden Flüssigkeit ein. «Probiert emal ...» Gespannt beobachtete er, wie alle vorsichtig an ihren Gläsern nippten.

«Ausgesprochen gewöhnungsbedürftig», konstatierte Leonora und schob das Glas energisch von sich weg.

«Interessant», befand Sven Heinemann und schürzte die Lippen, während er den Most konzentriert verkostete. «Was ist da alles drin?»

«Nix, außer Äpfel und Birnen.» Aus Manfred Schmidts Stimme klang offener Stolz. «Das ist absolut naturrein! Manche schwefeln ja die Fässer, aber wir nicht. Er wird in Plastikfässern angesetzt, die nur mit heißem Wasser gereinigt werden, und es kommt nichts hinzu. Der Saft bleibt völlig sich selbst – und den Hefebakterien – überlassen.»

«Das merkt man ihm auch an», bestätigte Leonora mit ätzendem Spott. «Vielleicht würde ihm ein bisschen Pflege guttun? In seinem augenblicklichen Erscheinungszustand ist er nicht gerade eine Offenbarung.»

«Das kommt auf den persönlichen Geschmack an, gnädige Frau», verteidigte Schmidt seinen Most. «An heißen Tagen gibt es für mich nichts Erfrischenderes als einen gespritzten Apfelmost, glauben Sie mir.»

«Nun ja, in meinem Alter bleibt man besser beim Bewährten. Willi, sei so gut und bring mir Champagner. Inzwischen müsste er ja wieder trinkbar sein.» Wortlos, aber gehorsam erhob Willi sich und verschwand in der Küche. Veronika beobachtete sein Verschwinden etwas besorgt, denn Mascha hasste es, beim Kochen gestört zu werden.

«Und was ist Ihre Meinung dazu?», fragte Sven Heinemann Veronika und lenkte mit seiner Frage die allgemeine Aufmerksamkeit auf sie. «Würden Sie Vichysoisse und Most ebenfalls als eine empfehlenswerte Kombination ansehen?»

«Jedenfalls schmeckt er angenehm leicht», antwortete sie diplomatisch und horchte auf die Geräusche aus der Küche.

«Keine Angst, Willi ist den Umgang mit Köchen gewöhnt», sagte Heinemann leise und lächelte sie beruhigend über sein Glas hinweg an. «Herr Schmidt, Ihr Apfelmost, haben Sie schon konkrete Pläne, was seine Vermarktung betrifft?»

Manfred Schmidt grinste verschmitzt. «Ha noi – i hab mir halt denkt –, ich habe mir gedacht, ihn auf der Messe zur Probe auszuschenken. Ein gutes Produkt findet schon seine Abnehmer. Immerhin geht der Most ja absolut in Richtung Öko, und was Öko ist, das verkauft sich derzeit wie geschnitten Brot.»

«Und dazu kann man noch die regionale Karte einsetzen», meinte Heinemann anerkennend nickend. «Ich könnte mir gut vorstellen, Ihren Most in mein Angebot aufzunehmen.»

«Ehrlich?» Schmidt wirkte fast überrumpelt. «Haidenai, hätt ich des geahnt, dann hätt ich mir ja des ganze Gesums mit der Messe spare kenna!» Vor lauter Aufregung war er wieder in seinen breiten Dialekt verfallen, den er so mühsam im Zaum hielt.

Mascha und Willi unterbrachen das sich anbahnende Geschäftsgespräch. Mascha, adrett in weißer Schürze, die Haare unter einem entsprechenden Häubchen hochgesteckt, trug die Silberplatte, auf der das Bœuf Stroganoff angerichtet war, mit der Würde einer Hohepriesterin. Willi folgte ihr auf dem Fuß, die Platten mit den Beilagen balancierend.

Bereits im Vorfeld hatten Veronika und Mascha den Wein dazu ausgesucht, einen von Erwins französischen Rotweinen. Nun warteten sie gespannt auf das Urteil des Fachmanns. Sven Heinemann goss sich einen Fingerbreit ein, ließ die blutrote Flüssigkeit im Glas kreisen und atmete tief ein ...

«Mach es nicht so spannend, mein Lieber», meinte Leonora spöttisch. «Ich nehme an, man kann ihn trinken, oder?»

«Im Prinzip kann man jeden Wein trinken», gab ihr Neffe im gleichen Ton zurück. «Dieser Wein hier ist ausgezeichnet», wandte er sich dann an Veronika und begann bedächtig, die übrigen Gläser zu füllen. «Mein Kompliment! Ihr Keller ist offensichtlich von einem Kenner bestückt worden.»

«Ja, das könnte man wohl so sagen», murmelte Veronika, und ihre Stimme klang immer noch metallisch hart bei dem Gedanken an Erwin. «Eins seiner wenigen Talente.»

Heinemann warf ihr von der Seite her einen verunsicherten Blick zu. «Entschuldigung», sagte er, peinlich berührt, einen wunden Punkt getroffen zu haben. «Ich wollte Ihnen nicht zu nahetreten.»

«Schon gut.» Veronika lächelte verzerrt. «Bitte, lassen Sie es sich schmecken.» Dann hob sie das Glas. «Zum Wohl! Und herzlich willkommen im *La Villa*!»

Drei Stunden später waren alle Gäste in ihren Zimmern verschwunden.

«Ich dachte schon, sie werden überhaupt nicht mehr müde», seufzte Veronika und ließ sich auf einen der Küchenstühle fallen. «Das Essen war wunderbar, Mascha. Alle waren begeistert.»

«Ich weiß.» Mascha wischte ein letztes Mal über die spiegelnde Fläche des Kochfelds. «Der kleine Dicke hat es mir auch schon gesagt. Er ist echt nett. Vorhin hat er mich eingeladen, seine Obstbrände zu probieren.»

«Jetzt noch?» Veronika runzelte missbilligend die Stirn. «Findest du nicht, dass es schon ziemlich spät dafür ist?»

«Nein.» Mascha nestelte an ihrer Schürze, band sie ab und hängte sie an einen Haken hinter der Tür. «Ich habe den ganzen Tag gearbeitet. Jetzt möchte ich mich amüsieren. Hast du etwas dagegen?» Ihr aufsässiger Ton ließ Veronika resigniert den Kopf schütteln. Was war nur auf einmal in Mascha gefahren?

«Selbstverständlich nicht», erwiderte sie müde. «Du kannst tun und lassen, was du möchtest. Ich gehe noch eine Runde schwimmen und dann ins Bett.»

Im Schwimmbad war es angenehm dämmrig. Das bläuliche Licht der Unterwasserleuchten tauchte den Raum in ein Halbdunkel, in dem man sich gerade noch gut orientieren konnte. Erschöpft streifte Veronika ihren Bademantel ab. In der Annahme, die Einzige zu sein, die um diese Zeit noch das Schwimmbad aufsuchte, hatte sie nur schnell ihren alten Frotteebademantel übergeworfen. Darunter war sie nackt. Aber was machte das schon? Sie würde sowieso niemandem begegnen, der sich über ihren nachlässigen Aufzug wundern könnte.

Das Wasser umspielte ihren Körper kühl und seidig. Sie schloss die Augen, entspannte sich, ließ sich einfach vom Wasser tragen. So verharrte sie lange Zeit unbeweglich, ihre Glieder anmutig schwebend wie die eines Meereswesens, das sich von der Strömung treiben lässt. Die unerwartete Berührung eines anderen menschlichen Körpers riss sie aus ihrem tranceähnlichen Zustand. Sie zuckte wie von einer Nesselqualle gestreift zusammen und stand plötzlich senkrecht im Becken.

«Oh, Verzeihung», keuchte eine männliche Stimme, und der dazugehörige Körper wich ein Stück vor ihr zurück. «Verzeihung, ich habe Sie gar nicht bemerkt. War so in Gedanken.» Die Stimme klang weder nach Sven Heinemann noch nach Manfred Schmidt. Jetzt erst fiel Veronika auf, dass sie Willi Meisters Stimme gar nicht kannte, weil er in ihrer Gegenwart bisher nicht gesprochen hatte.

«Herr Meister ...?», fragte sie versuchsweise und zog sich vorsichtig Richtung Beckenrand zurück für den Fall, dass es vielleicht ein Einbrecher war, der Gefallen an ihrem Schwimmbad gefunden hatte.

«Nein, nein, bitte sagen Sie Willi zu mir. Das tun alle», sagte er leise und atemlos. «Tut mir sehr leid, ich wollte Sie wirklich nicht erschrecken.»

«Sie haben mich nicht erschreckt», beruhigte Veronika ihn, nicht ganz wahrheitsgemäß. «Ich hatte nur nicht erwartet, hier noch jemanden zu treffen.»

«Ich bin sofort weg!»

«Halt, bleiben Sie!», befahl Veronika und hielt ihn energisch am Oberarm zurück. Sie spürte harte Muskeln unter der glatten Haut. Auf einmal war sie gar nicht mehr so erpicht darauf, das Schwimmbecken für sich allein zu haben. «Das Becken ist groß genug für uns beide», meinte sie aufmunternd. «Leisten Sie mir Gesellschaft und erzählen Sie mir ein wenig von sich.» Sie ließ ihn los und begann, mit ruhigen Schwimmstößen das Becken zu durchqueren.

«Was soll ich Ihnen denn erzählen?» Willi hörte sich stark verunsichert an, begann aber gehorsam, in gebührendem Abstand neben ihr herzuschwimmen. In friedlichem Einvernehmen zogen sie ihre kurze Bahn, erreichten das Beckenende und schwammen wieder zurück.

«Wie lange sind Sie denn schon bei den Heinemanns?», half Veronika ihm auf die Sprünge. «Sie scheinen ja zur Familie zu gehören.»

Willi lachte leise. «Na ja, das ist kein Wunder. Schon meine Eltern haben für sie gearbeitet. Mein Vater als Chauffeur und meine Mutter als Köchin.»

«Und sind Sie das immer noch?»

«Nö.» Eine knappe, abweisende Antwort, aber Veronika gab nicht auf.

«Warum nicht, oder möchten Sie lieber nicht darüber sprechen?»

«Genau!», kam es zurück.

Eine Zeitlang schwammen sie schweigend, dann unternahm Veronika einen neuen Anlauf, ihn auszufragen. «Sind Sie in die Fußstapfen Ihres Vaters getreten?»

«Hä? Ach so, Sie meinen, ob ich auch Chauffeur bin? Na ja, unter anderem ...»

Jetzt wurde es interessant! Veronika hätte gerne sein Gesicht gesehen, als sie gespielt naiv nachhakte: «Was denn noch?»

«Ich habe Masseur und Krankenpfleger gelernt», gab Willi zögernd zur Antwort. «Aber ... Ich weiß nicht, ob ich mit Ihnen darüber reden sollte.»

«Ich bin bestimmt keine Klatschtante», versicherte Veronika ihm. «Mich interessiert es einfach, wie Sie leben und was Sie arbeiten, Willi.»

«Echt?» Willi klang so überrascht, dass Veronika lächeln musste.

«Ja, echt», bestätigte sie entschieden.

«Also ich sorge dafür, dass der Benz okay ist. Und ich fahre ihn auch, wenn der Sven keine Lust hat, selber zu fahren. Außerdem kümmere ich mich um die alte Dame und so ...», schloss er ziemlich vage.

«Hat sie gesundheitliche Probleme?», erkundigte Veronika sich mitfühlend.

«Sie hat oft ziemliche Schmerzen, und dann massiere ich sie, bis sie wieder entspannt ist», erklärte Willi gewichtig. «Ich bin gut darin. Sven hilft es auch immer.»

Auf einmal wurde Veronika sich der Verspannung zwischen ihren Schulterblättern bewusst. Wie praktisch, einen Masseur sozusagen greifbar zu haben!

«Würden Sie ausnahmsweise auch mir eine Behandlung zukommen lassen?», fragte sie den jungen Mann, der unverdrossen an ihrer Seite schwamm. «Ich weiß, es ist unverschämt, Sie jetzt noch darum zu bitten, aber ich habe schreckliche Verspannungen am Rücken.»

«Natürlich», kam die bereitwillige Antwort.

Kurz entschlossen schwang Veronika sich auf den Beckenrand, griff nach ihrem alten Bademantel und legte sich bäuchlings darauf. Der künstliche Sand unter ihr gab nach, formte sich zu einer Mulde, bis er sich ihrem Körper perfekt angepasst hatte. Auf der von einer versteckten Heizschlange angenehm erwärmten Unterlage lag es sich so angenehm, dass Veronika sich daran erinnern musste, ihre Muskeln anzuspannen, als Willi sich neben sie kniete.

«Wirklich ganz schön hart», stellte er fest, während er mit kundigen Händen ihre Schulterpartie abtastete. «Nicht verkrampfen», mahnte er und begann mit dem Bereich zwischen Hals und Schultern. Seine kräftigen und dabei erstaunlich sensiblen Finger kneteten gründlich und ohne jede Spur von Hast jeden Quadratzentimeter durch. Veronika musste ein wohliges Stöhnen unterdrücken. Der junge Mann war tatsächlich ein Meister seines Fachs! Ohne merkliches Zögern wanderten die Hände weiter. Zuerst über die Oberarme, wo sie eher streichelnd über die Haut glitten. Zurück zum Hals fuhren nur die Fingerspitzen darüber, fanden den Haaransatz und die Stelle im Genick, wo seine Berührungen in Veronika ganz erstaunliche Empfindungen auslösten. Überrascht bemerkte sie, dass es eine ganz bestimmte Stelle im Genick, genau am Haaransatz gab, an der sich ein Bündel Nerven befand, deren Stimulation wohlige Schauer über ihren Rücken laufen ließ.

Willi hielt sich dort so lange auf, dass sie die Vermutung hegte, er wisse, was seine Finger dort bewirkten. Schließlich aber glitten seine Hände weiter nach unten, umfassten ihre Taille, strichen über ihre Hüften. Seine Bewegungen waren kraftvoll, aber so kontrolliert, dass er nie die Schwelle übertrat, an der es schmerzhaft geworden wäre. Veronika überließ sich diesen wunderbaren Händen – warm, fest und wissend. Es war wunderbar, sich ihnen einfach anzuvertrauen in dem Bewusstsein, dass sie genau das tun würden, was ihr guttat.

Alles Fühlen, alles Empfinden schien sich auf ihre Haut zu konzentrieren. Dort empfand sie jede Berührung mit einer Intensität, die sie bis in ihr tiefstes Inneres zu durchdringen schien. Als Willis Hände langsam, wie fragend, tiefer glitten, über ihre Pobacken strichen, hätte sie sich ihm am liebsten entgegengereckt. Sie musste sich geradezu zwingen, reglos liegen zu bleiben. Trotzdem musste er etwas von ihrem inneren Aufruhr gespürt haben, denn die Hände zögerten, verharrten kurz auf den festen Halbkugeln. «Soll ich weitermachen?», flüsterte er heiser.

«Ja, bitte», gab Veronika, ihrer Stimme nicht sicher, ebenso leise zurück.

Lange war es her, zu lange, dass männliche Hände ihre Oberschenkel gestreichelt, sie zärtlich gespreizt hatten. Sie unterdrückte ein sehnsüchtiges Stöhnen. Aber Willi schien intuitiv zu erfassen, was von ihm erwartet wurde. Seine Hände fuhren über die Rückseite ihrer Schenkel, liebkosten die zarte Haut in ihren Kniekehlen, um dann aufreizend gemächlich an der Außenseite der Schenkel wieder hoch bis zu ihren Hüften zu gleiten.

Veronika spürte, dass sie feucht wurde. Zuerst hatte sie es gar nicht bewusst wahrgenommen, doch inzwischen pulsierten ihre Schamlippen so heftig, dass sie sicher war, dass sie bereits deutlich geschwollen sein mussten.

Als er begann, kräftig ihre Pobacken zu kneten, waren ihr die unüberhörbaren Geräusche, mit denen die geschwollenen, feuchten Schamlippen ihren Zustand verrieten, zuerst peinlich. Erstaunlicherweise schien Willi es gar nicht zu bemerken. Einzig die Häufigkeit, mit der seine Finger wie unabsichtlich zwischen ihre Schenkel glitten, um dort die empfindliche Haut der Innenseiten zu streicheln, hätte als Hinweis darauf verstanden werden können, dass er sich über Veronikas Zustand durchaus im Klaren war.

Seine Finger griffen tief in ihr weiches Fleisch, zogen die Hinterbacken weit auseinander, um sie gleich darauf wieder zusammenzuschieben, gegeneinanderzupressen. Besonders jene Stelle, an der die Pobacken in die Oberschenkel übergingen, von einer leichten Falte markiert, erzeugte bemerkenswert lustvolle Gefühle zwischen Veronikas Hüften. Jede oberflächliche Berührung ihres Anus steigerte das Verlangen nach mehr. Als sein Zeigefinger leicht und zart in ihrer Pospalte entlangfuhr, konnte sie sich nicht zurückhalten, ihr Becken anzuheben, es ihm auffordernd entgegenzurecken.

«Umdrehen!» Ein leichter, aber unerwarteter Schlag auf die Pobacken unterstrich den Befehl. Automatisch gehorchte Veronika und legte sich auf den Rücken. Im Halbdunkel konnte sie nur undeutlich Willis Silhouette erkennen, seine muskulöse Gestalt. Mit professioneller Neutralität kniete er sich jetzt zwischen ihre gespreizten Schenkel und beugte sich nach vorn ...

Veronika schloss die Augen, überließ sich der Lust. Zarter, viel zarter als unmittelbar zuvor ihre Pobacken, begann er nun ihre Brüste zu massieren, mit dem Daumen die Nippel zu reizen. Sie hatten sich bereits versteift. Hart und fest hatten sie sich auf den weichen Hügeln aufgerichtet und schienen sich den liebkosenden Fingern entgegenzustrecken, sie willkommen zu heißen. Willi umfasste sie mit drei Fingerspitzen und drückte leicht zu, rollte die Nippel ein wenig hin und her. Wie ein elektrischer Schlag durchfuhr die Lust Veronikas Körper, schoss in ihren Unterleib und entfachte dort ein Feuer. Unwillkürlich begann sie ihr Becken hin und her zu bewegen. Ungerührt fuhr Willi fort, an ihren Brustwarzen zu spielen. Er zupfte erst leicht, dann immer entschiedener an ihnen, drehte sie zwischen seinen allmählich immer härter zupackenden Fingern.

Als er endlich von ihnen abließ, kreiste Veronikas Empfinden einzig und allein um die Glut, die ihr Inneres erfasste und sie zu verzehren drohte.

Leicht wie Schmetterlingsflügel flatterten seine Hände über ihren flachen Bauch, neckten sie. Immer wieder berührten sie ihr Schamhaar, glitten über ihre Hüften, liebkosten die seidige Haut. Fast hätte sie vor Erleichterung aufgeschrien, als sich endlich eine warme Handfläche fest auf ihr Geschlecht presste, und sich leicht, in der Andeutung einer Massage, hin und her bewegte.

Sie passte sich den Bewegungen an, drückte ihr Becken gegen seine Hand und verfiel in einen Rhythmus, ihren Rhythmus ...

Sanft zog er die Hand zurück, und sie keuchte enttäuscht auf. Öffnete bereits den Mund, um ihn anzuflehen, nicht aufzuhören, seine Hand dort liegen zu lassen, wo sie sich so unwahrscheinlich gut angefühlt hatte. Aber ehe sie etwas äußern konnte, hatte er schon mit geschickten Fingern ihre Schamlippen auseinandergezogen, und sie spürte einen Finger in ihrer Spalte kreisen, als bäte er um Einlass.

«Jaa», hauchte sie tonlos und hob ihr Becken an, um ihm ihre Ungeduld zu signalisieren. Langsam schob er seinen Finger in ihre weiche Hitze. Ein zweiter gesellte sich dazu, suchte und fand die Stelle, an der bereits eine Berührung ausreichte, um Veronikas Lust ins Unermessliche zu steigern. Die andere Hand tastete nach der Klitoris, die in dem angeschwollenen Fleisch schwer auszumachen war. Als er sie gefunden hatte und sie zart zu reizen begann, stöhnte Veronika laut auf. Ihre Schenkel spreizten sich von selbst weit, und sie spannte in Erwartung des Orgasmus, der sich in ihr aufbaute, sämtliche Muskeln an. Gespannt wie eine Bogensehne hob sie sich, bäumte sich auf, fühlte, wie die riesige Woge sie erfasste und mitriss.

Auf dem Höhepunkt des Orgasmus verlor sie das Bewusstsein, verschmolz mit der überwältigenden Kraft, die wie durch Zauberei ihren Körper verwandelte, bis sie ihn in einem Feuerwerk der Lust auflöste und wieder zusammenfügte.

Als sie sich ihrer Umgebung wieder klar bewusst wurde, kniete Willi immer noch zwischen ihren Beinen. Veronika streckte auffordernd die Arme aus. «Ich würde dich gerne dicht neben mir spüren», bat sie leise und etwas heiser. Vorsichtig streckte er sich seitwärts der Länge nach neben ihr aus, den Kopf in die Hand gestützt wie eine antike Statue.

Sein Körper strahlte Wärme und Nähe aus, und Veronika schmiegte sich an ihn. Seine Haut war glatt und erstaunlich wenig behaart. Neugierig strich Veronika ihm über die Brust, die Hüften, die sich glatt wie Kinderhaut anfühlten. Erst an den Oberschenkeln ertastete sie drahtige Körperbehaarung. Neugierig erkundete sie ihn weiter. Seine kleinen Pobacken zogen sich unter ihrer Hand zusammen, wurden hart, und er hielt den Atem an, als sie versuchsweise hineinkniff. Von seiner Reaktion ermutigt, machte sie weiter. Ihre Hand strich über seinen Oberschenkel bis zum Knie, wanderte an der Innenseite des Schenkels zurück und stieß schließlich auf seinen voll erigierten Penis.

Sein Körper reagierte also normal! In ihrem Kopf war der Gedanke aufgeblitzt, dass Willi vielleicht an Frauenkörpern nicht interessiert wäre und er nur deshalb ein so phantastischer Masseur sein konnte, weil seine eigenen Gefühle nicht beteiligt waren. Das war offensichtlich nicht der Fall. Veronika verfügte nicht über allzu viele Vergleichsmöglichkeiten, aber dieser heiße, harte Phallus schien ihr ein auffallend imposantes Exemplar. Wider Willen ehrlich beeindruckt, umfasste sie den Schaft. Obwohl sie lange, feingliedrige Finger hatte, schaffte sie es nicht, ihn ganz zu umfassen. In ihrer Hand zuckte er wie ein lebendiges Tier, das über einen eigenen Willen verfügte. Nur mühsam schien es seine Kraft zu bezähmen. Halb bewundernd, halb erschreckt über ihre eigene Courage begann Veronika ihre Hand auf und ab zu bewegen. Augenblicklich schien er weiter anzuwachsen. Die Haut unter ihren Fingern spannte sich, während sie eine dicke Ader an der Schaftseite deutlich pulsieren spürte.

Härter geht jetzt eigentlich nicht mehr, oder er platzt, dachte Veronika, löste ihren Griff und setzte sich auf. Nebeneinanderliegend war nicht die richtige Stellung. Mit nur einer Hand konnte man diesem Prachtexemplar nicht gerecht werden. Nahezu andächtig umfing sie es mit beiden Händen, begann es behutsam zu massieren, wobei sie es gleichzeitig erkundete. Die glatte Haut, unter der sich Muskelstränge und Adern abzeichneten. Mit den Fingerspitzen betastete sie die Eichel, konstatierte erstaunt die Unterschiede zwischen ihrer leicht gefurchten Oberfläche und der seidenweichen, glatten Haut des Schafts.

Ihre Hände hielten inne. Sie brauchte ein Gleitmittel.

«Bleib so liegen, nur einen Moment», flüsterte sie und suchte hektisch in den Taschen ihres alten Bademantels nach der Tube Handcreme, die sie immer bei sich hatte. Sobald sie sie gefunden hatte, drückte sie sich eine großzügige Portion auf die Handfläche, und verteilte sie auf beide Hände. Mit der linken umfasste sie die Wurzel des Schafts, mit der rechten verteilte sie auf Penis und Hodensack das provisorische Gleitmittel. Sie konnte deutlich die beiden runden Murmeln in seinem Hodensack fühlen und genoss es, ausgiebig mit ihnen zu spielen, indem sie sie hin und her schob, ein wenig drückte, aber nur ganz leicht. Sie wollte Willi auf keinen Fall wehtun. Es hatte einen besonderen Reiz, diesen jungen, männlichen Körper ganz nach ihrem Geschmack erforschen zu können.

Erwin hatte ihr immer ganz genau gesagt, was sie tun sollte. Aber Willi schwieg, schien sich ihr auszuliefern. Neben der Überraschung über sein unerwartetes Verhalten empfand Veronika Stolz darauf, dass er ihr so weitgehend vertraute, aber auch eine gewisse Beklemmung, für seinen Orgasmus verantwortlich zu sein.

Zuerst noch ein wenig befangen, dann immer mutiger spielte sie mit seinem Penis. Die Eichel faszinierte sie besonders. Da sie im Halbdunkel nur ungenau sah, verwandte sie umso mehr Sorgfalt auf das Erkunden mittels ihres Tastsinns. Ihre Finger umfassten die Spitze, die sich ihr stolz entgegenreckte, und begann sie zu liebkosen. Kleine, zarte Bewegungen, die eher dazu dienten, sich mit ihren Reaktionen vertraut zu machen, als sie bereits gezielt zu reizen. Im Vergleich zum stämmigen Schaft war die Eichel weich und nachgiebig, obwohl ihre Oberfläche rauer schien als die bis zum Äußersten gedehnte Haut des Schafts.

Unter dem deutlich spürbaren Eichelrand lag der schmale Wulst der Vorhaut. Als Willis Schwanz zu zittern begann und er unterdrückt stöhnte, ging Veronika zu zielgerichteteren Bewegungen über. Mit einer Hand packte sie die Wurzel und hielt sie fest umklammert. Mit der anderen umschloss sie die Eichel und begann mit dem Daumen, sie schnell und leicht zu umkreisen. Sobald sie spürte, dass der Körper unter ihren Händen sich anspannte, änderte sie den Rhythmus oder die Richtung der Umkreisungen.

«Gleich, gleich», versprach sie, seine Erlösung immer wieder hinauszögernd.

Schließlich aber fasste sie mit beiden Händen fest zu und verfiel in die melkenden Bewegungen, die ihn in Sekundenschnelle zum Höhepunkt brachten. Willi stöhnte tief aus der Kehle, und im nächsten Moment ergoss er sich weißlich glitzernd im Mondlicht. Veronika hielt ihn fest umklammert, während sein Samen heiß aus der winzigen Öffnung floss, um überraschend schnell zwischen ihren Fingern zu erkalten.

Veronika ließ ihn los und reichte ihm eines der bereitliegenden Handtücher. «Wenn ich denke, dass ich dich für schwul hielt ...», sagte sie halblaut, mehr zu sich selbst, und lächelte erschöpft, aber zufrieden, vor sich hin. «Danke, Willi. Es war die beste Massage meines Lebens! Ich hoffe, ich konnte mich wenigstens ein bisschen revanchieren.»

Kapitel 4

Obwohl Veronika ziemlich spät ins Bett gekommen war, fühlte sie sich am nächsten Morgen erstaunlich frisch und ausgeruht. Vielleicht sollte sie doch ernsthaft erwägen, einen Masseur anzustellen?

Natürlich erst, wenn sie es sich leisten konnten. Aber der Gedanke, einen Mann wie Willi bereitstehen zu haben, war verführerisch! Schon die Erinnerung an gestern Abend ließ Veronika sich träumerisch zwischen die Beine fassen. Die Säfte, die schon reichlich aus ihrem Inneren gesickert waren, hatten die Vulva mit einem glitschigen Film überzogen. Genießerisch strich sie über die heiße Nässe. Sollte sie ganz schnell …?

Energisch rief sie sich zur Ordnung. Dazu war jetzt nicht der richtige Zeitpunkt. Wenn sie eine erfolgreiche Pension führen wollte, mussten ihre Wünsche und Bedürfnisse hinter denen der Gäste zurückstehen. Und diese Gäste würden bald zum Frühstück erscheinen.

Hoffentlich war Mascha nicht verärgert, dass sie so spät kam! Rasch machte Veronika sich zurecht und eilte in Richtung Küche, um Mascha bei den Vorbereitungen behilflich zu sein. Im Haus herrschte gespenstische Stille. Kein Klappern aus der Küche, keine Stimmen, die sich gedämpft unterhielten.

Auch in der Küche gähnende Leere. In panischem Schrecken lief sie die Treppe hinauf und öffnete vorsichtig die Tür zu Maschas und Jennys Apartment einen Spaltbreit. War mit dem Essen gestern etwas nicht in Ordnung gewesen? Waren alle außer ihr krank? Unmöglich, beruhigte sie sich selbst. Sie hatte ja genau das Gleiche wie alle anderen gegessen, und sie fühlte sich putzmunter.

«Mascha?», rief sie leise und klopfte an die Tür des ehemaligen Ankleidezimmers, das nun Maschas Zimmer war. Keine Antwort. Kurz entschlossen riss sie die Tür auf und sah mit Entsetzen, dass es leer war. Hier hatte niemand geschlafen! Was, zum Teufel, war hier los?

Sie machte auf dem Absatz kehrt und marschierte, ohne zu zögern, in Jennys Zimmer. Wenigstens sie war da, stellte sie erleichtert fest und beugte sich über die unter Kissen vergrabene, leise und friedlich vor sich hin schnarchende Gestalt. «Jenny, wach auf», sagte sie laut und streckte eine Hand aus, um das Mädchen an der Schulter zu schütteln. «Du musst mir helfen. Ich weiß nicht, wo Mascha ist – jedenfalls nicht in der Küche.»

Jenny knurrte unwillig, drehte sich dann aber um und streckte sich wie eine Katze. «Sie ist gestern Abend zu diesem dicken Schwaben aufs Zimmer verschwunden», nuschelte sie. «Wahrscheinlich ist sie immer noch da.»

«Da dürftest du recht haben», meinte Veronika bissig. «In der Küche ist sie jedenfalls nicht, und in ihrem Zimmer auch nicht. Dann musst du mir eben helfen mit dem Frühstück. Steh auf, Jenny!»

Maulend gehorchte Jenny, und Veronika eilte zurück in die Küche. Es war auch höchste Zeit, denn hinter den Türen begann es sich zu regen. Stühlerücken, das Rauschen von Wasser und das Klappen von Schranktüren waren sichere Anzeichen dafür, dass die Gäste demnächst ihr Frühstück verlangen würden.

Hektisch begann sie mit den Vorbereitungen, unsicher, was

genau zu machen war. Glücklicherweise schien Jenny den Ernst der Lage erfasst zu haben, denn das Kaffeewasser kochte noch nicht einmal, als sie bereits in die Küche gestürzt kam. Sie war noch dabei, ihr übergroßes T-Shirt in die Hose zu stopfen. «Was soll ich tun?», erkundigte sie sich bereitwillig.

Zu zweit schafften sie es tatsächlich gerade noch. Als Sven Heinemann als Erster die Treppe herunterkam und fröhlich einen «Guten Morgen» wünschte, war das Büfett fertig aufgebaut, der Kaffee stand in den Kannen bereit, und Veronika holte die Brötchen herein, die der Bäcker frühmorgens vor die Haustür gelegt hatte.

«Guten Morgen», erwiderte sie Sven Heinemanns Gruß. «Haben Sie gut geschlafen?»

«Wie ein Stein», gab er zurück und zwinkerte ihr etwas anzüglich zu. «Ich habe nicht mal mehr gehört, wann Willi sich in sein Zimmer zurückgezogen hat.»

Veronika konnte es nicht ändern, sie wurde rot. Also drehte sie sich rasch um und zog sich unter einem Vorwand in die Küche zurück.

Leider konnte sie sich nicht ewig in der Küche verstecken. Sobald Leonora an Willis Arm unten erschien, war keine Zeit mehr, vermeintliche oder echte Peinlichkeit ihm gegenüber zu empfinden. Die alte Dame war bester Stimmung und genoss es sichtlich, im Zentrum der Aufmerksamkeit zu stehen. Und auch Willi benahm sich so, als hätte jene Begegnung im Schwimmbad niemals stattgefunden. Kein Zwinkern, keine heimliche Geste verriet etwas davon, was sie beide gestern Abend miteinander getrieben hatten. Erleichtert verdrängte auch Veronika die ungewöhnliche Massagesitzung aus ihrem Bewusstsein und fragte so freundlich-distanziert wie eine typische Pensionswirtin, die bereits Hunderte von Gästen kommen und gehen gesehen hatte: «Tee oder Kaffee?»

Manfred Schmidt tauchte erst auf, als die Heinemanns bereits das Haus Richtung Messe verlassen hatten. Bis auf eine gewisse Blässe deutete nichts auf nächtliche Exzesse hin. Er roch nach Zahnpasta und Rasierwasser und sprach dem Frühstück mit gesundem Appetit zu. Ja, er nahm sogar von dem Rührei mit Schinken, das Veronika ihm anbot, zwei Portionen nach.

«Hab es nicht übers Herz gebracht, das Mädle zu wecken», erklärte er kauend. «Vielleicht war der ganze Obstler doch zu viel für sie! Wer's net gewohnt ist ...» Er ließ den Rest taktvoll ungesagt. Jenny und Veronika tauschten einen amüsierten Blick. Wenn eine von ihnen harte Sachen vertrug, dann war es Mascha. Sollte sie wirklich ihren Meister gefunden haben?

Kaum hatte Herr Schmidt sich bis zum Abend verabschiedet, platzte Jenny heraus: «Hast du ihn auch so verstanden, dass die beiden sich gestern gegenseitig unter den Tisch getrunken haben?»

«Herr Schmidt machte nicht den Eindruck, als hätte Mascha ihn unter den Tisch getrunken. Eher umgekehrt! Vielleicht sollten wir mal nach ihr sehen.» Veronika empfand leichte Verärgerung über Maschas gedankenloses Verhalten. Was dachte sie sich dabei, so offen und ungeniert die Nacht mit einem der Gäste zu verbringen! Und dann noch ein Saufgelage mitzumachen! Für den Ruf ihres noch so jungen Unternehmens war es nicht gut, wenn der Eindruck entstand, die Damen, die ihn führten, seien allzu leicht zu haben.

Im Dschungelzimmer waren die Vorhänge noch geschlossen. Man fühlte sich tatsächlich wie im Urwald, kurz vor Sonnenaufgang. Auf dem breiten Rattanbett, vergraben im Bettzeug, war eine zusammengerollte Gestalt auszumachen.

«Warte!» Veronika hielt Jenny zurück, die bereits die Hand nach der Decke ausgestreckt hatte, um Mascha unsanft zu wecken, die, den regelmäßigen Atemzügen nach zu schließen, noch tief schlief. «Kein Risiko.» Veronika griff nach dem Eimer, in dem einige leere Flaschen lagen, und untersuchte den Inhalt. «Kein Wunder, dass sie so fest schläft», meinte sie kopfschüttelnd. «Hier, Birnenbrand, Mirabellenbrand, Zibartenschnaps. Hoffentlich hat sie keine Alkoholvergiftung!» Sie stellte die Flaschen außer Reichweite und berührte, sicherheitshalber den Eimer bereithaltend, Mascha vorsichtig an der Schulter. Die brummte unwillig und wälzte sich auf die andere Seite, drehte Veronika den Rücken zu.

«Lass sie doch einfach schlafen», schlug Jenny vor. «In dem Zustand ist sie uns sowieso keine große Hilfe!»

Veronika musste zugeben, dass diese Annahme höchstwahrscheinlich zutreffend war. «Na gut. Aber das heißt jetzt für uns: An die Arbeit!» Während sie Jenny in das Zimmer von Sven Heinemann schickte, nahm sie selber sich Willis Zimmer vor. Neugierig trat sie näher zum Bett mit den bambusgelben Bezügen.

Würde sie irgendwelche Hinweise finden, die ihr verrieten, welche Rolle Willi bei den Heinemanns spielte?

Auf dem schwarzen Lacktischchen neben dem Kopfende standen nur ein Reisewecker und ein benutztes Glas. Nicht gerade sehr aufschlussreich. Aber was hatte sie denn erwartet? Ein Handbuch für die Befriedigung alter Damen? Veronika schüttelte über sich selbst den Kopf und machte sich daran, ein bisschen Ordnung zu schaffen. Falls Willi Meister Geheimnisse hatte, dann wusste er sie zu bewahren.

«Interessiert es dich eigentlich, was Mascha und der Dicke so getrieben haben?», fragte Jenny beiläufig, während sie Veronika half, Leonoras völlig zerwühltes Laken glatt zu ziehen. «Meine Güte, die Frau muss einen unruhigen Schlaf haben! Das sieht aus, als hätte ein ganzer Kindergarten darin herumgetobt.»

«Ich vermute, sie hat Schmerzen», sagte Veronika und stopfte das Laken energisch unter die Matratze auf ihrer Seite des Bettes. «Hast du nicht die ganzen Medikamente im Badezimmer gesehen?»

«Schon, aber muss sie deshalb so rumzappeln?», schimpfte Jenny mit der ganzen unbewussten Grausamkeit der Jugend. «Also, wenn es dir egal ist, guck ich es mir eben alleine an.»

Veronika schaute hoch. «Was meinst du eigentlich damit? Du hast sie doch nicht heimlich aufgenommen?»

Jenny grinste überlegen. «Ich nicht. Das ging automatisch. Eigentlich wollte ich nur testen, ob mein System funktioniert ...»

«Was für ein System?»

«Na, mein Überwachungssystem.» Jenny wirkte auf einmal nicht mehr ganz so selbstsicher. «Natürlich hätte ich dich vorher fragen müssen. Schon klar. Aber du warst immer so beschäftigt, und ich dachte, ich schau erst mal, ob es überhaupt hinhaut.»

Veronika blieb vor Überraschung der Mund offen stehen. «Du hast, was ...?», fragte sie ungläubig. «Bitte, sag mir jetzt nicht, du hättest in den Gästezimmern Videoüberwachung installiert!»

«Nicht in allen. Nur im Dschungelzimmer.» Jenny senkte schuldbewusst den Blick auf den Teppich, bückte sich und las eine Fluse auf. «Ich wollte es doch nur ausprobieren.»

Veronika ließ sich erschüttert auf die Bettkante fallen.

«Tut mir leid.» Schüchtern legte Jenny eine Hand auf Veronikas Arm. «Ich konnte einfach nicht widerstehen ...»

«Wo hast du sie angebracht?»

«In den Augen des Tigers. Deshalb wirken die Pupillen so echt. Aber kein Mensch achtet auf ein Bild.»

Entschlossen erhob Veronika sich von der Bettkante. «Zeig mir das Video!», befahl sie und marschierte an Jenny vorbei aus dem Zimmer.

«Also eigentlich ist es kein Video», berichtigte Jenny sie, während sie mit ihr Schritt zu halten versuchte. «Primitives Zeug für

Anfänger! Ich habe eine Mini-Webcam installiert, die sich automatisch auf den Teil des Raums mit den meisten Bewegungen einstellt und dort aufnimmt. Das Ganze habe ich dann auf der Festplatte und kann es nach Belieben weiterverarbeiten wie einen ganz normalen Film.»

Wider Willen beeindruckt schob Veronika einen Stuhl neben Jennys und sagte kurz: «Fang an!»

Einige gezielte Tastaturbefehle und auf dem Bildschirm vor ihnen erschien das Bild aus dem Dschungelzimmer. Deutlich schärfer als die Aufnahmen aus einer der üblichen Überwachungskameras konnte man das Bett erkennen, auf dem sich eine Gestalt gerade unruhig hin und her wälzte. «Aha, Mascha wacht endlich auf», kommentierte Veronika trocken die Bilder. «Die Übertragung ist überraschend gut. Wie machst du das?»

«Das macht die Technik. Extrem lichtempfindlich», erklärte Jenny abweisend und hielt die Hände abwartend über der Tastatur. «Wie weit soll ich zurückgehen?»

«Auf elf Uhr abends. Da müssten sie noch bei der ersten Flasche sein.»

Tatsächlich sah man Mascha und Manfred Schmidt Arm in Arm auf dem Sofa, wie sie sich gerade anschickten, Wassergläser, die randvoll mit einer farblosen Flüssigkeit gefüllt waren, hinunterzukippen. «Fast wie zu Hause», stellte Mascha fest und lächelte wehmütig. «Das hat mir so gefehlt! Na sdorowje!»

«Prost, Mädle. Eine wie du isch mir au no net über den Weg g'loffe», gab Schmidt seelenvoll zurück und beugte sich vor, um augenblicklich nachzuschenken. «Dei G'schnetzeltes war saumäßig guat. Und trinke kannscht au. Magscht no eine?»

«Der hat schon ganz schön einen sitzen», stellte Jenny fest. «Man kann ihn ja kaum noch verstehen.»

«Das ist nur sein Dialekt. Offenbar bricht der durch, wenn er nicht aufpasst», widersprach Veronika. «Ich habe nicht den Eindruck, dass die beiden schon betrunken wären. Geh mal weiter vor.»

Jenny gehorchte, und diesmal stand bereits die zweite Flasche halb leer auf dem niedrigen Tisch. Aber das war es nicht, das sie ein leises «Wow!» ausstoßen ließ. Genau im Sichtfeld lag Mascha auf dem Sofa ausgestreckt, nackt und sinnlich. Und zwischen ihren runden Schenkeln, das Gesicht in den üppigen Brüsten vergraben, Manfred Schmidt. Auch er hatte begonnen, sich seiner Kleidung zu entledigen. Der fleischige Oberkörper war bereits nackt. Er bemühte sich gerade, den Hosenbund zu öffnen, wurde dabei aber von Mascha abgelenkt, die kichernd versuchte, ihm beide Nippel auf einmal in den Mund zu manövrieren. Endlich hatte er es geschafft, streifte die Hose samt Unterhose ab und warf sich mit einem vergnügten Grunzen auf Mascha.

«Ach, Mädle, du bischt eine Wucht!» Manfred Schmidts Stimme war die Begeisterung anzuhören, die Maschas ungeniertes Entgegenkommen in ihm auslöste. Mit tapsiger Zärtlichkeit umarmte und küsste er sie. Fasziniert studierte Veronika seine Rückansicht. Natürlich hatte sie schon zahlreiche deutlich korpulentere Männer in Badehosen gesehen, aber dies war anders. Konnte das kleine Stückchen Stoff einer Badehose wirklich einen solchen Unterschied machen?, fragte sie sich.

Manfred Schmidts schneeweißes Hinterteil wirkte optisch fast wie ein Kleidungsstück. Für einen so rundlichen Körper schien es erstaunlich fest und muskulös. So, als gehörten die Hinterbacken nicht wirklich zu den Speckfalten um die Hüften.

Ob er sich so warm und weich anfühlte, wie er aussah? Veronika hatte noch nie einen Gedanken daran verschwendet, wie es sein mochte, mit einem dicken Mann zu schlafen. Aber Mascha schien es zu gefallen, denn ihre Arme schlangen sich um seine Hüften, zogen ihn näher, dirigierten ihn. Plötzlich hakte sie ihre Beine um seine fleischige Mitte und hielt ihn so gefangen. Die

Laute, die sie dabei von sich gab, ließen nur den einen Schluss zu: Mascha amüsierte sich prächtig!

Jenny neben ihr keuchte überrascht auf, als die Muskeln an Manfred Schmidts Hinterbacken sich anspannten und der Mann in den typischen Rhythmus, der nur noch ein Ziel kennt, verfiel. «Sie bumsen tatsächlich!», hauchte sie und kicherte fast hysterisch. «Das hätte ich von den beiden nicht erwartet.»

Über das Mikrofon hörte man jetzt deutlich klatschende Geräusche, wenn die beiden Körper bei seinen Stößen heftig aufeinanderprallten, aber keiner der beiden schien sich daran zu stören. Im Gegenteil, Mascha feuerte ihn noch an. «Ja, fester, fester. Gut so, mach weiter. Jaa, du bist super ...»

Gebannt starrte Veronika auf die Szene, fasziniert von der schlichten Triebhaftigkeit, mit der die beiden ihrer Lust freien Lauf ließen. Keine Raffinessen. Der Akt an sich, pur und unverfälscht. Sie musste zugeben, das hatte einen speziellen Reiz und ließ sie nicht unberührt.

«Soll ich abschalten?», fragte Jenny und sah sie von der Seite an.

«Gleich», wehrte Veronika ab, ohne den Blick vom Bildschirm zu nehmen. «Wer hätte das von unserem biederen Schwaben gedacht?»

«Ja, der geht ganz schön zur Sache, nicht?», stimmte Jenny ihr zu. «Aber Mascha ist auch nicht ohne ...»

Tatsächlich hatte Mascha ihre Finger in seine Hinterbacken gekrallt, und ihre Fingernägel gruben sich tief in das helle Fleisch ein. Schon waren deutliche rote Streifen zu erkennen, wo sie ihn, außer sich vor Leidenschaft und Ungeduld, gekratzt hatte. Mit einem fulminanten letzten Stoß katapultierte er sie beide in den Orgasmus. Sie bäumten sich auf, um gleich darauf erschöpft zurückzusinken.

«Und du hast diese Vorrichtung wirklich nur in diesem

Zimmer angebracht?», erkundigte Veronika sich ein bisschen argwöhnisch. Es wäre ihr alles andere als angenehm gewesen, wenn ihr spezielles Rendezvous mit Willi ebenfalls aufgezeichnet worden wäre.

«Weißt du, wie teuer die Dinger sind?» Jenny riss die Augen auf und betrachtete Veronika mit der ganzen Herablassung, die ein Fachmann einem offensichtlichen Laien entgegenbringt.

«Und warum gerade im Dschungelzimmer?»

«Ganz einfach: Es war das Erste, das fertig wurde», erwiderte Jenny.

«Montier es wieder ab, sobald des Zimmer frei wird!», forderte Veronika. «Wir können zumachen, wenn herauskommt, dass wir unsere Gästezimmer überwachen. Und das wäre noch das Wenigste!» Schaudernd sah sie bereits die Schlagzeilen der Boulevardpresse vor sich.

«Schade!» Jenny warf einen letzten bedauernden Blick auf den Monitor, wo Mascha und Manfred Schmidt gerade damit beschäftigt waren, eine neue Flasche zu öffnen, und schaltete ab. Der Bildschirm wurde dunkel. «Und was hältst du davon, wenn ich es im Schwimmbad installiere? Das wäre doch als Sicherheitsvorkehrung ganz in Ordnung. Nicht, dass dort unten jemand ertrinkt, und wir bekommen nichts mit ...»

«Auf keinen Fall!» Veronika spürte Jennys Verwunderung über ihre übersteigerte Reaktion. «Auch dort könnte es sehr private Momente geben», fügte sie erklärend hinzu. «Wenn du verstehst, was ich meine.»

«Natürlich, ich bin ja nicht blöde», gab Jenny leicht gekränkt zurück. «Und wo darf ich es anbringen?»

«Wenn du es nicht mehr zurückgeben kannst, vielleicht am besten in der Garage. Da kann man es noch am ehesten als Diebstahlssicherung deklarieren.»

«Wieso brauchen wir auf einmal eine Diebstahlssicherung?»,

fragte Mascha gähnend von der Tür her. «Was macht ihr hier? Ich suche euch schon die ganze Zeit.»

Veronika und Jenny sahen sich an. «Wir haben nur gerade ein paar Details überprüft», sagte Veronika schließlich und gab Jenny dabei wortlos zu verstehen, dass sie gefälligst den Mund halten sollte. «Geht es dir einigermaßen, oder brauchst du ein Aspirin?»

Mascha besaß den Anstand, rot zu werden. «Tut mir leid, dass ich verschlafen habe», nuschelte sie. «Ich mach's wieder gut. Versprochen.»

Tatsächlich zauberte sie ein Abendessen, das ihre Gäste gar nicht genug loben konnten, als sie satt und zufrieden auf den Lederpolstern der Sitzgruppe Platz nahmen, um noch ein wenig zusammenzusitzen. Das Konzept der quasi privaten Unterbringung war aufgegangen. In überraschend kurzer Zeit hatte man sich miteinander arrangiert. Willi hatte von sich aus angeboten, Mascha in der Küche beim Aufräumen zu helfen, und Manfred Schmidt unterhielt Leonora mit Anekdoten aus seiner langjährigen Vertretertätigkeit.

«Wussten Sie, warum der Most überhaupt erfunden wurde?», fragte er die alte Dame, während er es sich in dem Sessel neben ihr bequem machte.

Leonora hob fragend die fein gezupften Augenbrauen. «Ich würde vermuten, aus Mangel an Rebensaft. Aber Sie werden es mir sicher gleich erzählen», meinte sie erstaunlich sanftmütig.

«Um die Bauern vom Branntwein abzubringe», sagte Schmidt lachend und hob sein Cognac-Glas. «Schon die Kinder kriegten ihr Quantum und mit der Zeit kam man dahinter, dass die Sitte, den Kloine von dem Zeug zu gebe, damit se net schreie, wie sagt mer so schee: der geistigen Entwicklung nicht gerade förderlich war.»

«Wie fürsorglich, ihnen stattdessen Obstwein zu geben!», bemerkte Leonora ein wenig spitz. Einen Moment stutzte der dicke Vertreter, dann lachte er laut auf und schlug sich auf die Schenkel. «Obschtwoi, des is gut. Des muss ich mir merke! Moscht heißt des, gnädige Frau. Koi Sau bei ons sagt Obschtwoi.» Er schüttelte immer noch lachend den Kopf und wischte sich die Lachtränen aus den Augen. «Obschtwoi», murmelte er andächtig vor sich hin. «Übrigens, kenne Se die Schtory von dem Franzosen, der oine Rottweiler het kaufe wolle?»

«Mir scheint, die beiden unterhalten sich prächtig», murmelte Sven Heinemann und rückte näher an Veronika heran, die mit ihm auf dem gegenüberliegenden Sofa saß und ihr Glas zwischen den Fingern drehte. Eigentlich hatte sie gehofft, Willi abpassen zu können und ihm ins Schwimmbad zu folgen. Aber es war absehbar, dass die übrige Gesellschaft heute nicht so früh zu Bett gehen würde wie am Abend zuvor. Der Aufenthalt auf der Messe schien auf alle eine ausgesprochen belebende Wirkung gehabt zu haben. Sie stellte sich also auf einen Abend ein, der mit Konversation gefüllt werden musste.

«Ja, Herr Schmidt hat unbedingt seine Qualitäten als Gesellschafter», ging sie höflich auf ihren Gesprächspartner ein und fragte sich im Stillen, was er wohl von dem Manfred Schmidt halten würde, den sie heute Morgen auf dem Überwachungsfilm gesehen hatten. Sven Heinemann winkte ungeduldig ab. «Ich wollte Sie eigentlich etwas fragen. Aber nicht hier. Haben Sie Lust auf einen kleinen Spaziergang?»

Leicht beunruhigt, versuchte sie in seinem Gesicht zu lesen. Was hatte er vor, dass er Wert darauf legte, mit ihr allein zu sein?

«Keine Angst, ich versichere Ihnen, ich hege keine unlauteren Absichten. Na ja, wenigstens nicht direkt», schränkte er mit einem schiefen Grinsen ein. Neugierig geworden, folgte Veronika ihm bereitwillig über die Terrasse zu dem schmalen Pfad, der zum Aussichtspunkt auf dem benachbarten Hügel führte. Der Pfad war nicht breit genug, um nebeneinandergehen zu können. Zwischen dem dichten Gebüsch waren die Schatten schon sehr viel dunkler als vorhin im Garten, aber der Widerschein am Horizont war noch hell genug, um einigermaßen sehen zu können, wohin man seinen Fuß setzte. Schweigend gingen sie hintereinander die kurze Strecke zu der halb verrotteten Bank, von der aus man einen herrlichen Blick auf das Lichtermeer der Stadt unten im Tal hatte.

«Jetzt bin ich aber gespannt», bemerkte Veronika und setzte sich vorsichtig auf das heile Ende der Bank.

Sven Heinemann blieb stehen, die Hände in den Taschen vergraben, und betrachtete sie unschlüssig. «Bitte, seien Sie jetzt nicht gekränkt», begann er schließlich. «Ich bin mir darüber im Klaren, dass meine Bitte Ihnen ausgesprochen merkwürdig vorkommen muss. Deshalb bitte ich Sie, mich einfach nur anzuhören. Okay?»

Veronika nickte zustimmend, und er fuhr fort, langsam und unsicher, als müsse er jedes Wort sorgsam auswählen.

«Sie wissen ja, dass ich Weinhändler bin. Nun, Wein trinkt man aus Gefäßen, um es einmal so allgemein wie möglich auszudrücken. Und so kam es, dass ich begann, mich für ungewöhnliche Gefäße zu interessieren.» Er kam näher, sah ihr durchdringend in die Augen, ehe er weitersprach. «Mein Lieblingsprojekt sind Gläser, die Frauenbrüsten nachempfunden sind.» Er verstummte, als erwarte er, dass sie sich dazu äußerte, aber Veronika war zu verblüfft von seiner Eröffnung. Was sollte man auch dazu sagen? Verrückt war es, oder nicht?

«Für diese Kollektion, eine absolut einmalige Kollektion, darf ich behaupten, suche ich Modelle.»

«Und wie kommen Sie gerade auf mich?», wollte Veronika

nun doch wissen. «Und wie können Sie beurteilen, ob ich geeignet bin, solange Sie mich nicht nackt gesehen haben?»

Sie konnte seinen Gesichtsausdruck nicht erkennen, aber er senkte peinlich berührt den Blick. «Willi hat mich auf Sie gebracht. Er meinte, Sie wären das perfekte Modell, nach dem ich seit Monaten suche.»

Veronika war sprachlos vor Empörung. Welche Unverfrorenheit! Willi hatte also Sven Heinemann von ihrem Treffen im Schwimmbad erzählt. Wie billig!

«Seien Sie jetzt bitte nicht wütend», bat Heinemann, ihre augenblicklichen Gefühle erahnend. «Er hat nur gesagt, dass Sie genau die Art Brüste hätten, die ich schon nicht mehr zu finden hoffte.»

«Und was hat er sonst noch erzählt?», fauchte Veronika wütend.

«Nichts. Kein Wort!» Heinemann hob wie abwehrend beide Hände. «Willi mag nicht so aussehen, aber er ist ein Gentleman. Niemals würde er eine Frau bloßstellen, indem er mit anderen über seine intimen Momente mit ihr spricht. Und das hat er auch jetzt nicht getan», fügte er Willi verteidigend hinzu. «Alles, was er gesagt hat, war eben, dass Sie das perfekte Modell wären. In dieser besonderen Situation ... Er wollte lediglich helfen ...» fügte er in bittendem Tonfall hinzu.

Veronika spürte, wie sie sich wieder ein wenig entspannte. «Gesetzt den Fall, ich wäre einverstanden. Wie ginge es jetzt weiter?», fragte sie. Ihre Neugierde, mehr über diese absurde Idee zu erfahren, ließ ihre Empörung rascher verrauchen, als es unter anderen Umständen der Fall gewesen wäre.

Heinemann atmete deutlich hörbar aus. «Ich würde Ihnen Abdrücke abnehmen», erklärte er erleichtert. «Silikonabdrücke, aus denen dann die Formen der Muster gegossen werden, die der Glasbläser später so naturgetreu wie möglich nachahmen soll.»

Veronika schwieg und versuchte sich das fertige Produkt vorzustellen. Warum nicht?, dachte sie. Es wäre amüsant, sich auszumalen, wie ehemalige Bekannte und Geschäftsfreunde, vielleicht sogar Erwin selbst, unwissentlich aus Gläsern tranken, die ihrer, Veronikas Brust, nachempfunden waren!

«Einverstanden», sagte sie leise. «Unter zwei Bedingungen.»

Heinemann blickte sie fragend an.

«Erstens möchte ich, dass Sie mir Willis Geschichte erzählen. Wie es kommt, dass er quasi als Familienmitglied bei Ihnen lebt.»

Heinemann schwieg so lange, dass Veronika verwundert nachhakte. «Es ist doch kein finsteres Familiengeheimnis, oder?»

«Ich fürchte, doch», gab Heinemann sehr leise zurück. «So in der Art. Jedenfalls nichts, das man herumerzählt.»

«Ich verspreche, alles für mich zu behalten», versicherte Veronika. «Ich bin gut im Bewahren von Geheimnissen.»

«Wirklich?» Heinemann schien immer noch unschlüssig.

«Ich kann den Mund halten.» Veronika setzte eine entschlossene Miene auf. «Wenn Sie die Abdrücke wollen, müssen Sie mir schon so weit vertrauen.»

«Na gut», gab Heinemann aufseufzend nach. «Ich vertraue Ihnen. Und die zweite Bedingung?»

Jetzt zögerte Veronika. Aber warum sollte sie sich schämen? Es war eine so berauschende Erfahrung gewesen, dass sie sie unbedingt noch einmal erleben wollte. «Ich möchte, dass Willi mich noch einmal massiert», erklärte sie entschlossen.

Heinemanns Stimme war anzuhören, dass er lächelte. «Das zumindest dürfte kein Problem sein», meinte er erleichtert. «Gehen wir zurück?»

Sie hatten ausgemacht, dass er die Abdrücke in seinem Zimmer nehmen würde. Als sie ins Haus zurückkehrten, saßen nur noch Leonora und Willi in stiller Eintracht beisammen und spielten Schach. Erwin hatte das Brett mit den aufwendig geschnitzten Specksteinfiguren von Veronika vor zwei Jahren zu Weihnachten geschenkt bekommen, als er verkündet hatte, seine geistige Beweglichkeit trainieren zu wollen. Natürlich war es nach der ersten Begeisterung in einer Schublade verschwunden.

«Frau Gerassimowa war so freundlich, uns dieses Spiel aus dem Schrank zu holen», sagte Leonora, Veronikas erstaunten Blick richtig interpretierend. «Sie und Herr Schmidt haben sich bereits zurückgezogen. Aber wir waren noch nicht müde. Nicht wahr, Willi?»

Willi schaute schräg zu Veronika auf, fast ängstlich. Er erinnerte stark an einen jungen, zutraulichen Hund, der nicht recht weiß, ob er mit Lob oder Tadel rechnen muss.

«Nein», bestätigte er und schien auf eine Art Absolution zu warten. Hatte er wirklich ein derart schlechtes Gewissen? Veronika lächelte ihm beruhigend zu.

«Brauchen Sie noch etwas?», fragte sie dann, an Leonora gewandt. «Ihr Neffe und ich haben nämlich noch eine geschäftliche Besprechung.»

Leonora hob in ihrer unnachahmlichen Manier die Augenbrauen, enthielt sich aber jedes weiteren Kommentars.

«Hilfst du mir kurz, den dunkelblauen Kasten aus dem Auto zu holen und in mein Zimmer zu bringen?», bat Sven Heinemann Willi. Kaum waren die beiden Männer verschwunden, fasste Leonora unschlüssig einen ihrer Springer und meinte beiläufig, während sie ihn versuchsweise hin und her schob: «Soso, er braucht also seinen Bastelkoffer. So viel zum Thema geschäftliche Besprechung. Hm ...», sie schien zu überlegen, ob sie ihre Figur endgültig neben dem König platzieren sollte, und als sie weitersprach, war ihr Blick fest auf das Spielbrett geheftet. «Dann war mein Neffe also endlich erfolgreich.» Sie hob den Kopf und musterte Veronika scharf von Kopf bis Fuß. «Erstaunlich», murmelte sie mehr zu sich selbst, «erstaunlich, wo man alles auf Gold stößt.»

Mehr konnte sie nicht sagen, denn Willi trug schnaufend einen offensichtlich schweren Kasten an ihnen vorbei die Treppe hinauf in Heinemanns Zimmer. Leicht nervös wartete Veronika, wie es weiterging. Ein schüchtern lächelnder Willi kam die Treppe heruntergepoltert und nahm wieder vor seiner Spielseite des Schachbretts Platz. «Wenn Sie mich brauchen, dann rufen Sie einfach», sagte er und versank erneut in seinen strategischen Überlegungen.

Veronika folgte Sven Heinemann in sein Zimmer mit den surrealistischen, zerfließenden Uhren. Die ganze Situation war surrealistisch, fand sie und fragte sich einen Moment lang, was nur in sie gefahren war, sich auf so etwas einzulassen.

«Lassen Sie uns zuerst ein Gläschen darauf trinken», schlug Heinemann vor und entkorkte bereits eine staubige, sehr alt aussehende Flasche. Den einfachen Jeans und dem marineblauen Polohemd zum Trotz wirkte er direkt feierlich, wie er zwei kostbare Kristallkelche mit dem beinahe schwarzen Wein füllte. Einen reichte er Veronika, den anderen hob er und sagte: «Auf Sie! Meine Muse der besonderen Kollektion!»

Mit vor Nervosität leicht zitternden Händen hob auch Veronika das Glas und trank vorsichtig von dem Wein. Schwer und gehaltvoll rann er ihr durch die Kehle, um beinahe augenblicklich zu Kopf zu steigen. «Dieser Wein stammt aus den Kellern eines berühmten Weinguts in Burgund», erläuterte Heinemann, offensichtlich bemüht, Veronikas Anspannung zu lockern. «Der Name wird Ihnen nichts sagen, aber schließen Sie die Augen, und er lässt Sie die Weinberge sehen, die bis an den Horizont golden leuchten. Und Sie schmecken die Sonne, die diese Reben fast verbrannt hat.»

Veronika gehorchte und musste ihm bis zu einem gewissen Punkt recht geben: Dieser Wein entfaltete tatsächlich ein unerwartet starkes Aroma, das sie nach der eher dezenten Blume nicht erwartet hätte. Fast bedauerte sie, keine Weinkennerin zu sein, die diesen anscheinend besonderen Tropfen angemessen zu würdigen gewusst hätte. Sein hoher Alkoholgehalt wirkte prompt: Veronika, die eher leichte Weine bevorzugte, verspürte bereits nach den ersten Schlucken eine gewisse Leichtigkeit. Noch kein Schwindelgefühl, aber eine durchaus angenehme Empfindung.

«Trinken Sie in aller Ruhe, lassen Sie sich von mir nicht hetzen», bat Heinemann, während er sich daranmachte, die Utensilien aus dem Koffer aufzubauen. Neugierig sah Veronika ihm dabei zu. Diverse Töpfe und Tiegel, alle sorgsam beschriftet, reihten sich aneinander auf dem Tisch.

«Das ist ja ein richtiges Labor», stellte sie staunend fest.

«Keine Angst, nichts davon ist gesundheitlich bedenklich», beruhigte er sie. «Wenn Sie sich dann mal frei machen würden ...» Taktvoll wandte er sich ab und breitete ein Gummilaken, wie sie in einigen Sexläden für speziellen Bedarf verkauft wurden, über das Bett. «Bitte ganz gerade auf den Rücken legen.»

Er hatte auch die Kissen entfernt, und Veronika fühlte sich an einen Arztbesuch erinnert, wo sie auch immer nicht wusste, wohin mit den Händen ... Unsicher sah sie zu ihm auf, wartete auf weitere Anweisungen. Aber Sven Heinemann starrte nur in andächtigem Schweigen auf ihre Brüste. «Willi hatte recht», hörte sie ihn vor sich hin murmeln. «Sie sind perfekt! Absolut perfekt!» Er ging in die Hocke, kniff die Augen zusammen und betrachtete sie von der Seite. Dann holte er eine Art Winkelmesser und legte ihn an. Kaum hatte das kalte Metall ihre Brustspitzen berührt, richteten sich die Knospen auf, als hätte man sie geweckt.

«Ich glaube, die linke ist eine Spur besser geeignet. Atmen Sie bitte einmal tief ein und aus! Und noch einmal.» Seine Sachlichkeit ließ Veronikas Anspannung schwinden. Fast war es so, als ginge es gar nicht wirklich um ihren Körper. Mehr um etwas nicht direkt Fassbares, etwas Geistiges, zu dem sie beitrug.

«Nicht erschrecken, ich will nur sehen, wie weit sie anschwellen», meinte er beiläufig und griff in eine Schale. Gleich darauf zuckte Veronika trotz der Warnung heftig zusammen, als er mit einem Eiswürfel ihre Brustwarzen berührte. Auf der Stelle richteten sie sich steil auf, wurden hart. «Ich brauche sie als Ansatz für den Stiel», fügte Heinemann erklärend hinzu. «Je größer sie werden, desto besser ist es für den Übergang.»

Bedächtig ließ er den Eiswürfel kreisen. Schließlich wirkte er zufrieden. «Noch ein letzter Versuch, dann mache ich den Abdruck», kündigte er an und senkte den Kopf. Die Kälte schien sich von einem Moment auf den anderen in glühende Hitze zu verwandeln. Seine Lippen umschlossen ihren Nippel, fest und gleichzeitig sanft zogen sie daran, saugten ihn in das Vakuum der Mundhöhle. Veronika hätte schwören können, dass er weiter anschwoll, größer wurde denn je, als spüre er die Bedeutung dieses Augenblicks. Heinemann hob den Kopf, betrachtete mit zusammengekniffenen Augen das Ergebnis seiner Bemühungen und stülpte dann geschickt eine mit Abformmasse gefüllte Kunststoffschale über Veronikas linke Brust, drehte sie leicht hin und her und lächelte endlich zufrieden.

«Ich denke, es hat geklappt», stellte er fest. «Jetzt müssen wir uns nur noch ein paar Minuten gedulden, dann werden wir es sehen.»

Die Masse fühlte sich kalt und schleimig an. Unvermittelt schoss Veronika das Bild eines Aliens in den Kopf. Ein Alien, der ihre Brust überzog, einsaugte und verschlang. Der Impuls, ihn abzuschütteln, war so stark, dass sie ihre ganze Selbstbeherrschung aufbringen musste, um ihre Hände ruhig an den Seiten liegen zu lassen. Sven Heinemann hatte sich abgewandt, um die Gläser erneut zu füllen. Hinter seinem Rücken ballte Veronika ihre Hände zu Fäusten, schloss die Augen und zwang sich, ruhig und regelmäßig zu atmen. Die Masse schien tatsächlich zu leben. Unter der Umhüllung prickelte es in all ihren Poren, als versuche etwas Formloses, Körperloses in sie einzudringen.

Ruhig!, befahl Veronika sich und versuchte die Eindrücke zu verdrängen. Es war nur Einbildung, die Phantasie spielte ihr gerade einen bösen Streich. Aber die Versuchung, die Formschale abzureißen, sich zu vergewissern, dass darunter alles in Ordnung war, war kaum noch zu unterdrücken.

Heinemann drehte sich um und lächelte sie etwas schief an. «Jetzt bin ich wohl an der Reihe, meinen Teil des Handels zu erfüllen», sagte er leise. «Also, wo soll ich anfangen ...» Er verstummte, suchte offenbar nach den richtigen Worten. «Willis Vater hat meinem Vater wohl einmal das Leben gerettet. Jedenfalls hat meine Mutter das angedeutet, als ich einmal in kindlicher Harmlosigkeit fragte, ob er immer schon bei uns gelebt hätte. Als ich Einzelheiten darüber wissen wollte, zuckte sie mit den Schultern und sagte, soviel sie wisse, sei es ein Badeunfall gewesen. Dann lachte sie und meinte, ich sollte nicht so neugierig sein. Damals muss ich so etwa fünf oder sechs gewesen sein, und es gab genug andere Dinge, die mich mehr beschäftigten. Jedenfalls mehr als die Frage, was genau vor so vielen Jahren geschehen war! Als Kind akzeptiert man vieles, ohne weiter darüber nachzudenken ...»

«Haben Sie jemals die Wahrheit erfahren?», erkundigte Veronika sich mitfühlend.

Sven Heinemann schüttelte den Kopf. «Nein, nie. Obwohl ich mir ziemlich sicher bin, dass Leonora zumindest ... Nun, das gehört nicht hierher. Hannes, Willis Vater, war um einiges jünger als mein Vater», fuhr er im Erzählton fort. «Ich sah in ihm eine Art großen Bruder. Er wohnte im ehemaligen Gärtnerhaus und versah die Dienste eines Chauffeurs und Gärtners. Eine seltsame Mischung aus Dienstbote und Familienmitglied. Wäre ich nicht damit aufgewachsen, dann hätte ich es vermutlich äußerst seltsam gefunden. Als ich auf das Gymnasium kam, geschah etwas, das unser bisheriges Leben vollkommen veränderte. Hannes heiratete.»

«Wie Sie das sagen, klingt es, als wäre es eine Katastrophe gewesen!», warf Veronika ein.

«Das war es auch!», bestätigte Heinemann mit bitterem Unterton.

«Wieso denn?»

«Waltraud war ein bildhübsches Mädchen. Selbst mir als Zehnjährigem war offensichtlich, dass sie attraktiver war als alle anderen Frauen in meinem Umfeld. Also wohl kein Wunder, dass es meinem Vater ebenfalls auffiel.»

«Das alte Lied?», entfuhr es Veronika.

«Das alte Lied», wiederholte Heinemann traurig. «Natürlich merkte ich zu Anfang nichts beziehungsweise konnte als Schuljunge die Anzeichen nicht deuten. Ich wunderte mich nur, dass meine Mutter immer seltsamer wurde. Manchmal brach sie grundlos in Tränen aus, manchmal kicherte sie nur vor sich hin.»

«Hat Ihr Vater denn nichts unternommen? Einen Arzt hinzugezogen, sie in ein Sanatorium eingewiesen oder so etwas?», fragte Veronika ungläubig.

«Mein Vater hatte andere Sorgen», sagte Heinemann. «Das war mir klar, nachdem ich die beiden zufällig überrascht hatte.

Eigentlich wollte ich zu Hannes, und als ich Stimmen in der Garage hörte, dachte ich natürlich, er sei es. Ich platzte also mitten in ihr heimliches Schäferstündchen. Waltraud saß mit gespreizten Schenkeln auf einem Stapel Autoreifen, und mein Vater stand zwischen ihren Beinen, mit heruntergelassener Hose.» Sven Heinemanns Stimme stockte hörbar. Die Erinnerung schien immer noch erschreckend präsent. «Ich kann mich noch ganz genau an den entsetzten Gesichtsausdruck von ihr erinnern, während sie hektisch versuchte, die Bluse über ihren nackten Brüsten zusammenzuziehen. Aber ich habe trotzdem ihre riesigen Nippel gesehen, dunkelrot und angeschwollen. Sie erschienen mir krankhaft, abstoßend. Ich konnte, oder wollte, einfach nicht begreifen, was da vor sich ging. Ich drehte mich um und rannte davon, so schnell ich konnte. In meinem Zimmer zog ich mir die Decke über den Kopf und wäre am liebsten nie wieder aufgetaucht. Aber zum Abendessen musste ich natürlich nach unten. Da saß mein Vater an seinem Platz, wie immer unnahbar und furchteinflößend, und sagte lediglich: ‹Wieso kommst du zu spät?› Kein Wort, keine Andeutung über die Szene in der Garage.

Die erste Zeit fürchtete ich mich davor, dass er mich zu sich zitieren würde. Ich malte mir verschiedene Möglichkeiten aus. Würde er mir drohen? Sich versuchen zu rechtfertigen? Mein Schweigen zu erkaufen versuchen? Nichts geschah. Er benahm sich, als sei tatsächlich nicht das Geringste vorgefallen. Mit keiner Andeutung ging er darauf ein. Sie werden es vermutlich nicht verstehen: Aber nach einiger Zeit hielt ich meine Beobachtung selber für eine Art Einbildung. Ich wurde unsicher, ob ich wirklich das gesehen hatte, was ich zu sehen geglaubt hatte. Es konnte doch nicht sein, dass alles so normal weiterging, wenn ich wirklich meinen Vater und Waltraud ...»

Heinemann versank für einige Augenblicke in seinen Erinnerungen. Veronika schwieg und wartete geduldig, dass er weitersprach.

«Dann wurde Willi geboren, und mit meiner Mutter wurde es immer schlimmer. Sie stand gar nicht mehr auf. Ich gewöhnte mir an, ihr aus dem Weg zu gehen. Waltraud hatte nichts dagegen, wenn ich bei ihnen aß, und so war ich bald kaum noch zu Hause. Zu der Zeit unternahm mein Vater fast ständig Geschäftsreisen, war also selten da. Deswegen war es auch die Zugehfrau, die meine Mutter fand.»

«Ein Unfall?»

«Nein, das war beim besten Willen nicht als Unfall zu deklarieren», erwiderte Heinemann, und seine Stimme klang gepresst. «Sie war erwürgt worden.»

Schockiert schnappte Veronika nach Luft. Damit hatte sie nicht gerechnet.

«Der Täter hatte keinerlei Spuren hinterlassen, deswegen glaubte die Polizei, dass er sich sehr gut ausgekannt haben musste. Als mein Vater nach Hause kam, wurde er sofort befragt. Aber er hatte ein Alibi. Das überraschte mich, denn ich hatte nachts zuvor heftige Streitereien aus dem Schlafzimmer meiner Mutter gehört. Ich war also davon ausgegangen, dass er es war, den meine Mutter angeschrien hatte.»

«Sie haben doch nicht Ihren Vater für den Mörder gehalten?», warf Veronika ein.

«Was hätten Sie gedacht? Ich wusste, beziehungsweise glaubte zu wissen, dass meine Eltern sich furchtbar gestritten hatten. Am nächsten Tag war meine Mutter tot. Es war naheliegend, zu denken, er hätte sie im Streit erwürgt.»

«Haben Sie der Polizei davon erzählt?»

«Nein», gestand Heinemann. «Ich traute den fremden Männern nicht. Ich war vollkommen verunsichert, wusste nicht ein noch aus. Also tat ich das, was ich die ganzen Jahre über getan hatte: Ich lief auf mein Zimmer und bemühte mich, nichts von alldem um mich herum mitzubekommen. Vielleicht würde es sich ja als böser Traum herausstellen, ich würde aufwachen und alles wäre wieder wie vorher. Ich muss dann eingeschlafen sein, denn ich weiß noch, dass ich davon aufwachte, dass ich den schweren Motor des Wagens hörte. Vom Fenster aus sah ich in der Dämmerung gerade noch die Rücklichter um die Straßenecke verschwinden.

Als ich hinunterging, war niemand da. Natürlich, mein Vater war ja gerade weggefahren. Also beschloss ich, zu Waltraud hinüberzugehen. Irgendwie hatte ich Angst vor der Stille in unserem Haus. Drüben waren zwar alle Lichter eingeschaltet, aber von Waltraud keine Spur. Ich rief nach ihr – keine Antwort. Ich beschloss also zu warten und schlief dabei ein.»

«Und dann?»

«Ich wurde von einem sehr netten jungen Streifenpolizisten geweckt. Er hat sich große Mühe gegeben, mir die Sache schonend beizubringen ...»

Veronika wartete ungeduldig darauf, dass Heinemann weitererzählte. Er kämpfte sichtlich mit den Eindrücken und Bildern von damals. Schließlich fuhr er fort: «Der Wagen war mit hoher Geschwindigkeit gegen einen Brückenpfeiler geprallt», sagte Heinemann tonlos. «Alle drei waren auf der Stelle tot.»

«Kam heraus, wer Ihre Mutter ...» Veronika stockte, schreckte davor zurück, das Wort «ermordet» auszusprechen.

«Nicht genau. Aber man vermutete schon damals ein Beziehungsdrama, wie es so schön heißt. Hannes hat wohl als Einziger nicht mitbekommen, was sich hinter seinem Rücken abspielte, und ist ausgerastet, als meine Mutter ihm davon erzählt hat.» Er zuckte resignierend mit den Schultern. «Leonora hat dann die Zügel übernommen und uns beide großgezogen. Ich war ein zwölfjähriger völlig verstörter Junge und

Willi gerade zwei. Es kann nicht einfach gewesen sein für sie, die nicht die geringste Erfahrung mit Kindern hatte.» Heinemanns Mundwinkel hoben sich zu einem fast spitzbübischen Grinsen. «Sie müssen wissen, Leonora war ein Jet-Set-Girl, wie man das damals nannte. Aber sie hat es erstaunlich gut hingekriegt.»

«Was macht Willi eigentlich beruflich?», wollte Veronika wissen. «Arbeitet er in einer Klinik?»

Heinemann sah sie verblüfft an. «Nein, wie kommen Sie darauf?»

Veronika wich seinem Blick aus. «Ich dachte nur, wer so phantastisch massieren kann, muss das doch gelernt haben.»

«Nein, nein», sagte Heinemann und schüttelte sich fast vor Lachen. «Willi ist ein Naturtalent. Aber ich vermute stark, dass er bei den weiblichen Mitgliedern seines Fitness-Clubs reichlich Gelegenheit zum Üben bekommt!»

«Er führt einen eigenen Club?», fragte Veronika überrascht. Er hatte seine Rolle als Muskelberg mit kindlichem Gemüt so überzeugend gespielt, dass sie nie und nimmer auf den Gedanken gekommen wäre, dass er sich einen Spaß mit ihr erlaubt hatte. Sie dachte an ihre erste Vermutung, der muskulöse Willi sei der Geliebte der alten Dame, und musste lächeln. Da hatte sie ja ganz schön danebengelegen! Aber seine Bemerkung über die Kunst der Massage war durchaus missverständlich zu interpretieren gewesen, dachte sie und verspürte bei dem Gedanken an eine Wiederholung des letzten Abends ein leichtes Prickeln zwischen den Beinen.

«Und sehr erfolgreich», bestätigte Heinemann amüsiert. «Vor allem die Damenwelt steht sozusagen Schlange, um in seinem Club Mitglied zu werden.»

Veronikas Vorfreude auf den späteren Abend wuchs. Kein Wunder, dass er ihr einen so phantastischen Orgasmus beschert hatte! Sie erschauerte wohlig bei dem Gedanken daran, bald, sehr bald wieder seine Hände auf ihrem Körper zu spüren.

«So, ich denke, wir können es abnehmen», meinte Heinemann und streckte beide Hände aus, um sehr behutsam die Schale mit der Formmasse von Veronikas Brust zu lösen. Sie saß fest, er musste die Finger zu Hilfe nehmen, bis er endlich kritisch die ausgehärtete Masse in der Schale in Augenschein nehmen konnte. «Phantastisch!» Die Begeisterung in seiner Stimme ließ Veronika sich aufsetzen und neugierig in die Negativform schauen. Für sie sah es eher nach einer relativ plumpen Form aus.

«Sie sind damit zufrieden?», fragte sie zweifelnd.

«Und ob!» Er lächelte fast glücklich. «Es sieht jetzt natürlich noch nicht spektakulär aus. Aber man kann schon sagen: Es wird toll. Ich überlege mir, den Stiel aus rot eingefärbtem Glas anfertigen zu lassen. Oder halten Sie das für zu direkt?»

«Das ist Ihre Entscheidung», gab Veronika zurück, während sie sich bereits wieder anzog. Die Zeit war erstaunlich schnell vergangen, aber jetzt konnte sie es kaum noch erwarten, sich Willis Zauberhänden zu überlassen.

Kapitel 5

Die Tage mit den Heinemanns und Manfred Schmidt als ersten Gästen waren schnell verflogen, andere Gäste folgten. Mit den meisten verlief der Aufenthalt angenehm. Es waren erstaunlich wenige, deren Abreise sie erleichtert begrüßten. Zu Veronikas und Maschas Bedauern war allerdings weder ein «Willi mit den Zauberhänden» noch ein trinkfester Manfred Schmidt darunter.

«Es hat auch Vorteile, wenn die Typen uns nicht in Versuchung führen», erklärte Veronika entschieden, als Mascha gerade wieder einmal von ihrem schwäbischen Verehrer schwärmte. «So werden wir weniger abgelenkt und können uns einen soliden Kundenstamm heranziehen, der wirklich nur bei uns übernachten will!»

«Wie langweilig!», murrte Mascha und zog die Mundwinkel herunter. «Ich hätte viel lieber welche, die nicht nur Arbeit machen, sondern auch ein bisschen Leben in die Bude bringen!»

«Schön und gut, aber davon können keine Unkosten bezahlt werden», befand Veronika vernünftig, wobei sie sich bemühte, überzeugt zu klingen. Ihre Freundin wirkte unausgeglichen und nervös, und ihr ging es, wenn sie ehrlich war, nicht besser. Es war gut gelaufen die letzten Wochen. Die meiste Zeit waren sie voll belegt gewesen. Vielleicht lag es daran, dass sie beide einfach erschöpft waren. Es war anstrengend, rund um die Uhr präsent und ansprechbar zu sein. Vielleicht war es ganz gut, dass sich für die nächste Zeit bisher nur ein einziger Gast angemeldet hatte.

«Ihr werdet es nicht glauben, wer gerade ein Zimmer gebucht hat», hatte Jenny vor Aufregung stotternd ausgerufen, als sie in die Küche gestürmt war.

«Na, der Papst war es wohl nicht», hatte Mascha ein wenig schnippisch zurückgegeben. Veronika hatte ihr einen missbilligenden Blick zugeworfen – Mascha neigte in letzter Zeit dazu, mit Jenny zunehmend ungeduldig umzugehen – und gefragt, wer es denn Ungewöhnliches sei.

«Ein Conte Ludovico di Sarrastro», war Jenny herausgeplatzt, wobei sie die einzelnen Silben genüsslich auf der Zunge rollte. «Klingt das nicht toll? Wie aus einer Oper.»

«Eher nach einem Greis am Krückstock», hatte Mascha misslaunig vermutet. «Was für ein dekadenter Name!»

Jenny war sofort beleidigt aufgefahren, den unbekannten Conte zu verteidigen, und Veronika hatte die beiden Streithähne beruhigen müssen.

Nun, bis der Herr eintraf, hatten sie noch etwas Zeit, und Veronika wollte schon seit längerem mit Mascha in ihren bevorzugten Dessousladen. Sie liebte schöne Unterwäsche und konnte es partout nicht verstehen, wieso Mascha sich dafür nicht begeistern konnte. Also hatte sie sich vorgenommen, die Freundin zu bekehren: Statt wie bisher preiswerte Sport-BHs vom Discounter zu kaufen, würde sie Mascha zu Satin und Spitze verführen! Ihre wunderbare Figur würde in luxuriöser Wäsche erst richtig zur Geltung kommen. Sie konnte es schon vor sich sehen: Maschas üppige Brüste, dargeboten auf den Schalen einer Korsage aus dunkelgrünem Satin und schwarzer Spitze. Die Nippel knapp verdeckt, aber der milchkaffeebraune

Warzenhof unter der Spitzenborte hervorlugend; die prallen Pobacken, die sich unter dem Korsagenrand wölbten und verlockend zu rufen schienen: Streichelt mich, packt mich!

In Kombination mit schwarzen Nahtstrümpfen, hochhackigen Pantoletten und – vielleicht – einem Hauch von Negligé aus Chiffon würde Mascha auf jeden halbwegs normal funktionierenden Mann unwiderstehlich wirken.

Anfangs hatte die sich allerdings standhaft geweigert, bei dem Unternehmen mitzumachen. «Ich habe keine Lust, mich von aufgetakelten Ziegen herablassend behandeln zu lassen», hatte Mascha Veronikas ersten, zaghaften Versuch in dieser Richtung entschieden zurückgewiesen. «Ich sehe sie schon hinter meinem Rücken verächtlich die Nase rümpfen. Nein, danke. Kein Bedarf!»

«Sie werden überhaupt nicht die Nase rümpfen!», hatte Veronika sie zu überreden versucht. «Im Gegenteil. Sie werden blass werden vor Neid, wenn sie sehen, wie überwältigend die Garnituren auf einer Frau mit deiner Oberweite aussehen!»

Unter dem Vorwand, unbedingt einen hautfarbenen BH zu benötigen, hatte Veronika es schließlich geschafft, Mascha zum Mitkommen zu bewegen. «Du wirst sehen, so schlimm sind sie da gar nicht», sagte sie nun, während sie durch die Fußgängerzone schlenderten. «Schau doch mal, die Korsage da – die in Russischgrün – ist doch gerade wie für dich geschaffen!» Veronika war vor dem Schaufenster des Geschäfts «Belladonna» stehen geblieben und zeigte auf eine opulente Kreation, die ansprechend auf einem mit schwarzem Samt bezogenen Sessel arrangiert war. «Willst du sie nicht wenigstens mal anprobieren?»

Mascha zögerte, aber dass sie nicht sofort vehement abgelehnt hatte, fasste Veronika als Ermutigung auf, griff ihren

Ellbogen und zog sie sanft, aber entschieden mit sich in den Laden.

Sofort kam eine wieselflinke ältere Dame auf sie zugeeilt, musterte die unbekannte Begleiterin ihrer langjährigen Kundin unauffällig und erkundigte sich nach ihren Wünschen.

«Ich suche einen leichten hautfarbenen BH», sagte Veronika. «Und könnte meine Freundin einmal die dunkelgrüne Korsage aus dem Schaufenster anprobieren?»

«Selbstverständlich, Frau Lohgerber.» Die Frau rang sichtlich mit sich, ehe sie schnell und leise hinzufügte: «Darf ich sagen, wie sehr es mich freut, Sie wieder bei uns begrüßen zu dürfen?» Rasch wandte sie sich ab, als sei ihr diese fast private Äußerung peinlich, und sagte mit professioneller Stimme. «Wenn Sie schon mal ablegen wollen? Ich bringe Ihnen gleich eine Auswahl, will nur schnell die Maße Ihrer Freundin nehmen.»

Stocksteif ließ Mascha die kurze Prozedur über sich ergehen. Die Verkäuferin schien nicht so arrogant zu sein wie diejenigen, mit denen sie es bisher zu tun gehabt hatte. Aber das konnte auch ganz allein auf Veronikas Anwesenheit zurückzuführen sein. Erst als sie in die Kabine neben Veronika gebeten und der schwere Samtvorhang zugezogen wurde, entspannte sie sich und begann, den Einkauf zaghaft zu genießen. Von draußen drang kaum ein Laut herein, und im Geschäft selbst war es im Gegensatz zu der hochsommerlichen Hitze draußen angenehm kühl. Der moosgrüne Teppichboden und die heruntergelassenen Jalousien erzeugten eine Atmosphäre der Abgeschiedenheit, wie im tiefen Wald, fernab von Lärm und Hektik. Aus der Nachbarkabine hörte sie die gedämpften Stimmen von Veronika und der Verkäuferin. Dann wurde ihr durch einen Spalt im Vorhang das grüne Ensemble gereicht, und die ältere Frau fragte freundlich, ob sie Mascha behilflich sein dürfe.

Maschas erster Impuls war, dankend abzulehnen. Andererseits hatte sie nicht die geringste Ahnung, wie dies ungewöhnliche Stück anzuziehen war. «Ja, bitte», antwortete sie also kurz entschlossen und zog den Vorhang beiseite. Sie hatte den Büstenhalter bereits ausgezogen, und der Blick der Verkäuferin glitt bewundernd über ihren prächtigen Busen. «Diese Korsage ist geradezu für Sie bestimmt», meinte sie, während sie ihr behilflich war, die Träger zu befestigen. «Sehen Sie, mit den Häkchen vorne können Sie die Korsage schließen, ohne sie jedes Mal neu schnüren zu müssen. Soll ich sie eng oder locker schnüren?»

«Eng, vor allem um die Taille», kam Veronikas Stimme aus der Nachbarkabine. «So, dass es ihre Figur gut zur Geltung bringt.»

Gespannt wartete Mascha auf das Ergebnis. Als die Verkäuferin endlich mit ihrem Werk zufrieden war, starrte sie eine völlig veränderte Mascha an. Mit der wilden Lockenmähne, den runden Hügeln, die sich aus der Spitzenschale wölbten, und der unglaublich schmalen Taille sah sie nicht mehr wie Mascha aus. Wie im Traum glitten ihre Hände bewundernd über den feinen Stoff, der sich eng um ihren Körper spannte. Es war ein neuartiges, sehr sinnliches Gefühl.

«Lass dich mal anschauen», rief Veronika und schob energisch den Vorhang ihrer Kabine zur Seite. «Wow!» Ehrlich erstaunt, betrachtete sie ihre Freundin. Dass diese Korsage Mascha stehen würde, hatte sie geahnt, aber dass sie so perfekt zu ihr passte, überraschte sie doch. Das satte Russischgrün verlieh Maschas Teint einen warmen Ton, ließ ihre Augen wie geheimnisvolle Waldseen glänzen und ihre roten Lippen noch verführerischer leuchten. Plötzlich verschwand die offene Bewunderung aus ihrem Blick. «Das da geht aber nicht!»

Geradezu anklagend wies ihr Zeigefinger auf den ausgeleierten Slip in verwaschenem Rot.

«Bitte, zieh das aus. Sofort! Dieses ... Ding da beleidigt geradezu die Augen.»

«Ich mag diesen Slip», erwiderte Mascha störrisch und verschränkte die Arme. «Der ist noch aus Russland.»

«So sieht er auch aus!», konstatierte Veronika, die Augen verdrehend. «Oben hui, unten pfui. Bitte, holen Sie ihr doch den passenden String», wandte sie sich an die dezent im Hintergrund wartende Verkäuferin. «Ach ja, am besten auch noch Strümpfe dazu. Pantoletten können wir dann anschließend im Schuhgeschäft nebenan aussuchen.»

«Wenn Ihnen Größe achtunddreißig passt, hätte ich zufällig ein passendes Paar da», bot die Verkäuferin geschäftstüchtig an. «Ich hole sie nur schnell aus dem Schaufenster.»

Während sie warteten, betrachtete Mascha Veronika kritisch von oben bis unten. Veronika trug nichts außer einem hauchzarten, sozusagen nichtexistenten Büstenhalter, der ihre Brustwarzen und -höfe durchschimmern ließ, und einem französischen Panty aus demselben Material.

«Warum gehst du eigentlich nicht gleich nackt?», schlug sie Veronika vor. «Man sieht alles durch, genauso gut könntest du ganz auf Unterwäsche verzichten.»

Veronika schüttelte lächelnd den Kopf. «Das siehst du falsch», gab sie zurück. «Meine leichten Sommersachen sitzen einfach besser, wenn sie nicht an der Haut kleben, sobald ich zu schwitzen anfange. Und außerdem ...», sie trat dicht neben Mascha, «und außerdem fühlt sich dieses Material einfach wunderbar an. Fühl doch mal!»

Zaghaft berührte Mascha den durchscheinenden Stoff über Veronikas Bauch, gleich oberhalb des Venushügels mit dem dunkelblonden Schamhaar. «Ist das Seide? Es fasst sich so glatt und kühl an», stellte sie fest und rieb vorsichtig den Stoff zwischen Daumen und Zeigefinger.

«Nein, es ist aus einer neuartigen Kunstfaser», ließ sich die Stimme der Verkäuferin hinter ihnen vernehmen.

Ein Paar schwarzer Pantoletten mit farblich abgestimmtem Marabufederpompon in der einen und den String samt einem Paar hauchdünner, schwarz schimmernder Strümpfe in der anderen Hand, kam sie näher und überreichte Mascha die Stücke, als seien sie wahre Kostbarkeiten.

«Bitte sehr. Diese Strümpfe sind extrem empfindlich. Darf ich Ihnen beim Anziehen behilflich sein?»

«Natürlich», sagte Mascha und verschwand hinter dem Vorhang, um den geschmähten roten Slip aus Russland gegen den spitzenverzierten dunkelgrünen String auszutauschen. Ein Blick in den großen Spiegel verriet ihr, dass Veronika recht gehabt hatte: Mit dem passenden String wirkte das Ensemble auf jeden Fall sinnlicher! Allerdings störte ihr dickes schwarzes Schamhaar den Gesamteindruck empfindlich. Die drahtigen Locken ringelten sich ungehindert auf dem gesamten Venushügel, quollen zwischen ihren Schenkeln hervor und verdeckten fast gänzlich die schwarze Spitze, mit der das Satindreieck eingefasst war.

«Ich sehe schon, wo wir als Nächstes hinmüssen», war Veronikas erste Bemerkung, als Mascha sich den beiden präsentierte. «Zu Franca.»

«Und wer ist Franca?», erkundigte sich Mascha, während sie auf dem zierlichen Hocker Platz nahm, den die Verkäuferin ihr zurechtgerückt hatte, und ein Bein ausstreckte.

«Meine Kosmetikerin», erklärte Veronika kurz, während sie zusah, wie die behandschuhten Hände der Verkäuferin umsichtig den Strumpf über Maschas Fuß zogen und dann langsam über Wade, Knie und Oberschenkel hochrollten. Eine Handbreit unterhalb der Leiste endete er in einem Spitzenband, das innen mit Silikon beschichtet war.

«Seltsam, ich habe gar nicht das Gefühl, etwas anzuhaben», meinte Mascha verwundert und wackelte mit den Zehen. Veronika und die Verkäuferin wechselten einen amüsierten Blick. «Ja, dieses Material ist besonders luftig», sagte die ältere Frau bestätigend. «Extra für die Sommermonate entwickelt, in denen man ungern Strümpfe trägt.»

Als Mascha den zweiten Strumpf anhatte, sprang sie auf, um in die Pantoletten zu schlüpfen. «Ich hätte nicht gedacht, dass ich so ... vornehm aussehen könnte», flüsterte sie andächtig, ihr Spiegelbild mit den Augen verschlingend.

Veronika sah davon ab, sie zu berichtigen, dass «vornehm» nicht unbedingt der treffendste Ausdruck war. Erotisch, sinnlich, verführerisch wären als Beschreibung passender gewesen.

«Es freut mich, dass du dir gefällst. Möchtest du die Gelegenheit nicht nutzen und deinen Unterwäschevorrat aufstocken?»

«Kommt drauf an. Was kostet das Ganze eigentlich?», fragte Mascha unverblümt.

Der Preis, der ihr von der Verkäuferin, die nicht mitbekam, wie Veronika ihr zu signalisieren versuchte, dass sie keine direkte Auskunft geben sollte, ließ Mascha entschieden den Kopf schütteln. «So schön es ist ..., ich fürchte, es ist zu teuer für mich.»

«Dann schenke ich es dir», verkündete Veronika entschlossen. «Es wäre eine Sünde und eine Schande, es nicht zu nehmen. Alles ist wie für dich gemacht, Mascha!»

Die Verkäuferin, bemüht, einer so guten Kundin wie Veronika entgegenzukommen, mischte sich ein und erklärte, dass zu einer solch kostspieligen Garnitur selbstverständlich noch diverse Zugaben kämen. Unter dem Strich sei es dann gar nicht mehr so extravagant, ja, eigentlich direkt günstig.

Die vereinte Überredungskunst Veronikas und der Verkäuferin verfehlte ihre Wirkung auf Mascha nicht. Umso mehr, als diese sich hoffnungslos in ihren Anblick in dieser Korsage verliebt hatte. So verließen sie «Belladonna» mit Händen voller blumenbedruckter Tüten: Veronika mit ihrer Sommergarnitur und Mascha mit dem russischgrünen Ensemble sowie drei schlichteren Büstenhaltern und einer Handvoll Slips. Nichts Außergewöhnliches, aber von einer Qualität, die für sich sprach. Wenn Mascha sich in Zukunft für einen Mann ausziehen würde, so könnte sie das tun, ohne ihre Unterwäsche verschämt unter die Matratze stopfen zu müssen.

«Jetzt werde ich mir doch einen von diesen Spezial-Damenrasierern kaufen müssen», stellte Mascha nachdenklich fest. «Es sah nicht gut aus mit dem ganzen schwarzen Haar. Meinst du, ich sollte es ganz abrasieren? Oder nur am Rand und den Rest stutzen?»

«Nur stutzen! Wenn man glatt rasiert, muss man täglich nachrasieren, weil es schrecklich stoppelig nachwächst und so etwas Empfindliches wie den Tanga in null Komma nichts ruiniert. Schade drum.»

«Dann brauche ich auf jeden Fall so ein Ding. Wo würdest du es kaufen?»

«In einem guten Elektrogeschäft oder in einem erstklassigen Kosmetiksalon», meinte Veronika heiter. «Wie in dem hier, zum Beispiel.»

Mit diesen Worten steuerte sie auf eine unauffällige Eingangstür aus dunkel gebeiztem Holz zu und zog sie auf. «Komm mit und lass dich überraschen.»

Im Treppenhaus war es dämmrig und roch nach Bohnerwachs. Mascha folgte ihrer Freundin eine glänzend gebohnerte Treppe mit altmodisch breiten Stufen hinauf. Im ersten Stock wies nur ein einfaches Messingschild mit der Bezeichnung «Franca – Kosmetisches Institut» auf den Schönheitssalon hin, von dem Veronika gesprochen hatte.

Auch hier wurde Veronika herzlich begrüßt. Die schlanke Frau, die sie in Empfang genommen hatte, führte sie in ein helles, freundliches Zimmer, von dem aus man auf das Gewimmel in der Fußgängerzone hinunterschauen konnte. «Kann ich Ihnen etwas zu trinken anbieten? Kaffee, Eistee, ein Glas Weißwein, Champagner?», zählte sie auf. «Für Sie wie immer, Frau Lohgerber?»

Veronika nickte bestätigend.

«Und für mich den Champagner, bitte», sagte Mascha, kühn überspielend, dass die Atmosphäre sie ein bisschen einschüchterte.

Die Frau kam, ein Tablett mit dem Gewünschten in der Hand, wieder in das Zimmer, im Schlepptau hatte sie eine imponierende Gestalt in einem hellblauen Kittel, der einen wahren Koloss umhüllte: Die Frau musste mindestens eins fünfundachtzig groß sein, und ihr Gewicht schätzte Mascha auf gut hundertzwanzig Kilo. Umso befremdlicher war ihre leise, sanfte Stimme, mit der sie die Neuankömmlinge begrüßte und nach ihren Wünschen fragte. «Mein Gott, wie habe ich die Sitzungen bei dir vermisst, Franca», seufzte Veronika und umarmte sie. «Kannst du uns irgendwie unterbringen? Ich weiß, wir sind nicht angemeldet. Geht's trotzdem?»

Die so überschwänglich Begrüßte erwiderte die Umarmung und lächelte zurück. «Natürlich, kein Problem. Ich übernehme euch selber. Zur Feier des Tages. Das Übliche?»

«Bei mir ja. Was würdest du meiner Freundin Mascha empfehlen?»

Franca trat dicht vor Mascha, und ihre Blicke glitten prüfend über ihr Gegenüber.

«Eine wunderbare Haut», murmelte sie mehr zu sich selbst. «Vielleicht eine pflegende Feuchtigkeitspackung, und die Brauen könnte man ein wenig in Form zupfen.» Sie griff nach Maschas Händen und unterzog sie einer kritischen Prüfung.

«Viel Hausarbeit? Maniküre wäre unbedingt zu empfehlen. Soll bei ihr auch das Schamhaar getrimmt werden?», wandte sie sich an Veronika, als sei Mascha gar nicht anwesend.

«Unbedingt!», gab Veronika entschieden zurück. «Deswegen sind wir hauptsächlich hier.»

«Also: Trimmen. Maniküre, Packungen für Dekolleté und Gesicht», zählte Franca lakonisch auf. «Aber vorher geht ihr beide für mindestens eine halbe Stunde in den Entspannungsraum. Und seht zu, sie ordentlich prall zu kriegen.»

«Was, zum Teufel, meinte sie denn damit?», fragte Mascha, verwirrt die Stirn runzelnd, während sie Veronika den Flur entlang zu einer lederbespannten Tür folgte. Die grinste wenig damenhaft, als sie die Tür aufstieß und Mascha den Vortritt ließ. «Dreimal darfst du raten!», neckte sie ihre Freundin, und schloss die Tür hinter sich.

«Ich glaube, ich ahne etwas», sagte Mascha leise und sah sich interessiert um. Im ersten Moment glaubte man sich in eine orientalische Märchenkulisse verirrt zu haben: Die Wände waren mit blutrotem Seidendamast bespannt, der Boden so dicht mit Perserteppichen bedeckt, dass die Füße darin zu versinken schienen. In jeder Ecke des Raums waren Kissen aufgehäuft, durch zarte Baldachine, die an der Zimmerdecke befestigt waren, voreinander abgeschirmt. In der Mitte des Raums stand eine kunstvoll geschnitzte Holztruhe.

«Na, mach sie schon auf», drängte Veronika. Mascha ließ sich nicht lange bitten. Aber obwohl sie eine gewisse Erwartung gehabt hatte, hielt sie überrascht die Luft an, als sie das kunterbunte Durcheinander vor sich ausgebreitet sah.

«Ich glaube, es existiert kein Sexspielzeug, das Franca nicht ausprobiert hat», sagte Veronika versonnen auf die reichhaltige Auswahl blickend. «Nur diejenigen, die sie für gut befindet, bietet sie hier an. Und ich kann dir sagen: Sie sind wirklich gut!»

«Darf man sich einfach irgendwas davon aussuchen?»

«Natürlich.» Veronika nickte. «Dieser sogenannte Kolibri ist übrigens der helle Wahnsinn.» Sie griff zielsicher nach einem Gerät, das tatsächlich an einen der winzigen bunten Vögel erinnerte, zog ihn heraus und hielt ihn Mascha unter die Nase. «Den bindest du dir zwischen die Beine, sodass der Schnabel genau auf deinem Kitzler liegt, und den Stab, den er in den Krallen hält, führst du ein. Der rotiert. Schau mal.» Sie demonstrierte es, indem sie den zugehörigen Elektrostecker in eine gut getarnte Steckdose an der Seitenwand der Truhe steckte und einen Schalter zwischen den Flügeln drückte.

Fasziniert starrte Mascha auf das ungewöhnliche Gerät in Veronikas Händen. Der Vogel wand sich, als sei er lebendig und versuche zu entkommen. Dadurch versetzte er den Ast zwischen seinen Krallen in kreisartige Bewegung, während der lange Schnabel zitterte und vibrierte.

«Phantastisch, nicht wahr? Aber warte nicht zu lange mit der Entscheidung. Ich habe das erste Mal so lange gebraucht, dass meine Zeit fast um war. Ach, ja. Du kannst unbesorgt alles nehmen, was dir gefällt. Die Sachen hier in der Kiste sind alle bereits desinfiziert. Was du benutzt hast, legst du in den Korb dort.» Sie wies auf einen der geflochtenen Behälter, die neben jedem der Kissenberge standen. Dann verschwand sie mit dem Kolibri hinter einem der Baldachine, und gleich darauf verriet das einsetzende Summen, dass Veronika ihn in Gang gesetzt hatte.

Mascha versuchte, in der unglaublichen Vielfalt etwas zu entdecken, das sie auf Anhieb anspräche. Die Dildos und Vibratoren in allen Formen und Farben waren zwar durchaus brauchbar, aber sie wollte etwas Besonderes.

Ganz unten entdeckte sie es schließlich: schwarze Brustklemmen mit zwei Zapfen verbunden, einem großen, der einem erigierten Penis von beeindruckenden Ausmaßen nachempfunden war, und dicht dahinter ein kleinerer, dessen Durchmesser sich zusätzlich mit einer Ballonpumpe vergrößern ließ. Ein länglicher Aufsatz, der über die Schamlippen gestülpt wurde, und mehrere Gummi-Zahnreihen zur Stimulierung von Klitoris und inneren Schamlippen vervollständigten das Gerät.

Das würde sie ausprobieren! Sie hob das zunächst stehende Netz an, zog sich so schnell es ging aus und rutschte auf den Knien in das luftige Zelt.

Zitternd vor Ungeduld, legte Mascha sich hin und führte die Zapfen ein. Der falsche Penis war so dick, dass sie ihn nur langsam tiefer in sich schieben konnte. Obwohl sie bereits von der Erwartung der Lust nass geworden war, musste sie sich bewusst entspannen, während sie ihn Zentimeter für Zentimeter in sich hineinzwängte. Endlich war er ganz drinnen, und sie genoss das Gefühl, voll und ganz ausgefüllt zu sein.

Der Zapfen für den Anus war zwar kleiner, aber sein dickes Pendant nahm so viel Platz in Anspruch, dass es schwierig wurde, ihn hineinzudrängen. Ihr Rektum schien zu protestieren, aber sie ließ sich nicht beirren, schob ihn entschlossen immer tiefer, bis die Rosette sich um die Verjüngung am oberen Ende des Zapfens zusammenzog und ihn so in ihr festhielt. Inzwischen war sie so nass, dass ihre Finger kaum noch die Schamlippen auseinanderhalten konnten, um das Schild mit den Zahnreihen aufzusetzen. Kaum hatte sie es platziert, löste es sich wieder, glitt einfach ab auf dem Schleimfilm, der ihr Geschlecht überzog. Mascha entschied, zuerst die Nippelklemmen anzulegen, damit sei beide Hände frei hätte, um es an seinem Platz zu halten. Die weich überzogenen Klemmen kniffen so unerwartet fest zu, dass sie zusammenzuckte. Dann aber begann es zu kribbeln, die Brustwarzen schienen zu glühen, und in ihren Brüsten wuchs ein lustvolles Ziehen, als saugte ein Mann kräftig daran.

Mascha schloss die Augen, um sich voll auf die Empfindungen konzentrieren zu können, presste das Schild auf ihre Schamlippen und betätigte den Schalter, der es unter Strom setzte. Im nächsten Moment schien es sich an ihr festzusaugen, die Gummizähne gruben sich tief in ihr weiches, angeschwollenes Fleisch und massierten es, während durchdringende Vibrationen Nerven in ihrem Inneren erreichten, die so stark reagierten, dass sie sich auf die Lippe beißen musste, um nicht laut aufzuschreien.

Sie warf die Arme zur Seite, krallte sich in die Kissen, und ihr Körper bäumte sich auf unter dem Ansturm der lustvollen Reize. Viel zu schnell für ihren Geschmack ließ der Orgasmus sie erschöpft zurücksinken. Noch zitternd unter den letzten Wellen ihres Orgasmus löste sie die Nippelklemmen, ließ sie neben sich fallen und blieb dann einfach reglos liegen.

«Mascha?», kam es leise aus der anderen Zimmerecke. «Geht's dir gut?»

«Ja, natürlich», gab sie zurück, eine Spur ärgerlich, weil Veronika sie zwang, das warme Nachglühen, diese Woge aus umfassendem Wohlgefühl, abzustreifen und sich wieder ihrer Umgebung bewusst zu werden. Sie öffnete die Augen, sah in den rosaroten Chiffonhimmel über sich und dachte, wie schön es wäre, einfach hier liegen zu bleiben, bis ihr Körper bereit für neue Lust wäre. Hatte es nicht einmal ein Experiment mit Ratten gegeben, die selbständig ihr Lustzentrum im Gehirn reizen konnten und die lieber verhungert waren, als diesen Schalter zu verlassen?

In diesem Augenblick konnte Mascha das nachvollziehen. Einen solch extremen Orgasmus hatte sie noch nie zuvor erlebt. Er wäre perfekt gewesen, wenn da nicht etwas gefehlt hätte ... Ihre suchende Hand wanderte ziellos über den weichen Samt auf der vergeblichen Suche nach einem menschlichen Körper. Bisher hatte sie nie darüber nachgedacht, aber sie liebte es, nach dem Orgasmus, wenn ihr ganzer Körper noch glühte, an einen Menschen geschmiegt dazuliegen. Die Wärme, die ein Männerkörper abstrahlte, zu genießen, seinen leichten Schweißgeruch wahrzunehmen, mit den drahtigen Haaren auf seinem Körper zu spielen und ihre Schenkel an seinen zu reiben.

Das waren Empfindungen, die den bloßen Geschlechtsakt abrundeten, ihr erst die vollständige Befriedigung brachten. Energisch schob sie die vage Enttäuschung, die sie verspürte, beiseite, und begann, vorsichtig den hinteren Zapfen aus ihrem Anus zu ziehen. Ein Lächeln glitt über ihr Gesicht, als sie feststellte, dass sie nur ein wenig drücken musste, und schon flutschte er heraus.

Auch der Dildo ließ sich auf die gleiche Art entfernen, allerdings glitt er langsamer heraus, immer wieder zurückgehalten von dem angeschwollenen Fleisch in ihrem Inneren. Mascha verzog das Gesicht, während sie neugierig ihre Scham betastete. Geschwollen wie ein Pavianweibchen! Ob sie auch so knallrot leuchtete wie diese Tiere?

«Bist du so weit?», erinnerte Veronikas Stimme sie an die Zeit.

«Sofort», antwortete sie, ließ alles in den Korb fallen und richtete sich auf. Träge rutschte sie auf den Polstern zum Rand und bückte sich nach ihren Kleidern.

«Lass mal sehen. Wie hat es gewirkt?» Veronika drückte sie an den Schultern zurück auf die Kissen und griff spielerisch nach Maschas Fußgelenken. Mit einem geschickten Hebelgriff ließ sie sie nach hinten fallen und betrachtete interessiert die überreife Frucht, die offen vor ihr lag.

«Nicht schlecht», murmelte sie, während sie ihre Augen nicht von dem Anblick lösen konnte, beugte sie wie in Trance ihren Kopf nach vorn und fuhr leicht mit der Zungenspitze über die inneren Schamlippen. Obwohl Mascha nicht erwartet hätte, schon wieder für neue Reize aufnahmebereit zu sein, durchfuhr die zarte Liebkosung sie wie ein elektrischer Schlag. Wie von selbst schlossen sich ihre Augen, sie warf den Kopf zurück, spreizte die Schenkel so weit es ging und wartete angespannt auf weitere Berührungen. Tatsächlich neckte die Zungenspitze sie nur, tanzte mit schmetterlingshafter Unbeständigkeit über das heiße, nasse Fleisch, kitzelte die pulsierende Klitoris und wurde abrupt zurückgezogen.

«Franca wird sehr zufrieden mit dir sein», meinte Veronika, ließ Maschas Fußgelenke los und erhob sich. Sie war bereits wieder vollständig angekleidet. Für eine Frau, die gerade mit einem Kolibri gevögelt hatte – was in diesem Fall ja durchaus der passende Ausdruck war –, sah sie überraschend kühl und gelassen aus. Mascha beneidete sie darum. Sie war sich sicher, dass sie neben ihrer Freundin zerzaust und unordentlich wirkte.

Während sie sich ankleidete, versuchte sie krampfhaft, ihre Locken zu ordnen. Aber sie wusste aus Erfahrung, dass diese Versuche selten erfolgreich waren.

Veronika wartete ungeduldig neben der Tür. Kaum hatte Mascha den letzten Knopf geschlossen, marschierte sie ihr voraus, den Gang hinunter und durch eine offenstehende Tür in einen der hinteren Räume.

«Wir sind so weit, Franca», verkündete sie, drehte sich um und winkte Mascha, ihr zu folgen.

Zwischen zwei Kosmetikliegen stand Franca und nickte zufrieden. «Gut. Ich werde zuerst bei einer trimmen, während die andere ihre Packung bekommt. Wer von euch möchte den Anfang machen?»

Mascha sah fragend Veronika an. «Zuerst Mascha», entschied sie. «Sie ist so schön geschwollen. Wäre reinste Verschwendung, es nicht zu nutzen. Ich nehme derweil die Packung.»

Franca nickte zustimmend. «Dann legt ab und euch bitte

schon mal hin, ich muss nur noch schnell die Packung anrühren.» Sie zeigte auf zwei Paravents.

Dahinter standen jeweils zwei Stühle und ein Kleiderständer, auf dem eine Auswahl schneeweißer Frotteemäntel hing.

Die beiden Frauen zogen sich aus, schlüpften in einen Bademantel der passenden Größe und kletterten auf die mit Frottee bespannten Liegen.

Dort lag Mascha etwas verkrampft und wartete, dass sie an die Reihe kam. Noch nie in ihrem Leben war sie in einem Kosmetiksalon gewesen. Das war immer nur etwas für die Superreichen gewesen. Ein bisschen fehl am Platze fühlte sie sich schon, während sie den Kopf verdrehte, um mitzubekommen, was diese Franca mit Veronika anstellte.

Zuerst wurde ein weißes Handtuch um Veronikas Kopf geschlungen, dann zog die Frau den Bademantel weit über Veronikas Schultern herunter und begann, mit einem Pinsel eine zähe, grünliche Masse auf Gesicht und Dekolleté aufzutragen. «Eine bewährte Geschichte, diese Meeresalgen», sagte sie im Plauderton. «Heutzutage wird ja alles versucht, und je verrückter, desto besser. Aber ich komme immer wieder zu diesen Algen zurück. Sie machen eine wunderbare Haut. Da muss man schon in Kauf nehmen, dass sie nicht nach Rosen riechen!»

Mascha schnupperte unauffällig, und tatsächlich, mit dem Lufthauch vom offenen Fenster her drang eine Art Meeresbrise in ihre Nase. Unwillkürlich erstanden Bilder von langen Sandstränden, an denen die unansehnlichen Tangbänke in der Brandung hin und her geworfen wurden, vor ihrem inneren Auge. Mascha schloss die Augen und hörte die schrillen Schreie der Möwen, roch den leichten Modergeruch von angeschwemmtem Tang, verwesenden Muscheln und modrigem Schwemmholz. Heimweh überfiel sie plötzlich und schmerzhaft wie ein Nadelstich. Ihr war es nicht bewusst gewesen, wie sehr sie das Meer vermisst hatte. Zu viel anderes hatte verarbeitet werden müssen. Es war einfach keine Zeit gewesen, den Verlust dessen, was sie zurückgelassen hatte, zu bedauern.

Die erzwungene Untätigkeit hier auf der Kosmetikliege ließ ihre Erinnerungen wieder lebendig werden. Mascha zwinkerte, weil ihr Tränen in die Augen traten, während immer mehr Bilder auf sie einstürmten, als sei ein Damm gebrochen.

«So, jetzt wollen wir mal sehen, was wir für Sie tun können», sagte Franca freundlich und riss Mascha damit aus ihrem Gespinst aus Erinnerung und Schmerz. «Möchten Sie es nur getrimmt haben oder ganz rasiert?» Ungeniert löste sie den Gürtel und schob den Bademantel beiseite, um Maschas Schamhaar einer gründlichen Inspektion zu unterziehen.

«Nur trimmen», sagte Mascha. «Ich habe keine Lust, mich täglich zu rasieren.»

«Eine kluge Entscheidung», beschied Franca sie, nachdem sie einige Haarbüschel prüfend zwischen die Finger genommen hatte. «Es ist sehr dick. Ich würde vorschlagen, es auf acht Millimeter zu kürzen und eine Packung aufzulegen, die es geschmeidiger macht. Einverstanden?»

Mascha nickte schweigend. Was sollte man auch dazu sagen?

«Gut. Dann wollen wir mal. Wenn Sie bitte die Beine aufstellen ...»

Mascha gehorchte und warf einen kurzen Blick zu Veronikas Liege hinüber. Die lag wie eine Statue reglos unter dem flauschigen Frotteetuch, in das Franca sie von Kopf bis Fuß gehüllt hatte, auf dem Gesicht diese grünliche Paste und feuchte Pads auf den Augenlidern. Das Summen des elektrischen Haarschneiders lenkte ihre Aufmerksamkeit wieder auf Franca, die routiniert damit begonnen hatte, Maschas Schamhaar zu kürzen.

Es kitzelte ein wenig, wenn der kammartige Aufsatz über

ihren Schamhügel fuhr. Eigentlich war es ein ganz angenehmes Gefühl. Mascha unterdrückte ein Kichern und bemühte sich, still liegen zu bleiben. Erst als Franca mit dem Hügel zufrieden war und sich den Schamlippen zuwandte, verkrampfte Mascha sich leicht.

«Keine Angst, ich habe noch nie jemanden geschnitten», beruhigte die Kosmetikerin sie, ohne aufzusehen. «Entspannen Sie sich!»

Maschas Schamlippen waren so prall geschwollen, dass es tatsächlich kein Problem war, die Haare zu kürzen. «So, das sieht doch schon ganz anders aus», meinte Franca schließlich zufrieden und reichte Mascha einen Handspiegel. «Jetzt können Sie wieder knappe Slips tragen. Was ist mit String-Tangas?»

Mascha dachte an den russischgrünen Hauch von Tanga und nickte.

«Dann drehen Sie sich bitte um, gehen auf Knie und Ellbogen, und schön locker bleiben.»

Mascha tat wie geheißen und versuchte angestrengt, ihre Pobacken nicht zusammenzukneifen, wie sie es instinktiv zu tun drängte, als Franca begann, eine sich kalt anfühlende Flüssigkeit in ihre Pospalte zu tupfen.

«Da rasiere ich aber jetzt alles ab», sagte sie dabei. «Es macht wenig Sinn, die nur zu trimmen. Wenn Sie String-Tangas tragen wollen, müssen Sie daran denken, die Spalte alle paar Tage nachzurasieren. Lästig, aber unvermeidlich.»

«Und wie soll ich das hinbekommen?», fragte Mascha irritiert. «Ich habe bisher weder einen passenden Rasierer, noch bin ich eine Schlangenfrau!»

Francas Stimme war anzuhören, dass sie lächelte. «Ich gebe Ihnen einen mit. Sie werden sehen, mit der Zeit wird man immer geschickter. Und wenn es gar nicht geht, können Sie doch sicher eine Freundin um Hilfe bitten?»

«Allzeit bereit», tönte es frivol von Veronika herüber. Mascha lächelte und überließ sich den geschickten Händen, die ihr geübt die Pobacken spreizten, ehe sie mit dem kleinen Scherkopf des Geräts über die empfindliche Haut fuhr und eine Seite nach der anderen glatt rasierte.

«Fühlen Sie mal?», drängte die Kosmetikerin, ergriff Maschas rechte Hand und führte sie zwischen ihre Beine. Tatsächlich war die Haut dort jetzt erstaunlich glatt, fast wie Seide. Maschas Hand glitt weiter, zu dem kurzgeschorenen Schamhaar, das sich jetzt ähnlich wie ein Stück Tierfell anfühlte, das die äußeren Schamlippen überzog. Die Beugen waren ebenfalls glatt, die schwarzen Haarbüschel verschwunden.

«Jetzt noch die Packungen und die Maniküre, dann sind Sie erlöst», versprach Franca und half ihr, sich bequem auf den Rücken zu legen. «Das ist jetzt eine Maske aus Honig, Milch und Feigen» erklärte sie, während sie geschäftig die hellgelbe Paste cremig rührte. «Riecht richtig lecker, stimmt's?» Tatsächlich roch die Maske so appetitlich, dass man versucht war, davon zu naschen. Erleichtert, dass ihr die Algen erspart blieben, schloss Mascha die Augen, ließ sich mit Rosenwasser getränkte Pads auflegen und die Maske aufpinseln. Zum Schluss wurde auch das Fell zwischen ihren Beinen großzügig mit der Paste überzogen. Franca legte ein Stück Seidenpapier darüber und deckte ihre Klientin dann mit einem Frotteelaken zu. «Gleich kommt jemand, der Ihnen die Maniküre macht. Bis dahin entspannen Sie sich einfach.»

Anfangs versuchte Mascha noch, wenigstens akustisch mitzubekommen, was um sie herum vorging. Franca und Veronika unterhielten sich leise über die Vor- und Nachteile diverser Cremes, deren Namen Mascha nichts sagten. Der Duft ihrer Gesichtsmaske umschmeichelte sie, das kuschelige Laken hüllte sie in einen weichen Kokon, den sie bald schon als so angenehm empfand, dass sie eindöste. Fast war sie enttäuscht, dass die Maniküre, die kurz darauf erschien, sich nicht etwas mehr Zeit gelassen hatte.

«Und, wie hat's dir gefallen?», fragte Veronika gespannt, als sie am Spätnachmittag endlich wieder in ihren Wagen stiegen.

«Gut», antwortete Mascha. «Jetzt kann ich verstehen, wieso die reichen Frauen in St. Petersburg ständig in Schönheitssalons herumhängen.»

Kapitel 6

Jenny hatte es sich nach ihrem Geschmack bequem gemacht. Über das verwaschene schwarze Shirt mit den Spaghettiträgern und die äußerst knappen Jeans-Shorts, deren ausgefranste Säume neckisch ihre kleinen, festen Pobacken umspielten, hätte Veronika sicher die Nase gerümpft. Aber die beiden waren nicht da. Niemand war da, auf den sie Rücksicht nehmen musste, und Jenny wollte diesen Nachmittag einmal nach ihren Vorstellungen von einem schönen Nachmittag verbringen.

Also hatte sie die alten Sachen hervorgekramt, den brandneuen iPod, den sie Veronika gegenüber mit treuherzigem Augenaufschlag als Überwachungsteil deklariert hatte, aus dem Büro geholt, und sich eine der Sonnenliegen zurechtgerückt. Wohlig entspannt wie eine Katze räkelte sie sich nun in der warmen Augustsonne und überließ sich mit geschlossenen Augen den dröhnenden Klängen der neuesten Songs. Wenn Veronika wüsste, was sie so alles aus dem Internet holte, wäre sie sehr nervös geworden, dachte Jenny amüsiert. Die gute Veronika war ein Angsthase. Immer so auf ihre Reputation bedacht! Deshalb erzählte sie ihr sicherheitshalber nicht alles, was sie so trieb. Gestern war sie auf eine interessante Spur gestoßen. Sie hatte sich schon gedacht, dass dieser Arsch von Exmann nicht allzu raffiniert vorgegangen sein konnte. Männer seines Alters hielten sich bereits für schlau, wenn sie ein paar Konten auf den Caymans und in Liechtenstein zwischenschalteten!

Aber Freaks wie ihr konnte er damit keinen Sand in die Augen streuen. Sie hatte sich inzwischen fast überall da reingehackt, wo er seine Spur zu verwischen versucht hatte, und nun war sie beinahe am Ziel. Sie musste nur noch den Code knacken, mit dem sie darüber verfügen konnte. Dann würde sie das Spielchen andersherum wiederholen. Ein siegessicheres Grinsen glitt über ihr Gesicht, als sie sich vorstellte, wie Veronika reagieren würde, wenn sie ihr mitteilte, das Geld sicher zurückgebucht zu haben. Natürlich unter Abzweigung eines Finderlohns …

«Hey, gibt es in diesem Laden was zu trinken?» Die männliche Stimme ließ Jenny wie von der Tarantel gestochen hochfahren und die Augen aufreißen. Etwa zwei Meter vom Fußende der Sonnenliege entfernt stand ein lässig gekleideter Mann und musterte sie interessiert. Hinter der Sonnenbrille konnte sie die Augen nicht erkennen, aber sein Lächeln genügte, Jenny über und über erröten und stammeln zu lassen: «Wie sind Sie denn hier hereingekommen? Und wer sind Sie?»

Er nahm die dunkle Brille ab, steckte sie beiläufig in die Brusttasche seines Polohemds und sagte: «Ich kam zufällig vorbei und dachte, du hättest vielleicht nichts gegen ein wenig Gesellschaft. Was hörst du denn da?»

Jenny wurde bewusst, dass sie immer noch die Ohrhörer trug, riss sie heraus und hantierte hektisch mit der Bedienung des iPods. Das blöde Ding hatte einige Funktionen, die sie noch nicht gewöhnt war, und nervös, wie sie war, kam sie auf einmal nicht mehr damit zurecht.

«Darf ich mal? Ich glaube, ich habe das gleiche Modell», meinte der Mann und streckte gebieterisch eine Hand aus. «Nicht schlecht. Neu?»

«Ja», hauchte Jenny atemlos, weil ihre Hände sich berührt

hatten. Es hatte sich angefühlt, als seien elektrische Funken zwischen ihnen übergesprungen. Auf einmal war es ihr vollkommen egal, wer dieser Kerl war und wie er in Veronikas Garten gelangt war.

«He, das ist mein Lieblingsstück», stellte er erfreut fest und drehte den Lautstärkenregler bis zum Anschlag auf. «Wie findest du das?»

«Toll», sagte Jenny begeistert und hatte es doch vor einigen Minuten noch gerade mal erträglich gefunden. «Was möchtest du trinken?»

«Was habt ihr denn da?», fragte er zurück, während er verzückt lauschte und sein geschmeidiger Körper im Rhythmus des Songs zuckte.

Ob er Tänzer ist?, fragte Jenny sich. Jedenfalls hatte er einen tollen Körper. Normalerweise achtete sie gar nicht auf solche Dinge. «Alles, was es in einem guten Lokal auch gibt», erwiderte sie. «Von Wasser bis zu Champagner.»

«Echten französischen, ehrlich?» Er hob ungläubig die Augenbrauen.

«Natürlich.» Die zehn Flaschen, die Veronika nach längerem Hin und Her angeschafft hatte, waren zwar für besondere Anlässe reserviert, aber das kümmerte Jenny im Augenblick nicht die Bohne.

«Na, dann nichts wie her damit!» Er warf einen anerkennenden Blick in die Runde. «Ein perfekter Nachmittag: Champagner, nette Gesellschaft und gute Musik. Wie heißt du eigentlich?»

«Jenny. Und du?», fragte sie schüchtern.

«Nenn mich Lou. Wie Lou Bega.» Er lächelte breit und zeigte dabei schneeweiße Zähne. «Soll ich dir helfen, Jenny? Sonst stell ich mir derweil schon mal die zweite Liege hin.»

«Nein, nein, bin gleich wieder da», lehnte sie das Angebot ab und rannte fast ins Haus. Glücklicherweise stand eine Flasche im Kühlfach bereit. Sie hielt sich nicht damit auf, die Flasche durch eine neue zu ersetzen. Das konnte sie später noch tun. Zwei Gläser, eine von den Leinenservietten, um die Veronika immer so ein Aufhebens machte, und sie war schon wieder auf dem Weg zurück zu Lou.

Um ein Haar hätte sie alles fallen lassen! Lou hatte sich eine zweite Sonnenliege neben ihre geschoben und darauf ausgestreckt. Und er trug jetzt nichts als eine geradezu lachhaft winzige dunkelrote Badehose. Jenny schluckte krampfhaft, während ihre Blicke über seinen völlig entspannt daliegenden Körper glitten. Er war gut gebaut.

Sehr gut gebaut sogar.

Seine leicht gebräunten Glieder wiesen genau die richtige Menge an Muskeln auf. Bis auf die Beine und einen schmalen Streifen dunklen Haars, der vom Nabel ausging und sich zur Badehose hin verbreiternd darunter verschwand, war seine Haut glatt. Als er einen Arm hob, um seine Augen gegen die Sonne abzuschirmen, bemerkte sie, dass er sich auch die Achselhöhlen rasiert hatte.

«Ziemlich heiß heute», meinte er fröhlich. «Darf ich wenigstens die Flasche öffnen?» Er richtete sich auf und schwang seine langen Beine auf den Boden. Fasziniert starrte Jenny auf seine wohlgeformten Füße. Noch nie war sie einem Mann mit einem so perfekten Körper begegnet. Er verunsicherte und zog sie gleichzeitig auf seltsame Weise an.

Stumm beobachtete sie, wie er geschickt die Flasche öffnete. Es sprach für eine gewisse Erfahrung, dass er es fertigbrachte, zügig zwei Gläser zu füllen, ohne dass sie überschäumten.

«Salute! Auf dich, Jenny», sagte er und sah ihr tief in die Augen, während er ihr feierlich eins der Gläser überreichte. «Ich freue mich darauf, dich näher kennenzulernen.»

Seine Nähe machte sie dermaßen nervös, dass sie beinahe

ihren Champagner verschüttet hätte, als er ihr sein Glas hinhielt und auffordernd «Cin cin» murmelte. Mit einiger Konzentration schaffte sie es gerade noch, nicht zu heftig anzustoßen, sondern bloß leicht sein Glas zu berühren. Das kaum hörbare «Pling» klang in ihren Ohren fast wie ein Fanfarenstoß.

«Würde es dir etwas ausmachen, mich einzucremen?», fragte er harmlos, während er anscheinend besorgt den Kopf verdrehte und seine Schultern inspizierte. Jenny verschluckte sich beinahe an ihrem Champagner.

«Wie bitte?», krächzte sie und bemühte sich vergeblich, ihre Überraschung zu verbergen.

«Meine Haut ist ein bisschen empfindlich», erklärte Lou ihr freundlich. «Ich möchte keinen Sonnenbrand riskieren.» Angesichts seiner gleichmäßigen Bräune war das zwar alles andere als wahrscheinlich, aber Jenny kam gar nicht auf den Gedanken, seine Worte zu bezweifeln.

«Natürlich», beeilte sie sich zu sagen. «Soll ich mal nachsehen, was wir an Sonnencremes dahaben?» Sie glaubte sich zu erinnern, dass Veronika diese Kosmetika in einem besonderen Schränkchen in der Küche aufbewahrte.

«Nicht nötig», winkte Lou ab und zeigte auf eine wie selbstverständlich neben der Terrassentür abgestellte Reisetasche. «Ich habe meine eigene Lotion dabei.» Mit großen Schritten stakste er über den Rasen und kam gleich darauf mit einer vornehm wirkenden Tube in Auberginebla und Gold zurück.

«Echt nett von dir», stellte er fest und legte sich bequem auf den Bauch. «Ich revanchiere mich dann auch. Versprochen.»

Die Lotion duftete nach Moschus und Mann, Mittagssonne auf mediterranen Kräutern und frischer Meeresbrise. Jenny trat neben ihn und ließ eine ordentliche Portion davon zwischen seine Schulterblätter tropfen. Dann legte sie die Tube beiseite und begann unsicher, die Sonnenlotion mit ihren Handflächen auf seinen Schultern, dem Nacken und dem oberen Teil seines Rückens zu verteilen. Er seufzte wohlig und entspannt.

Jennys erste Empfindung, als sie ihn berührte, war Überraschung. Überraschung darüber, wie seidig und glatt sich seine Haut anfühlte. Und wie viel Spaß es ihr machte, diese warme Haut zu berühren, sie zu streicheln. Sie griff nach der Tube, gab eine weitere Portion auf seine Oberarme und begann, über ihn gebeugt, seine Arme einzucremen. Er blieb reglos liegen, summte nur hier und da Teile der Songs mit, die etwas dumpf aus den Ohrhörern ihres iPods klangen.

Jenny griff erneut nach der Tube, drückte einen Klecks Creme auf seinen Steiß. Allmählich begab sie sich auf gefährliches Terrain. Behutsam verstrich sie die Lotion an seinen Hüften, wobei sie ängstlich bemüht war, nicht zu nahe an seine Hinterbacken zu kommen, die sich fest und knackig unter der äußerst knappen Badehose abzeichneten. Ihr Blick hing an ihnen fest, während ihre Hände damit beschäftigt waren, unverfänglichere Stellen einzucremen.

Aber wie lange sie sich auch oberhalb der dunkelroten Badehose beschäftigte – es kam der Zeitpunkt, an dem sie zu seinen Oberschenkeln wechseln musste.

Die Muskeln in seinen Schenkeln spannten sich für einen Moment an, als sie die kühle Lotion darauftropfte und begann, sie mit leichten, oberflächlichen Strichen zu verteilen. Lou lag jetzt ganz ruhig. Er hatte zu summen aufgehört. Jenny strich über die Rückseite seiner behaarten Oberschenkel, verharrte kurz bei der zarten Haut der Kniekehlen und cremte dann ziemlich oberflächlich die Waden ein.

«Fertig», verkündete sie leicht atemlos und setzte sich auf die Fersen.

«Zur Hälfte», berichtigte er und drehte sich vorsichtig auf den Rücken. Schockiert starrte Jenny auf seine Erektion, die den

Stoff der Badehose bis zum Äußersten strapazierte. Lou folgte ihrem Blick mit den Augen.

«Was hast du erwartet?», fragte er leicht heiser. «Du hast unheimlich sexy Hände.» Er setzte sich auf, streckte einen Arm aus und strich ihr sanft mit dem Handrücken über die vor Verlegenheit glühende Wange. «Tu einfach, als wäre nichts. Keine Angst, ich falle schon nicht über dich her. Ist nicht meine Art.» Er lächelte ihr beruhigend zu und hielt ihr auffordernd eine Hand hin. «Aber wenn du nicht weitermachen möchtest, ist es auch okay. Gib mir die Tube, und ich revanchiere mich bei dir.»

Jenny zögerte. Einerseits war ihr diese unübersehbare Beule über der Badehose irgendwie peinlich, andererseits hatte es ihr wirklich Spaß gemacht, Lou zu berühren, seine Haut zu streicheln, während er reglos vor ihr lag. Ihre Erfahrungen mit Männern waren begrenzter, als sie es ihren Freundinnen gegenüber zugeben wollte. Sie beschränkten sich auf den schnellen Sex junger Männer, denen die Partnerin nicht mehr bedeutete als ein weicher Körper. Jenny selbst und ihre möglichen Wünsche hatten keinen von ihnen wirklich interessiert.

Dieser Lou schien anders zu sein. Einfühlsam und zurückhaltend. Fast über sich selbst erstaunt, hörte Jenny sich sagen: «Nein, leg dich wieder hin. Ich war nur so überrascht ...»

Neugier blitzte in seinen Augen auf, als er sich gehorsam zurücklegte, aber er schwieg. Seine dunklen Augen beobachteten sie, während sie etwas scheu die Lotion auf seinen Schultern und der Brust zu verteilen begann. Normalerweise hätte Jenny so viel auf sie konzentrierte Aufmerksamkeit extrem unangenehm gefunden, aber bei Lou war eben einfach alles anders.

Jennys Hände fuhren wie selbständige kleine Wesen über seinen Oberkörper, erkundeten seine Brustmuskeln, ertasteten das Schlüsselbein und die Rippen unterhalb der Brust, näherten sich dem Nabel und hielten dort inne.

Am Nabel begann der Keil aus dunkel gekräuseltem Haar, der sich verbreiternd unter den Bund der Badehose zog. Jenny berührte dieses Haar. Es fühlte sich leicht drahtig an, drahtig und dabei elastisch. Jenny hielt erneut inne, starrte wie verzaubert auf die dicke Beule seiner Erektion.

«Möchtest du ihn anfassen?», fragte Lou leise und schob schon mit beiden Händen den Bund herunter über seine Hüften. Erleichtert, dass ihr die Entscheidung abgenommen worden war, konnte Jenny ihre Blicke nicht von dem Schauspiel abwenden. Sein Penis ragte hart und dick in die Höhe. Lou hatte sich sein Schamhaar rasiert. Nichts blieb dem interessierten Beobachter verborgen. Jenny spürte, wie ihre Wangen heiß wurden, aber sie wandte den Blick nicht ab, während er rasch die Badehose ganz abstreifte und sich dann, die Arme hinter dem Kopf verschränkt, bequem zurücklegte. Ohne eine Spur von Befangenheit spreizte er die Schenkel leicht, demonstrierte stolz sein sorgfältig glattrasiertes Skrotum.

Wie von selbst bewegten Jennys Hände sich auf den stolzen Phallus zu, mit den Fingerspitzen berührte sie ihn so vorsichtig, als erwarte sie jeden Moment, dass er explodierte. Lou grinste. «Nicht so ängstlich. Er hält schon was aus», ermutigte er sie und bewegte herausfordernd die Hüften.

Jegliche Zurückhaltung aufgebend, packte Jenny zu. Umfing den stahlharten Schaft, der heftig pulsierte. Bewundernd drückte sie ein wenig zu, bewegte die Hand auf und ab, um die Härte seiner Schwellung zu testen.

Lou warf aufstöhnend den Kopf in den Nacken. «Gefällt er dir?», murmelte er heiser.

Jenny nickte stumm, ohne ihren Blick von seinen Lenden zu heben. Ja, sein leicht hin- und herschwankender Penis gefiel ihr, obwohl sie nicht zu sagen gewusst hätte, was ihr daran so gefiel. War es die unbekümmerte Vitalität, die er ausstrahlte, wie er sich da so prall und voller Leben gen Himmel reckte? Oder war es die Härte, ungleich gepaart mit der samtigen Weichheit der Eichel?

Was es auch war, es war aufregend, hier im grellen Sonnenlicht den Körper eines Mannes bis in die Einzelheiten zu erkunden! Sie hätte nicht gedacht, dass es sie tatsächlich erregen würde, aber während sie mit der einen Hand den Schaft massierte und mit der anderen die Eichel liebkoste, spürte sie die Wärme in ihrem eigenen Körper aufsteigen.

Um sich ein wenig abzulenken, wandte sie ihre Aufmerksamkeit dem glattrasierten Hodensack zu. Seltsam, wie geriffelt die unbehaarte Haut war! Es erinnerte sie an die Riefen an einem Sandstrand, in den die Wellen ihre Muster gezeichnet hatten. Behutsam versuchte sie die Hoden zu ertasten: große Murmeln, die sich zwischen ihren Fingern wie in einem Beutel umherrollen ließen. Sie lächelte versonnen, als ihr dieser Vergleich in den Sinn kam, und begann, sie etwas kräftiger zu berühren. Lou schien es zu gefallen, denn er stöhnte jetzt ungehemmt und bewegte genüsslich die Hüften.

Ohne weiter nachzudenken, senkte Jenny den Kopf und saugte die Eichel sanft in ihren Mund. Sie schmeckte leicht salzig, eine Spur bitter. Deutlich nahm sie den schwachen Moschusgeruch wahr, der von ihm ausging und der ihr geradezu berauschend sinnlich erschien.

Anfangs noch etwas ungeschickt, dann aber immer gewandter, umspielte ihre Zunge die Eichel, fuhr die zarte Furche nach, neckte sanft mit der Zungenspitze den leicht vorgewölbten Rand. Hier und da biss sie sogar spielerisch zu, wie um ihm zu zeigen, dass er ihr ausgeliefert war.

Zunehmend sicherer werdend, begann sie, mit einer Hand den Schaft kräftig zu kneten, während sie gleichzeitig mit der anderen seinen Hodensack packte und ihn behutsam, aber entschieden massierte. Lous Körper zuckte wie unter Stromstößen. Aus dem Augenwinkel sah sie, dass er die Hände so fest zu Fäusten geballt hatte, dass die Knöchel weiß hervortraten.

Auf eine ihr unerklärliche Weise spornte sie das an. Wie um ihre neue Macht auszukosten, ließ sie die Eichel, sein Protestgemurmel ignorierend, langsam aus ihrem Mund gleiten. Dicht vor ihrem Gesicht ragte sein Phallus auf, leicht bebend wie ein Rennpferd vor dem Start. Von ihrem Speichel glänzte er wie lackiert, die Eichel so dunkelrot, dass es schon ins Violette überging. Aus der winzigen Öffnung an der Spitze war ein kleiner glasklarer Tropfen ausgetreten und schimmerte im Licht in allen Regenbogenfarben.

Spontan beugte sie sich vor und nahm ihn mit der Zungenspitze auf.

«Mach weiter, nicht aufhören!» Lous Stimme klang seltsam gepresst.

Jenny zögerte. Sollte sie ...? Bisher hatte sie sich immer geweigert, aber nun war sie bereits so weit gegangen, dass es ihr kein so großer Schritt mehr schien, ihn in ihrem Mund kommen zu lassen. Sein Körper gefiel ihr, er roch gut, er schmeckte gut. Wieso also nicht?

Kurz entschlossen senkte sie den Kopf und nahm ihn tief in ihrem Mund auf. Lous Bauchmuskeln zitterten, aber er hielt still. Nur sein keuchender Atem verriet, wie erregt er war.

Sie fing an, den Kopf rhythmisch zu heben und zu senken, wobei sie mit der rechten Hand fest den Schaft umklammerte und mit Daumen und Zeigefinger der Linken einen Ring bildete, mit dem sie den Hodensack nach unten zog. Diese Reizungen brachten Lou im Nu zum Orgasmus. Jenny spürte, wie der Schaft tatsächlich noch etwas stärker anschwoll, und dann schoss, untermalt von einem gutturalen Laut der Erlösung, ein Schwall heißen Spermas in ihren Mund. Hastig schluckte sie und löste behutsam den Griff um den Hodensack. Der restliche Saft, vermischt mit ihrem Speichel, rann ihr warm über die Hand.

Stolz erfüllte sie – Stolz und Erstaunen darüber, wie viel Spaß es ihr bereitet hatte, Lou zum Höhepunkt zu bringen. Bisher hatte sie Sex nicht besonders gemocht. Es lief doch immer auf das Gleiche heraus. Sie konnten gar nicht schnell genug in sie eindringen, und dann keuchten sie auf ihr und rammelten, bis sie kaum noch Luft bekam, und wenn sie endlich fertig waren, drehten sie sich auf die Seite, nuschelten: «War toll mit dir», und fingen gleich darauf an, erschöpft und zufrieden zu schnarchen.

Manchmal hatte sie sich aufgerafft, sie wieder wachzurütteln, und die Kerle wenigstens hinausgeworfen. Dann waren sie meist auch noch beleidigt gewesen. Ihr letzter Freund Maik hatte sie als «frigide Schlampe» beschimpft und erklärt, bei ihm käme sonst jede Frau. Es müsse an ihr liegen. Und überhaupt: Wer daliege wie ein Stück Holz, könne nicht erwarten, dass ein Mann sich damit Mühe gebe.

Sie wusste, dass sie Orgasmen haben konnte. Mit einer Freundin hatte sie früher einmal experimentiert, als die den Vibrator ihrer Mutter gefunden und zum gemeinsamen Hausaufgabenmachen mitgebracht hatte. Es war ein lustiger Nachmittag gewesen, bei dem Grammatik und Bruchrechnen kaum eine Rolle gespielt hatten.

Ihre Freundin Nadine hatte sich vorher so gut wie möglich informiert, indem sie heimlich die Hefte durchgeblättert hatte, die bei ihrem Vater in der Nachttischschublade lagen. Zuerst hatte Jenny es ausgesprochen albern gefunden, wie Nadine sich auf ihrem Bett hin und her gewälzt, die Beine weit gespreizt und den Kopf so in den Nacken geworfen hatte, dass es fast aussah wie im Sportunterricht, wenn sie sich zur *Brücke* hochstemmen sollten. Allerdings waren sie da nicht halb nackt und mussten auch keine der anderen komischen Stellungen, die Nadine ihr vormachte, einnehmen.

Nadine hatte schon reichlich Schambehaarung, und Jenny war es etwas peinlich gewesen, dass sie noch ziemlich spärlich behaart war. Aber Nadine hatte ihr versichert, dass das keinen Unterschied mache. Sie würde ihr alles vormachen, und Jenny müsse nur gut aufpassen und nachher alles genau so nachmachen.

Also hatte Jenny gut aufgepasst, auch wenn ihr manches befremdlich vorgekommen war. Vielleicht hatte Nadine ja nicht alles genau behalten, was sie in den Heften gesehen hatte?

Jedenfalls verstand sie nicht, wieso es nötig sein sollte, sich auf dem Bett zu winden, als hätte man entsetzliche Bauchschmerzen, und dabei das Gesicht zu schrecklichen Grimassen zu verziehen. Auch das Massieren von Nadines kleinen Brüsten hatte lächerlich ausgesehen. Nadine hatte ihr zwar erklärt, dass die Frauen auf den Fotos ihre Brüste hochheben und an den eigenen Brustwarzen nuckeln würden, aber trotzdem fand sie das albern. Jedenfalls brauchte man dafür deutlich größere Brüste.

Dann hatte Nadine Jenny zwischen ihre Schenkel schauen lassen, die Schamlippen auseinandergezogen und ihr eine Stelle ziemlich weit oben gezeigt, wo der Vibrator die tollen Gefühle auslösen sollte. «Wie beim Seilklettern», hatte Nadine sie beschrieben. Jeder wusste, dass bei dieser Übung äußerst angenehme Empfindungen im Bauch auftreten konnten, weshalb sie auch sehr beliebt bei den Schülern war.

Neugierig hatte Jenny dann verfolgt, wie Nadine diesen Vibrator eingeschaltet und mit ihm die ominöse Stelle berührt hatte. Es kam fast überraschend schnell, dass Nadine, die eben noch das Gesicht wie unter großer Anstrengung verzogen hatte, plötzlich aufkeuchte und unkontrolliert zu zucken begann. Das sollte ein Orgasmus sein?

Selbst als Nadine die Augen wieder aufschlug und erklärte, es sei ein unbeschreiblich tolles Gefühl gewesen, «viel, viel stärker als am Seil», hielt Jenny es für eine von Nadines üblichen Übertreibungen.

Jennys Skepsis verflog, als sie an der Reihe war. Ihr Herz klopfte ihr bis zum Halse, als sie den summenden Vibrator ansetzte. Tatsächlich drangen augenblicklich pulsierende Wellen in sie: Je nachdem, wie sie das Gerät bewegte, gingen sie tiefer oder blieben mehr an der Oberfläche. Nach einigem Herumprobieren fand sie endlich die Stelle, an der ihr etwas zu befehlen schien, dort zu verharren. Obwohl ein Teil von ihr es unheimlich fand, wie sich eine fremdartige Spannung in ihrem Inneren ausbreitete, von ihr Besitz zu nehmen schien, brachte sie es nicht fertig, das summende Gerät wegzuziehen. Das körperlose Versprechen, dass ihr etwas Wunderbares widerfahren würde, sobald sie den Gipfel dieser Spannung erreichte, hielt sie fest in seinem Bann und ihre Hand mit dem Vibrator an Ort und Stelle. Sie schloss die Augen, um sich ganz auf das Anschwellen in ihrem Inneren zu konzentrieren. In ihren Ohren rauschte das Meer, und sie ließ sich mitreißen, wie ein Korken auf dem Wellenkamm. Sie wurde nur noch von einem einzigen Gefühl beherrscht: um jeden Preis dorthin zu gelangen, wo die Erlösung auf sie wartete. Sämtliche Muskeln ihres Körpers verkrampften sich in einer gewaltigen letzten Anstrengung. Sie begann zu schwitzen, und dann war es plötzlich und viel zu schnell vorbei.

Die Anspannung hatte sich entladen, und ein bisher unbekanntes Wohlgefühl durchdrang sie bis in die letzte Pore ihres Körpers.

«Na, wie war es?» Die Neugier in Nadines Stimme drängte sie dazu, die Augen zu öffnen, obwohl sie sie lieber noch geschlossen gehalten hätte, um das Erlebnis voll und ganz auszukosten.

«Gut», erwiderte sie kurz und bündig und gab widerwillig den Vibrator zurück.

Nach dieser Erfahrung, der weitere ähnlicher Art gefolgt waren, war ihr erstes intimes Erlebnis eine herbe Enttäuschung gewesen. Während der Junge und sie sich küssten, hatte es angefangen, dieses inzwischen vertraute Anschwellen in ihr. Aber dann hatte er sie auf sein Bett gedrängt, ihr die Jeans ausgezogen und war in sie eingedrungen, bevor sie ganz begriffen hatte, was er vorhatte. Nun ja, im Prinzip schon, aber doch nicht in einer solchen Geschwindigkeit!

Es hatte nicht mal so wehgetan, wie alle von einem ersten Mal behauptet hatten. Aber es war nicht im Entferntesten so schön gewesen, wie sie erwartet hatte. Eigentlich war es überhaupt nicht schön gewesen. Sein Schwanz hatte sich riesig und grob in ihr angefühlt, und er hatte hart und so schnell in sie gestoßen, dass sich das gute Gefühl in Sekunden in nichts aufgelöst hatte.

Sie hätte ihn am liebsten weggeschoben, aber er hatte sie so fest umklammert, dass sie sich nicht hatte rühren können. Ihr war nichts anderes übriggeblieben, als zu warten, bis er erschöpft und keuchend auf ihr zusammengebrochen war.

Mit der Zeit war sie zu der Überzeugung gelangt, dass sie offenbar mit Männern nicht zum Orgasmus gelangen konnte. Nicht einmal mit denen, in die sie sich verliebt hatte. Es klappte nie. Manchmal hatte sie geglaubt, einen Zipfel von dem Gefühl greifen zu können, aber nach der Enttäuschung mit Maik hatte sie auch einfach keinen Bock mehr darauf, es weiter zu versuchen.

Lou war der Erste seit langem, der verschüttete Gefühle wieder zu neuem Leben erweckt hatte, stellte sie erstaunt fest. Der erste Mann, der ihr die Initiative überlassen hatte und damit die Chance, ihren eigenen Wünschen zu folgen. Und es hatte funktioniert!

Dankbar sah sie auf ihn hinunter und dachte, dass er aufmerksam ihr Mienenspiel verfolgt haben musste, denn sobald er bemerkte, dass sie wieder in der Gegenwart angelangt war, lächelte er sie an und fragte in besorgtem Tonfall: «Woran hast du denn gedacht? Du sahst aus, als wärst du ganz weit weg gewesen.»

«Nichts Wichtiges», erwiderte sie leichthin und lächelte zurück.

Er hob einen Arm und strich ihr zärtlich die Haare aus dem Gesicht. «Dafür hast du aber ziemlich grimmig gewirkt. Ich hoffe, ich habe keine unangenehmen Erinnerungen geweckt?»

«Ich sagte doch schon, nichts Wichtiges», meinte Jenny abwehrend und rückte ein wenig zur Seite, damit er die nötige Bewegungsfreiheit bekam, um sich die Badehose wieder hochzuziehen. Der eben noch so kraftvoll emporragende Penis lag jetzt weich und halb zusammengerollt wie ein kleines Tier zwischen seinen Schenkeln. Mit neu erworbener Selbstverständlichkeit streckte Jenny die Hand aus, um ihn zu betasten. In nichts, außer in der länglichen Form, ähnelte er jetzt noch dem kraftstrotzenden Phallus von eben. Anschmiegsam und nachgiebig, ließ er sich von ihren Fingern in hin und her bewegen. Erstaunlich, wie rasch ein Penis sich verändern konnte.

Mit den Worten «Nein, nein, jetzt bist erst mal du an der Reihe», packte Lou ihre Hand mit festem Griff und legte sie entschieden auf ihren Schenkel zurück, bevor er rasch seine Badehose wieder hochzog.

Ein Anflug von Panik erfasste sie. Wenn sie nun bei ihm genauso kalt blieb wie bei den anderen? Sie sah sich schon völlig verkrampft unter ihm liegen. Wenn er sie ebenfalls für frigide hielte, weil sie nicht auf ihn reagierte? Das wollte sie lieber nicht riskieren!

«Besser später», erklärte sie so nonchalant wie möglich.

«Veronika und Mascha werden jeden Moment von ihrem Einkaufsbummel zurück sein. Lass es uns verschieben.»

Er machte keine Anstalten, ihr zu widersprechen. Stattdessen reichte er ihr ein frisch gefülltes Glas Champagner und sagte unbekümmert: «Wie du meinst. Aber du hast doch nichts dagegen, wenn ich dich wenigstens eincreme. Hinten auf den Schultern bist du schon ganz rot. Komm, leg dich hin und erzähl mir derweil von deinen Freundinnen. Lebt ihr hier zusammen?»

Erleichtert, dass er ihre Zurückweisung so unkompliziert akzeptiert hatte, trank Jenny in einem kräftigen Zug ihr Glas leer, stellte es ab und legte sich bäuchlings auf das Polster, auf dem Lou sich vorhin ausgestreckt hatte.

«Es ist besser, wenn du dein Oberteil ausziehst», schlug er vor. «Die Flecken von dieser Lotion gehen verflixt schwer raus. Wie lange lebt ihr hier eigentlich schon?»

Jenny folgte seinem Rat, wobei sie allerdings darauf achtete, ihm den Rücken zuzudrehen und sich schnell wieder hinzulegen. Sie hatte keinen BH getragen und war nun nackt bis auf die knappen Shorts.

«Noch nicht lange», beantwortete sie die Frage nach ihren Mitbewohnerinnen. Um die leichte Verlegenheit zu überspielen, die sie empfand, plauderte sie munter weiter, während Lou damit begann, die Lotion auf ihrem Nacken, den Schultern und Armen zu verteilen.

«Eigentlich sind wir so etwas wie die Bremer Stadtmusikanten», fuhr sie leise kichernd fort. «*Etwas Besseres als den Tod finden wir überall*», deklamierte sie mit pathetisch erhobener Stimme. «Du weißt schon, diese Tiere, die zu Hause keiner mehr haben will. Veronikas Mann hat sich mit seinem Vermögen und seiner Sekretärin, oder was auch immer diese Person war, abgesetzt, und ihr blieb nichts als das Haus. Das da, unsere Pension *La*

Villa», sie zeigte überflüssigerweise auf das Gebäude, das durch die Büsche schimmerte.

«War es ein großer Schock für sie?», erkundigte Lou sich mitfühlend. «Schlimm genug, verlassen zu werden, aber auf solch eine Art ...»

«Ich glaube, sie war vor allem wütend», meinte Jenny. «Über die schäbige Art, wie er es gemacht hat. Stell dir vor, sie hat erst erfahren, dass er die Firma verkauft hat, als sie ihn dort sprechen wollte! Aber da war er bereits über alle Berge.»

«Und wie kam sie auf die Idee, hier eine Pension einzurichten?»

«Ach, das war Mascha. Anfangs war Veronika gar nicht so begeistert. Aber dann haben die beiden sich so richtig hineingestürzt.»

«Ist sie eine starke Frau?» Lous Finger fuhren jetzt über die feinen Härchen des Haaransatzes im Nacken, und Jenny erschauerte.

«Veronika? Ich denke schon.» Sie streckte sich wohlig, genoss die Wirkung der Fingerkuppen, die gerade weiter zu den Ohren wanderten. «Ich kann mir nicht vorstellen, dass sie sich von irgendetwas oder irgendjemand einschüchtern lässt. Sie ist unheimlich taff.»

«Und Mascha? Der Name klingt russisch ...»

«Mascha hat sich von einem richtigen Schwein heiraten lassen, um aus Russland nach Deutschland zu kommen. Als es ihr schließlich reichte, hat sie ihn verlassen.»

«Wie ist sie denn so? Eine Russin, wie man sie sich so im Allgemeinen vorstellt?» Seine Hände wanderten weiter, massierten sanft die Schulterblätter, glitten weiter an den Seiten nach unten, wobei die Fingerspitzen wie beiläufig Jennys Brüste berührten. Sie erstarrte, und sofort zog er sie wieder weg, konzentrierte sich auf ihren Rücken.

Jenny dachte angestrengt nach. Was für eine Frage! «Ein bisschen vielleicht ... Jedenfalls ist sie ausgesprochen trinkfest!», fügte sie in Erinnerung an die Episode mit Manfred Schmidt hinzu.

«Und sonst?»

Jenny zuckte im Liegen ratlos mit den Schultern «Sie hat dunkle Haare und einen großen Busen. Und sie kocht gerne. Mascha ist hier bei uns für das Essen zuständig.»

«Was kocht sie denn so?»

«Russisch und italienisch und französisch», zählte sie auf. «Alles, was sie fabriziert, schmeckt eigentlich gut. Vor allem ihre Desserts!»

Während sie sprach, hatte sie gar nicht darauf geachtet, dass er ihr die Shorts über die Pobacken heruntergezogen hatte. Jetzt zuckte sie zusammen und griff hinter sich, um sie wieder hochzuziehen. «He, was machst du da? Ich habe doch gesagt, wir haben dafür keine Zeit!»

«Ich will doch nur ganz kurz deine niedlichen Pobacken etwas kneten», murmelte er besänftigend. «Sie fassen sich so toll an. So prall und fest. Zum Hineinbeißen ...» Er beugte sich über sie und ließ den Worten spielerisch Taten folgen. Es war mehr eine Liebkosung als ein Biss, und so ging Jenny auf seine Neckerei ein und gab sich großzügig. «Na gut. Aber nur ganz kurz ...»

Während er begann, ihre Pobacken liebevoll und geschickt zu kneten, fragte er beiläufig: «Und was tust du in dieser Herberge der Bremer Stadtmusikanten?»

«Ich mache nur die EDV», antwortete sie und bemerkte überrascht die Erregung, die seine sinnliche Massage in ihr auslöste.

Er knetete nicht nur einfach ihre Pobacken, nein, er bedachte auch die Pospalte mit zärtlichen Berührungen, bezog den Ansatz der Oberschenkel mit ein. Sie hielt den Atem an, als er eine Hand unter sie gleiten ließ, ihre Scham umfasste und rhythmisch drückte. Die Empfindungen, die er damit auslöste, ließen sie unwillkürlich sehnsüchtig aufstöhnen. Etwas brach sich Bahn; etwas, das sie vergessen ließ, dass sie eigentlich nicht mit Lou ...

«Willst du dich nicht umdrehen?», schmeichelte er. «Dann käme ich viel besser ran.»

Ohne nachzudenken, drehte sie sich auf den Rücken, ließ zu, dass er ihr die Shorts ganz abstreifte und ihre Beine spreizte. Seine Hände glitten über ihre Schenkel, liebkosten die empfindlichen Kniekehlen, bis sie aufhörte, sich zu wundern, dass es Stellen ihres Körpers gab, die so unerwartet reagierten.

Er beugte sich herunter, blies zart über ihre Schamlippen, ehe er sie mit den Fingern behutsam spreizte. Die ersten Berührungen waren so leicht, dass sie sie kaum wahrnahm. Schmetterlingsflügel, die über den äußeren Rand tanzten, sich herantasteten, die inneren Lippen kosteten.

Sie konnte spüren, wie sie sich zusammenzog, ihre Scham anschwoll und ihr Puls wie wild raste. Lou zeichnete mit der Zungenspitze raffinierte Muster der Lust auf die Innenseite ihrer Schenkel.

Jenny hörte auf, an irgendetwas zu denken. Mit geschlossenen Augen überließ sie sich den wissenden Händen und der forschenden Zunge, die selbst die verstecktesten Winkel fanden.

Der Knoten, der sich in ihrem Bauch gebildet hatte, wuchs, wurde härter und größer. Unwillkürlich hob sie ihr Becken an, schob sich fordernd der lustspendenden Zunge entgegen. Die leckte jetzt kräftiger, massierte zielsicher ihre zwischen den geschwollenen Schamlippen verborgene Klitoris, während die Finger in sie glitten.

Sie füllten sie nicht ganz aus wie ein Penis. Und anstatt die Stoßbewegungen zu imitieren, streichelte er sie sanft, spreizte sie ein wenig. Mit ihrem eigenen Saft befeuchtete er den Anus, massierte ihn leicht, bis er so nachgiebig wurde, dass er einen kleinen Finger einführen konnte. Jenny keuchte überrascht auf. Das Gefühl war so überraschend lustvoll, dass sich der Muskel um den Finger verkrampfte, ihn so fest umschloss, als wolle er ihn nie wieder loslassen. Nach einiger Zeit erst wurde sie wieder lockerer, und er begann nun, den Finger leicht zu drehen, ihn dadurch ein bisschen tiefer hineinzuschieben und gleich darauf wieder ein kleines Stück zurückzuziehen.

Jenny achtete nicht darauf, dass sie laut stöhnte. Alle ihre Empfindungen konzentrierten sich nunmehr um den Finger in ihrem Rektum und die Zunge, die ihre Klitoris bis zum Wahnsinn reizte. Sie spannte die Gesäßmuskeln so fest wie möglich an, um den Finger noch besser zu spüren, und hob rhythmisch das Becken in dem Bemühen, sich der Zunge entgegenzudrängen. Ihr ganzer Körper zitterte und bebte vor leidenschaftlicher Anstrengung, das Ziel zu erreichen: einen Orgasmus, wie sie ihn noch niemals zuvor erlebt hatte.

«Bitte», keuchte sie, hilflos den Kopf hin- und herwerfend und die Hände in das Gras rechts und links des Strandlakens gekrallt. Kaum hatte Lou ihren Kitzler fest zwischen die Lippen genommen und daran zu saugen begonnen, schrie sie auf, und ihr Körper spannte sich wie ein Bogen an, bevor der Orgasmus sie ohnmächtig werden ließ.

Als sie wieder zu sich kam, hielt Lou sie eng umschlungen, ihr Kopf lag auf seiner Schulter.

«Danke», flüsterte sie scheu. Und suchte vergeblich nach Worten, die auch nur entfernt das ausdrücken konnten, was sie empfand. Sie war nicht frigide! Mit dem richtigen Liebhaber kam sie durchaus zum Höhepunkt. Vor Erleichterung und Dankbarkeit traten ihr Tränen in die Augen. Eine von ihnen tropfte auf Lous Brust. Erschreckt fuhr er hoch.

«Was hast du?» Besorgt betrachtete er ihr Gesicht, suchte nach einer Erklärung für die ungewöhnliche Reaktion.

Jenny lächelte unter Tränen. «Nichts, es geht mir wunderbar. Es ist nur so überwältigend. Ich weiß nicht, wie ich es dir erklären soll ...» Sie zögerte einen Moment. Das hatte sie noch niemandem erzählt. Aber wenn jemand ein Recht auf die Wahrheit hatte, dann Lou. «Ich dachte immer, ich wäre frigide», sagte sie leise, ohne ihn anzusehen. «Ich bin so unheimlich froh.»

«Du musst ja an ein paar schöne Flaschen geraten sein», stellte er fest und legte sich wieder zurück. Sein Lächeln war ziemlich selbstzufrieden. «Bei mir ist noch jede Frau gekommen.»

Ein sich nähernder Wagen kündigte Veronika und Mascha an und trieb Jenny dazu, sich rasch wieder anzuziehen. Lou sah ihr dabei amüsiert zu, enthielt sich aber eines Kommentars oder gar spöttischer Bemerkungen.

«Jeennny, wir sind wieder daha», schallte es langgedehnt. Autotüren klappten, und gleich darauf erschienen die beiden, schwer beladen mit Unmengen vornehm bedruckter Einkaufstüten. Sobald sie sahen, dass Jenny nicht allein war, stellten sie sie ab und kamen neugierig näher, um den Neuankömmling in Augenschein zu nehmen.

«Das ist Lou», sagte Jenny leicht trotzig, weil sie in Veronikas Blick, mit dem sie die Champagnerflasche und die zwei Gläser erfasste, unausgesprochene Missbilligung zu erkennen glaubte. «Er ist hier so vorbeigekommen, und ich habe ihn eingeladen, mir Gesellschaft zu leisten.»

Veronika hob die Brauen. Jetzt war die Missbilligung nicht mehr zu verkennen. «Mit unserem besten Champagner?»

«Setzen Sie ihn bitte auf meine Rechnung», bat Lou, sich so elegant verbeugend, als trüge er einen Abendanzug und nicht nur eine Badehose. «Entschuldigung, dass ich so einfach hereingeplatzt bin. Ich bin Conte Ludovico di Sarrastro und habe hier ein Zimmer mit Halbpension gebucht.»

«Du bist dieser komische italienische Graf?», platzte Jenny empört heraus. «Warum hast du dich als Lou vorgestellt? Ich hätte doch nie ...»

«Eben.» Er zwinkerte ihr kurz zu, bevor er sich wieder an Veronika wandte. «Ich wollte Ihre Freundin nicht mit meinem Titel verschrecken. Frau Lohgerber, nicht wahr?»

«Seien Sie herzlich willkommen.» Veronika hatte sich schnell gefasst und streckte ihm ihre Rechte hin. «Ich hoffe, Sie werden sich auch weiterhin bei uns wohl fühlen. Darf ich Ihnen Frau Gerassimowa vorstellen?»

Conte Ludovico verneigte sich erneut, während er Maschas ausgestreckte Hand ergriff. «Sehr erfreut. Darf ich Mascha sagen? Und es wäre mir lieber, wenn Sie alle mich Lou nennen würden.» Er lächelte strahlend in die Runde. «Ich lege keinen Wert auf übertriebene Förmlichkeit.»

Mascha schien überwältigt von seiner Charmeoffensive. Nur widerstrebend ließ sie seine Hand wieder los. «Hallo, Lou», sagte sie atemlos zurücklächelnd. «Hast du einen besonderen Wunsch für heute Abend?»

«Ich habe bereits gehört, dass du eine wahre Künstlerin bist. Und Künstlern macht man keine Vorgaben», erwiderte Lou galant. «Ich bin schon sehr gespannt, was du uns zaubern wirst, Mascha.»

Kapitel 7

«Was hältst du von ihm?» Mascha rührte geschäftig in der Mascarponecreme für das Tiramisu und sah fragend zu Veronika hinüber, die sich darauf konzentrierte, die Löffelbiskuits in der viereckigen Kristallschüssel nicht zu großzügig mit Amaretto zu tränken. Sie hasste es, wenn die Biskuits völlig durchweicht waren.

«Ich weiß nicht», erwiderte Veronika. «Er macht einen sehr netten Eindruck. Aber dass Jenny derartig begeistert von ihm ist, kommt mir seltsam vor. Sie ist doch sonst nicht an den Gästen interessiert ...» Sie hielt inne, denn jemand kam die Treppenstufen hinuntergehüpft wie ein übermütiges Kind. Das musste Jenny sein. Das Mädchen wirkte plötzlich wie verwandelt. Veronika fragte sich, was in der Zeit vorgefallen sein mochte, in der die beiden alleine gewesen war. Immerhin waren sie ziemlich leicht bekleidet gewesen, und die Champagnerflasche hatten sie auch bis zur Hälfte geleert. Hmm ...

«Wir haben zwei neue Buchungen», verkündete Jenny gut gelaunt und tänzelte in die Küche. «Einen Monsieur Godunow aus Paris und einen Herrn Hinrichsen aus Hamburg. Wir werden noch richtig international.»

«Sag mal, worüber habt ihr euch eigentlich so gut unterhalten? Ich kann mir nicht vorstellen, dass unser Conte ein Computerfreak ist», erkundigte Veronika sich, ohne auf die Ankündigung einzugehen.

«Ach, über dies und jenes», wich Jenny ihr aus und wandte sich rasch ab, um die Besteckschublade aufzuziehen. Aber nicht schnell genug. Die tiefe Röte, die ihren Hals und ihre Wangen überlief, war Veronika nicht entgangen. Also hatte sie richtig vermutet!

Schmunzelnd wechselte sie zu unverfänglicheren Themen und erkundigte sich, ob es irgendwelche Hintergrundinformationen über die beiden Neuen im Netz gegeben hätte. Jenny ging dankbar darauf ein. «Also, der Familie von diesem Godunow scheint so etwas wie eine Kunstgalerie zu gehören. Stinkvornehme Homepage. Die Hälfte allerdings in diesen komischen Buchstaben, die kein normaler Mensch lesen kann.»

«Du meinst sicher die kyrillischen», warf Mascha leicht beleidigt ein. «In Russland kann die jeder normale Mensch lesen.»

«Na, hier nicht», meinte Jenny unbeeindruckt. «Seine Großeltern sind vor der Revolution nach Paris geflohen und konnten anscheinend ziemliche Mengen an Kunstschätzen mitnehmen. Das war der Grundstock für die Galerie Godunow.»

«Godunow ist ein häufiger Name in Russland. Irgendwas darüber, aus welcher Region sie stammten?», fragte Mascha.

«Ich glaube, Petersburg. Aber das ist doch ewig lange her. Die kannst du nicht kennen», wandte Jenny ein.

«Nein», gab Mascha gleichmütig zu. «Aber es interessiert mich trotzdem.»

«Und was ist mit Hinrichsen?» Veronika verkorkte die Likörflasche und stellte sie zurück in den Schrank, wo sie die für die Küche bestimmten Spirituosen aufbewahrten.

Jenny zuckte mit den Schultern. «Keine Ahnung. Er hat als Beruf Buchhalter angegeben, da habe ich nicht weiter geguckt. Was glaubst du, wie viele Buchhalter mit dem Namen Hinrichsen es gibt!» Sie zog die Nase kraus. «Klingt ganz schön langweilig: Buchhalter Hinrichsen.»

«Wir können nicht nur Gäste wie Lou haben», erwiderte Veronika nüchtern. «Schließlich ist es unserem Konto egal, ob die Rechnung von einem Conte Ludovico di Sarrastro oder einem Herrn Hinrichsen bezahlt wird. Apropos: Ist das Risotto fertig?»

«Natürlich nicht.» Mascha ließ sich nicht aus der Ruhe bringen. «Dann wäre es ja weich und klitschig, bis es gegessen wird. Aber du kannst schon mal schauen, wo Lou bleibt. Ich möchte die Pasta ...»

«Hier ist er!», wurde sie von einer klangvollen Stimme unterbrochen. Lou, jetzt in schwarzen Jeans und einem beigefarbenen Leinenhemd mit offenem Kragen, streckte den Kopf zur Tür herein. «Es duftet ja köstlich. Was gibt es denn?»

«Raus aus meiner Küche!», befahl Mascha energisch und scheuchte alle hinaus. «Ich bringe gleich die Vorspeise.»

Zu Ehren ihres Gastes hatte Veronika den Tisch mit den venezianischen Kristallgläsern und dem feinen Porzellan gedeckt. Wenn Mascha sich schon so große Mühe mit dem Essen gab, sollte es nicht am Ambiente fehlen. Es gab Linguine mit Wildlachs und frischem Rucola, Saltimbocca mit Steinpilzrisotto, und als Dessert hatte Mascha in aller Eile Pfirsiche in Marsala gedämpft.

«Eine Offenbarung», lobte Lou überschwänglich, nachdem er gekostet hatte. «Besser könnte keine Italienerin Pasta zubereiten. Exzellent, genau auf den Punkt. Bei wem hast du das gelernt?»

Mascha lachte. «Bei niemandem. Ich habe keine Ausbildung als Köchin, mache es aus dem Bauch heraus.»

«Dann ist dein Bauch ein wahres Wunder.»

«Dafür ist er ein bisschen zu irdisch mit seinen Ansprüchen», gab sie gut gelaunt zurück. Lous Bewunderung schmeichelte ihr. Auch wenn sie nur ihren Kochkünsten galt. Zwischen der eleganten Veronika und Jenny, dem Computergenie, kam sie sich oft etwas hausbacken vor. Weder verfügte sie über das souveräne Auftreten der einen noch über das Fachwissen der anderen. Nach dem Nachmittag in der Stadt fühlte sie sich zwar nicht mehr ganz so: Die neue Unterwäsche und die Erinnerung an die Stunden bei Franca gaben ihr ein neues Selbstbewusstsein. Aber es schien ihr dennoch unwahrscheinlich, dass jemand wie Lou an ihr Gefallen fand. Sie war ja nicht blöd: Dass zwischen Jenny und ihm irgendwas vorgefallen sein musste, war so offensichtlich gewesen, wie dass die Sonne geschienen hatte. Und verglichen mit der elfenhaften Zartheit des Mädchens konnte ihre üppige Figur doch nur plump wirken.

Sicher bildete sie es sich ein, dass seine Blicke tief in ihr Dekolleté tauchten, bewundernd über ihre Kurven glitten. Sollte es möglich sein …?

Lou gefiel ihr ganz außerordentlich. Er war so anders als alle Männer, die sie bisher näher kennengelernt hatte. Ob es daran lag, dass er ein italienischer Graf war? Jedenfalls besaß er eine Anziehungskraft, die ausnahmslos auf alle Frauen zu wirken schien. Es war auffallend, wie Jenny und Veronika auf ihn reagierten. Jenny war für ihre Verhältnisse geradezu euphorisch. Ihre Augen leuchteten, ihre sonst so blassen Wangen waren leicht gerötet, und sie sprach mehr, als Mascha je erlebt hatte.

Auch Veronika gab sich koketter als gewohnt. Immer wieder fuhren ihre langen, feingliedrigen Finger durch ihr Haar, spielten damit und schienen zu signalisieren: So würde ich dich gerne streicheln.

Und Lou schien mit ihnen allen zu flirten. Er lächelte Jenny mehrdeutig zu, wenn er sich unbeobachtet glaubte. Wenn

Veronika sprach, hingen die Blicke aus seinen samtig dunklen Augen unter den schweren Lidern an ihren Lippen. Und wenn er Mascha anblickte, schien sein schön geschnittener Mund, der so charmant lächelte, ihr alle möglichen Wonnen zu versprechen.

Betrachtete man ihn unvoreingenommen, dann war Lou nicht wirklich schön. Dazu war der Mund zu breit, die Nase zu kräftig, die Mimik zu ausdrucksstark. Aber sein Lächeln, das stets zwei Reihen perlweißer Zähne aufblitzen ließ, machte alles andere wett. Sehnsüchtig glitten Maschas Blicke über denjenigen Teil seines Oberkörpers, der über dem Tisch sichtbar war. Er trug sein Hemd nicht bis fast zur Taille aufgeknöpft. Eine solche Zurschaustellung seines Körpers hatte er nicht nötig. In dem kleinen Dreieck sah man nur leicht gebräunte Haut – kein Goldkettchen, keine dichte Behaarung. Die Hemdsärmel hatte er vorhin aufgekrempelt, und nun starrte sie auf die kräftigen, muskulösen Arme und die sensiblen Finger, die gerade mit dem Stiel des Weinglases spielten. Sie glitten auf und ab, umrundeten ihn, liebkosten ihn.

Sie war so fasziniert von dem Schauspiel, dass sie fast das Dessert vergessen hätte. Erst als Veronika aufstand, woraufhin auch Lou aufsprang, um ihr behilflich zu sein, das Geschirr in die Küche zu tragen, erwachte Mascha aus ihrem tranceartigen Zustand.

«Mmm», Lous Stimme klang wie ein sanftes Schnurren, «was sehe ich da? Mascha, du hast doch nicht extra für mich Tiramisu vorbereitet?»

Sein Blick umfing sie mit einer so ausschließlichen Aufmerksamkeit, dass sie sich vor Verlegenheit räusperte, ehe sie so nonchalant, wie sie es in dem Moment fertigbrachte, «Ach, nein, das gibt es donnerstags immer. Und morgen ist Donnerstag» erwiderte. Veronika sah sie etwas befremdet an, schwieg aber dazu und bückte sich stattdessen über die Spülmaschine, um die Teller einzuräumen.

Der Rest des Abends rauschte irgendwie an ihr vorbei. Der Espresso auf der Terrasse, das letzte Glas Wein, ehe man sich eine gute Nacht wünschte. Ihr entging nicht, dass Jenny verzweifelt versuchte, Lous Aufmerksamkeit auf sich zu ziehen. Und es verschaffte Mascha eine nicht geringe Befriedigung, dass er freundlich, aber bestimmt die Einladung, noch ein Video auf ihrem PC anzuschauen, ablehnte. «Morgen gerne, Jenny», meinte er, ein Gähnen unterdrückend. «Aber heute bin ich echt geschafft. Ich komme drauf zurück, okay?»

Ursprünglich war Lou von Veronika das Dschungelzimmer zugewiesen worden, doch er hatte um ein anderes gebeten. «Der Tiger macht mich irgendwie nervös», hatte er entschuldigend gesagt. «Ich habe das Gefühl, das Vieh sieht mich an und verfolgt mich.»

Veronika hatte ihm daraufhin die freie Auswahl gelassen, und jetzt bewohnte er das Macke-Zimmer, das direkt an Maschas grenzte. Nur eine Wand trennte sie von ihm. Vielleicht war das der Grund, dass sie einfach nicht einschlafen konnte. In ihrer Vorstellung sah sie seinen nackten Körper ausgestreckt auf dem Bett mit dem madrasroten Überwurf und erinnerte sich genüsslich an jede Einzelheit des Anblicks von heute Nachmittag. Sicher war er am ganzen Körper leicht gebräunt. Da er nur eine Badehose getragen hatte, musste sie sich nicht allzu viel ausmalen. Wenn sein Penis so beschaffen war wie sein restlicher Körper, musste er ausgesprochen wohlproportioniert sein. Mascha schloss die Augen und legte eine Hand auf ihre Scham. Ihre Lippen waren bereits geschwollen und von einem nassen Film überzogen, sodass ihre Finger mühelos hin- und hergleiten konnten. In ihrer Vorstellung waren es Lous Finger, die behutsam die äußeren Schamlippen öffneten, die inneren erkundeten. Die ungewohnte Glätte, wo Franca sie rasiert hatte, animierte sie dazu, auch ihren Anus zu betasten; die Rosette, die jetzt so gut zu fühlen war, ein wenig zu reizen, indem sie versuchsweise einen Finger hineinschob.

Langsam schob sie ihn tiefer, erstaunt über die glatte Weichheit. Tiefer im Inneren, wenn man den engen Muskelring überwunden hatte, erinnerte die Beschaffenheit eher an die der Scheide. Allerdings waren die Reize, die von der Manipulation des Muskels ausgingen, ungleich stärker. Versuchsweise schob sie einen zweiten Finger hinein, spreizte die Finger. Langsam passte die Rosette sich an, gab nach, dehnte sich erstaunlich weit. Mascha stöhnte leise auf, als sie in ihrer Phantasie die eigenen Finger durch einen Penis ersetzte. Einen steifen, harten Penis, der sich langsam in sie bohrte, sich zurückzog und wieder hineindrängte.

Ihre andere Hand legte sich auf den Venushügel; suchte und fand die vertraute Stelle, an der die Klitoris nur darauf gewartet zu haben schien, endlich ebenfalls beachtet zu werden. Mascha fiel in die gewohnte Bewegung, auf die ihre Perle in Windeseile zu reagieren pflegte. Und tatsächlich dauerte es keine zwei Minuten, ehe ihre Scheidenmuskeln sich heftig verkrampften, bevor sie in die rhythmischen Zuckungen des Orgasmus übergingen.

Befriedigt, aber nicht wirklich zufrieden, zog Mascha langsam ihre Finger aus dem Anus, der sich störrisch zu widersetzen schien, sie freizugeben. Normalerweise konnte sie nach einer Masturbation gut einschlafen. Heute jedoch hatte sie den Eindruck, die Begierde nur noch mehr angeheizt zu haben.

Nachdem sie sich fast eine Stunde schlaflos von einer Seite auf die andere gedreht hatte, beschloss sie, auf das alte Hausmittel ihrer Großmutter zurückzugreifen, und stand auf, um sich in der Küche ein Glas warme Milch mit Honig zuzubereiten.

Alle schliefen sicher längst. Also zog sie sich nicht extra etwas über, sondern schlich barfuß und splitterfasernackt nach unten. Sie kannte sich gut genug aus, um kein Licht machen zu müssen, aber als sie die Küche betrat, empfand sie die vertraute Umgebung irgendwie verändert. Irritiert über dieses unterschwellige Gefühl, drückte sie auf den Schalter neben der Tür.

Der Anblick, der sich ihr bot, ließ sie kurzfristig an ihrer Zurechnungsfähigkeit zweifeln: Lou saß nackt mit baumelnden Beinen auf der Anrichte neben dem Kühlschrank, auf dem Schoß die Schüssel mit dem Tiramisu für den nächsten Abend und einem so offensichtlich schuldbewussten Gesichtsausdruck, dass Mascha an den Kater ihrer Großmutter erinnert wurde, der fast genauso geschaut hatte, wenn sie ihn an der Schüssel mit dem Sahnequark erwischt hatte.

«Ist mir schrecklich peinlich, aber ich konnte einfach nicht widerstehen», meinte er grinsend und legte den Kopf ein wenig zur Seite wie ein Junge, der nicht weiß, ob er sich auf eine Standpauke gefasst machen muss oder auf Milde hoffen kann. Er hatte noch nicht sehr viel gegessen. Nur etwa ein Drittel der obersten Schicht war zur Hälfte sorgfältig mit einem Löffel abgekratzt worden, den er immer noch in der Hand hielt.

Mascha rang um Fassung. Ihr erster Impuls, kehrtzumachen und zu flüchten, wurde schnell von dem Wunsch verdrängt, dieses unverhoffte nächtliche Zufallsrendezvous zu nutzen.

«Ich habe es sowieso vor allem für dich gemacht», sagte sie leichthin. «Wenn es dir schmeckt, dann kannst du es ruhig aufessen.» Sie zwang sich, ihre Blicke von seinem nackten Körper loszureißen, und ging zum Kühlschrank, als sei es nichts Ungewöhnliches, hier mitten in der Nacht auf unbekleidete Gäste zu treffen.

«Aufessen?» Lou lachte glucksend. «Das schaffe ich nicht! So köstlich es ist. Hier, probier mal.» Mit diesen Worten hielt er ihr auffordernd den Löffel hin. Mascha vergaß, dass sie sich eigentlich Milch hatte holen wollen. Wie verzaubert, ließ sie sich von ihm die Kostprobe in den Mund schieben, ohne auch nur das Geringste zu schmecken. Seine sehnige Hand so nah, der Moschusgeruch, der von ihm ausging. Wie würde er reagieren, wenn sie ihn einfach anfasste? Ohne nachzudenken, streckte sie eine Hand aus, ließ sie unter die Glasschüssel gleiten und tastete nach seinem Penis. Lou tat, als bemerke er ihre suchenden Finger nicht. Stattdessen griff er ungerührt mit dem Zeigefinger in die Creme, holte eine Portion davon heraus und strich sie mit selbstverständlicher Gelassenheit auf Maschas rechte Brustwarze. Ihr stockte der Atem. Einerseits von der unerwarteten Zärtlichkeit der viskosen Masse, die sich kühl an ihren Nippel schmiegte, andererseits hatten ihre Finger gerade eben Lous Penis entdeckt und stellten fest, dass er mit geradezu überirdischer Schnelligkeit anschwoll und hart wurde. Sehr hart.

Auch er hatte es wohl gespürt, denn er stellte die Schüssel neben sich ab, worauf er mit derselben Selbstverständlichkeit wie eben Maschas linke Brustwarze gleichfalls mit einer großzügigen Portion der Mascarponecreme versah. Maschas Hand schloss sich fast automatisch fest um seinen nun bemerkenswert steifen Penis und streichelte ihn sehnsüchtig. Lous Augen zogen sich zusammen, und er lächelte verhalten, ehe er sich vorbeugte und seine Zunge geschickt begann, die süße Creme von Maschas Brüsten zu lecken. Sie warf den Kopf in den Nacken und stöhnte genussvoll auf. Lous Zunge verstand es einfach, sie zu liebkosen und zu reizen!

Sie spannte die Brustmuskeln an und streckte ihre Brüste so weit wie möglich vor. Langsam, mit fast quälender Beharrlichkeit umspielte die Zunge die Brustwarzen und Vorhöfe einer Brust, wechselte dann zur anderen und begann von vorne. Allmählich prickelten Maschas Brüste wie verrückt. Sie erschauerte, als Lous Lippen sich fest um einen der Nippel schlossen und er erst sanft, dann immer stärker daran zu saugen anfing. Derweil suchten und fanden seine Finger den zweiten Nippel. Zuerst kniffen sie nur leicht zu, dann rollte er ihn zwischen den Fingern, zog daran, massierte ihn, bis er zu glühen schien.

Um Mascha drehte sich alles, verschwamm zu einem Kaleidoskop aus Farbsplittern. Das Einzige, was momentan zählte, war dieser Knoten in ihrem Inneren, der wuchs und wuchs und alle anderen Empfindungen verdrängte. Sie wollte Lou in sich spüren! Spüren, wie diese stahlharte, heiße Rute in sie stieß, sie ausfüllte und ihr die Empfindung schenkte, wie sie nur ein Penis aus Fleisch und Blut auslösen konnte. Und Lous war wunderbar: samtweiche Haut und darunter ein stahlharter Kern.

Ihre Scheidenmuskeln verkrampften sich bei der Vorstellung, wie sie ihn umklammerten, umschlossen, bis er sich in ihr ergoss und wieder weich wurde. Weich und unschuldig, bis er wiedererweckt wurde ...

Aber vorher würde er in ihr explodieren, schwor sie sich und packte im Gefühl der Vorfreude fester zu, genoss es, ihre Finger in der sahnigen Creme auf dem Penis gleiten zu lassen.

«Hast du eigentlich so etwas wie eine Salatgurke da?», fragte Lou mit rauer Stimme.

«Wie bitte?» Mascha riss die Augen auf, weil sie glaubte, sich verhört zu haben.

«Eine Salatgurke», wiederholte er und kniff sie kräftig in die Brustwarzen. Das intensive Lustgefühl, das der unerwartete Schmerz durch ihren Körper schießen ließ, überraschte sie. Mascha erschauerte. «Noch einmal», forderte sie und drängte sich seinen Händen entgegen.

«Nein.» Lou blieb ungerührt. Er zog seine Hände zurück und umfing damit die Kante der Arbeitsfläche. «Die Salatgurke. Oder etwas anderes in der Größe.»

Verständnislos den Kopf schüttelnd, öffnete sie den Kühlschrank. «Hier, bedien dich!» Sie zog das Gemüsefach heraus und wies auf die säuberlich gestapelten Salatgurken, Zucchini und Chicorees, die sie dort aufbewahrte. Kritisch beäugte Lou das Angebot.

«Diese scheint mir richtig», sagte er schließlich mehr zu sich selbst und griff nach der größten Gurke. «Ein Messer», verlangte er. Mascha zeigte stumm auf den Messerblock und beobachtete verblüfft, wie Lou begann, mit einem Gemüsemesserchen die Gurke zu schälen und zurechtzuschnitzen. Recht schnell wurde offensichtlich, was er damit bezweckte, als das eine Ende die unverkennbare Form einer Penisspitze annahm.

«Komm her», befahl er, als er schließlich mit seinem Kunstwerk zufrieden schien, und dirigierte Mascha vor den Küchentisch – ein stabiles Möbelstück aus toskanischer Pinie mit glänzend polierter Oberfläche. Als sie sich nach seinen Anweisungen bäuchlings darauflegte, reichten ihre Zehenspitzen gerade noch knapp bis zum Boden. Ihr Herz klopfte vor Aufregung so stark, dass es in ihren Ohren widerhallte.

Sie konnte in dieser Stellung Lou nicht sehen, war ihm ausgeliefert. Diese Erkenntnis steigerte ihre Erregung beträchtlich. Ohne jedes Zeichen von Ungeduld schob er sie hin und her, bis er zufrieden war. Endlich lag sie mit der Hüfte knapp auf der Tischkante, der gesamte Oberkörper und Bauch flach auf der Tischplatte ausgestreckt. Zitternd vor Vorfreude wartete sie darauf, was Lou mit ihr vorhatte.

«Nicht erschrecken», raunte er ihr ins Ohr. «Es brennt nur am Anfang ein bisschen.» Mit diesen Worten schoben seine Finger etwas tief in ihre Scheide, verstrichen es, und verteilten es dann auch über Schamlippen und Klitoris. Fast augenblicklich setzte das Brennen ein, vor dem er sie gewarnt hatte. Mascha atmete erschreckt vor dem Feuersturm ein, den er freigesetzt hatte. Die

Flammen fraßen sich durch ihre Haut in ihr Inneres, verbrannten sie. Mascha stöhnte entsetzt auf und wollte sich intuitiv mit der Hand zwischen die Beine fassen. Doch Lou fing sie ab und legte sie entschieden wieder zurück. «Halt dich lieber an der Tischkante fest, wenn du meinst, dich nicht beherrschen zu können», sagte er warnend. «Wenn du das Zeug an den Fingern hast und versehentlich an die Augen kommst – dann ist es wirklich schlimm!»

«Was ist das?», fragte Mascha, heiser vor Entsetzen.

Seiner Stimme war anzuhören, dass er lächelte. «Keine Angst, nur Ingwerpulver. Es wird gleich aufhören zu brennen, und dann ist es nur noch angenehm», versprach er.

Tatsächlich fielen die Flammen so rasch in sich zusammen, wie sie aufgelodert waren. Zurück blieb eine sanfte Glut, die ihren Körper durchzog und die sie tatsächlich als recht angenehm empfand.

«Siehst du, kein Grund zur Aufregung», murmelte Lou besänftigend und machte sich an ihrer Rosette zu schaffen. «Entspann dich!», flüsterte er, während er sie kundig mit Daumen und Zeigefinger betastete. Mascha versuchte, seiner Anweisung zu folgen, aber es war nicht einfach. Völlig in Anspruch genommen von dem leisen Glühen der Schamlippen und der Klitoris, hatte dieser ungewohnte, zusätzliche Reiz ihre Rosette sich augenblicklich verkrampfen lassen, sobald sie berührt wurde.

Lou schien zu wissen, was er tun musste. Er legte beide Hände fest auf ihre Pobacken und begann, sie so kräftig zu kneten, als bearbeite er Brotteig. Dabei zog er immer wieder beide Hälften weit auseinander, bohrte seine Fingerspitzen in das weiche Fleisch und ließ sich auch hin und wieder dazu hinreißen, zärtlich hineinzubeißen. «Du hast einen Prachthintern!», raunte er ihr ins Ohr, während er sich an ihren Rücken schmiegte und seinen Penis in ihrer Pospalte hin- und hergleiten ließ.

Das Glühen war fast abgeklungen, als er erneut etwas von dem Pulver auf ihre Klitoris rieb. Das augenblicklich wieder aufflammende Feuer ließ sie kaum mitbekommen, dass Lou einen Finger in ihren Anus einführte und begann, ihre Rosette zu weiten. Ganz auf die durch das Lodern ausgelösten Lustgefühle konzentriert, achtete sie nicht auf seine geschickten Finger, die kaum merklich ihre Rosette so weit spreizten, dass sie etwas Kühles, Glattes einführen konnten.

Das Kühle, Glatte explodierte geradezu! In Sekundenschnelle stand ihr Anus ebenfalls in Flammen und kitzelte, als tummelten sich dort Tausende Ameisen. Sie hatte nicht im Entferntesten geahnt, wie empfindlich die Nerven dort an diesem dunklen, geheimnisvollen Ort waren. «Tu etwas!», stöhnte sie hilflos. «Ich halte das nicht aus.»

Statt einer Antwort schob er beide Hände zwischen ihre Schenkel, und liebkoste hingebungsvoll ihre geschwollenen, nassen Schamlippen. «Du bist so herrlich nass und glitschig», murmelte er bewundernd. «Wie eine überreife Mango. Versuchen wir mal, wie dir das gefällt ...» Vorsichtig spreizte er mit einer Hand ihre Schamlippen, und dann spürte sie, wie etwas Kaltes, Hartes und sehr Dickes sich durch den engen Scheideneingang zwängte und in sie eindrang. Langsam glitt es tiefer, bis ihr der Atem stockte, weil es sie so gänzlich ausfüllte, wie sie es noch nie zuvor erlebt hatte.

In einem Teil ihres Bewusstseins wunderte sie sich darüber, wie viel Lust eine einfache Salatgurke ihr verschaffen konnte. Sie würde in Zukunft darauf achten, immer einen reichlichen Vorrat davon im Gemüsefach zu haben! Genüsslich spannte sie die Scheidenmuskeln an, nur um das Gefühl auszukosten, wie alles in ihr bis zur äußersten Grenze gedehnt und ausgefüllt war. Sie bewegte die Hüften, drückte das Kreuz durch. Wenn sie sich jetzt noch ein bisschen bewegen würde ...

Als lese er ihre Gedanken, packte Lou das herausstehende Ende und drehte es langsam, in schraubenförmigen Bewegungen ein Stück aus ihr heraus, nur um es auf die gleiche Art wieder in sie zu schieben. Mascha schwebte im siebten Himmel. Noch ein bisschen und ein bisschen schneller –

Enttäuscht keuchte sie auf, als Lou mit einer letzten Drehbewegung den Gurkendildo tief in sie stieß, bis er in ihrem nassen Fleisch versank. Rasend vor Ungeduld, drehte sie den Kopf und sah, wie er mit der Hand in die Tiramisu-Schüssel griff, mit der Creme großzügig seinen inzwischen purpurrot geschwollenen Penis bedeckte und den Rest in ihre Pospalte strich. Als er bemerkte, dass sie ihn beobachtete, grinste er.

«Hier, leck mich sauber!», mit diesen Worten hielt er ihr die verschmierte Hand vors Gesicht.

Mascha streckte die Zunge heraus und leckte eifrig wie ein Hund an seinen Fingern. Die süße Creme, vermischt mit seinem Geschmack und dem ihrer Säfte – das Konglomerat machte sie schier verrückt.

Schließlich entzog er ihr seine Hand und packte energisch ihre beiden Hinterbacken. Ein paar spielerische Berührungen in der Spalte, dann setzte er zielbewusst die Eichel an ihrer Rosette an. Durch die Creme glitt er fast mühelos hinein, und als er erst einmal mit der Eichel den Muskelring geöffnet hatte, konnte er sich auch nicht mehr verschließen. Er ließ ihr Zeit, sich an das fremdartige Gefühl zu gewöhnen. Während er bewegungslos hinter ihr stand, massierte er mit den beiden Daumen weiter ihre Pobacken. Dann, ganz langsam und vorsichtig, drückte er sich tiefer hinein. Es ging erstaunlich leicht. Sobald er erst einmal in ihr war, schien nichts das weitere Eindringen zu behindern.

Mascha stockte der Atem. Langsam, aber zielstrebig schob Lous Penis sich weiter, immer weiter, bis er schließlich bis zur

Wurzel in ihr steckte. Es war fast unerträglich, so ausgefüllt zu sein. Als ob eine fremde Existenz von ihr Besitz ergriff, sich ihren Körper unterwarf.

Langsam, fast unmerklich, begann er sich zurückzuziehen. Mascha verspannte sich. Diese Bewegung, die sich gleichzeitig auf den Gurkendildo übertrug, löste ein fast unerträgliches Lustgefühl aus. Sie stöhnte kehlig auf, die Hände immer noch wie haltsuchend um die Tischkante gekrallt, und drückte das Kreuz durch, um sich ihm noch mehr entgegenzudrängen.

Bei jeder Bewegung wurden Nerven in ihr gereizt, deren Existenz ihr bisher verborgen geblieben war, und diese Nerven reagierten mit einer Heftigkeit, wie sie es sich niemals hätte vorstellen können. Völlig außer sich, wand sie sich auf dem Tisch so heftig hin und her, dass Lou sie fest an den Hüften packen musste, während er jetzt schnell und hart in sie stieß.

Mascha spürte, wie ein gewaltiger Orgasmus sich in ihr aufbaute, wuchs und wuchs, bis er sie mitriss, und dann wurde es plötzlich schwarz um sie.

Als sie wieder zu sich kam, hatte Lou sie auf den Rücken gedreht und ihr ein zusammengeknülltes Handtuch unter den Kopf gelegt. Er stand bereits vor der Spüle und säuberte sich notdürftig von den Tiramisu-Resten, die noch überall auf seinem Körper klebten. Er wandte ihr den Rücken zu und hatte noch nicht bemerkt, dass sie die Augen wieder geöffnet hatte. Mascha ließ ihren Blick bewundernd über seine Rückansicht schweifen. Ja, er war wirklich ausgesprochen gut gebaut: breite Schultern, nicht zu breit, gerade richtig. Seine schmalen Hüften und festen Hinterbacken zeigten tatsächlich die gleiche Bräune wie sein übriger Körper. Sie hatte richtig vermutet. Er sonnte sich normalerweise nackt.

Jetzt beugte er sich vor, und Mascha konnte bis tief in seine Pospalte sehen. Erstaunt stellte sie fest, dass er sich offenbar rasierte. Während sie unter der Schüssel nach seinem Penis getastet hatte, da hatte sie nicht weiter darauf geachtet. Seine Pospalte war nackt und rosig, und Mascha musste lächeln, als sie sich vorstellte, dass er sich vielleicht genauso einer Franca überlassen hatte wie sie.

Als hätte er ihren Blick bemerkt, drehte er plötzlich den Kopf zu ihr. «Dein erstes Mal von hinten?», erkundigte er sich unbefangen. «Hat es dich deshalb so umgehauen?»

Mascha spürte, wie ihre Wangen heiß wurden. Sie wandte den Blick ab und richtete sich langsam auf. War es so offensichtlich gewesen, dass sie noch keine Erfahrung mit Analverkehr hatte? Gerne hätte sie jetzt etwas Weltläufiges, Schlagfertiges erwidert. Aber natürlich fiel ihr nichts ein.

Im nächsten Moment war jeder Gedanke an souveränes Auftreten wie weggeblasen. «Mein Gott, was haben wir hier nur für eine Sauerei angerichtet!» Schockiert sah sie sich um. Alles war mit Tiramisu verschmiert: der Tisch, die Spüle, selbst auf dem Fliesenboden klebten die Spuren ihrer Creme-Orgie.

«Ich muss sagen: Mascarpone ist um Klassen besser als Butter!», meinte Lou anzüglich grinsend und fuhr mit den Fingern ungeniert in die Schüssel mit den Resten des Desserts. «War das nicht eine gute Idee von mir?»

Seine jungenhafte Unbekümmertheit hatte etwas Ansteckendes. Mascha musste lächeln. «Das war es», bestätigte sie und glitt vorsichtig vom Tisch. «Die anderen werden sich wundern, was aus dem ganzen Tiramisu geworden ist», sagte sie, während sie nach der Küchenpapierrolle griff und sich bückte, um die größten Kleckse vom Boden aufzuwischen.

«Du kannst ihnen sagen, der unverschämte neue Gast hätte alles aufgefressen», schlug Lou vor. «Und vielleicht ein bisschen mit mir schimpfen. Ich werde dann ganz zerknirscht tun und Veronika anbieten, mir den Hintern zu versohlen. Würde sie das sehr schockieren?» Er fand offensichtlich Gefallen an dem Bild, das er sich gerade ausmalte.

«Keine Ahnung», meinte Mascha nachdenklich und sprühte etwas von dem Küchenreiniger, mit dem sie normalerweise die Fettspritzer vom Herd entfernte, auf die Stellen des Fliesenbodens, die immer noch fettig glänzten. «Schwierig zu sagen, was Veronika schockieren würde. Manchmal denke ich, es gibt nichts, was sie wirklich aus der Reserve locken würde, auch wenn sie so tut, als sei sie furchtbar etepetete.»

«Jedenfalls weiß ich jetzt, was dich aus der Reserve lockt», neckte Lou sie augenzwinkernd. «In Zukunft wird Tiramisu für mich eine ganz eigene Bedeutung haben.»

Am nächsten Morgen verriet nichts mehr, was nachts in der Küche stattgefunden hatte. Lou hatte Mascha geholfen, alle Spuren zu beseitigen. Der einzige Hinweis auf etwas Ungewöhnliches war das unerklärliche Verschwinden des Desserts, das sich über Nacht praktisch in Luft aufgelöst hatte. Und natürlich fiel das auf.

«Hattest du nicht gestern Tiramisu vorbereitet?», fragte Veronika erstaunt, als sie den Kühlschrank öffnete, um die Butter und den Aufschnitt für den Frühstückstisch herauszuholen. «Es ist nicht mehr da.»

Mascha hatte Zeit genug gehabt, sich eine überzeugende Ausrede einfallen zu lassen. «Bitte, mach kein Aufheben darum», sagte sie gespielt ärgerlich. «Glücklicherweise habe ich es noch in letzter Sekunde zufällig gemerkt, dass ich versehentlich zu viel Salz zugegeben hatte. Es schmeckte schauerlich, und ich hab's weggeworfen.»

«Das passiert dir doch sonst nicht.» Veronika sah sie erstaunt an. «Seit dieser Conte da ist, spielen alle verrückt. Jenny wagt sich aus ihrem Schneckenhaus, du verwechselst Salz und Zucker.» Sie lachte auf. «Weißt du, was man bei uns sagt, wenn das Essen versalzen ist? Dass die Köchin verliebt ist!» Immer noch lachend, trug sie die Butterschälchen hinaus und bekam so Maschas Reaktion auf ihre eher scherzhaft gemeinte Bemerkung nicht mit.

War sie verliebt?

Maschas erster Impuls war, laut und entschieden «Blödsinn!» zu sagen. Sie war doch nicht verliebt in Lou. Jenny vielleicht. Die himmelte ihn dermaßen offen an, dass es schon peinlich war. Sie, Mascha, würde sich auf keinen Fall eine solche Blöße geben. Mit diesem Vorsatz trug sie die Kaffeekanne zum Frühstückstisch. Ungehalten bemerkte sie, dass Jenny bereits unverfroren Lous Aufmerksamkeit beanspruchte. Eng aneinandergeschmiegt, teilten sie sich die Ohrstöpsel, und ihre Köpfe wippten im Takt der für andere nicht hörbaren Musik.

«Frühstück», sagte Mascha so laut, dass sie selbst erschrak. Augenblicklich reagierte zumindest Lou. Er riss sich den Stöpsel aus dem Ohr, wandte sich um und lächelte sie so strahlend an, dass Mascha nicht anders konnte, als zurückzulächeln.

«Entschuldige», meinte er zerknirscht. «Ich habe gar nicht mehr daran gedacht, dass ich eigentlich hatte helfen wollen. Vielleicht habe ich zu wenig geschlafen.» Er zwinkerte ihr verschwörerisch zu. Obwohl weder Veronika noch Jenny den kurzen Blickwechsel mitbekommen hatten, empfand Mascha eine gewisse Verlegenheit. Immer, wenn sie Lou anschaute, sah sie ihn nackt vor der Spüle stehen und sich die Reste der Creme von seinem Körper wischen.

«Ich hoffe, daran war nicht das Zimmer schuld?» Veronika betrachtete ihn besorgt, während sie innehielt und die Kaffeekanne abstellte, aus der sie allen eingegossen hatte. «Möchtest du ein anderes? Bis heute Abend hast du noch die freie Wahl.»

«Um Gottes willen, nein», wehrte Lou entsetzt ab. «Das Zimmer ist wunderbar. Vermutlich ging mir einfach nur zu viel im Kopf herum.» Er lächelte beschwichtigend in die Runde. «Mir gefällt es ausgezeichnet hier bei euch drei Grazien.»

«Ich muss nachher zur Bank», sagte Veronika sachlich, ohne auf das unverblümte Kompliment einzugehen. «Möchte jemand mitfahren?»

«Nein, danke», wehrte Jenny rasch ab. «Ich wollte noch ein paar Songs runterladen, von denen Lou vorhin gesprochen hat. Vielleicht will er mir ja dabei Gesellschaft leisten?» Sie lächelte ihn besitzergreifend an.

«Und ich muss das Abendessen vorbereiten», erklärte Mascha und warf Jenny einen giftigen Seitenblick zu. «Schließlich kommen heute zwei weitere Gäste. Vielleicht könnte Lou mich da bei der Auswahl beraten?»

«Gut, dann fahre ich eben allein», entschied Veronika und dachte bei sich, dass ihre Freundinnen genauso gut offen um Lous Aufmerksamkeit buhlen könnten. Hoffentlich führte das nicht zu unangenehmen Auseinandersetzungen.

In Gedanken versunken, stieg sie in ihren alten Wagen und drehte den Zündschlüssel. Nichts. Sie versuchte es noch mal. Wieder nichts. Verdammt! Musste die Mistkarre ausgerechnet jetzt den Geist aufgeben? Dabei hatte sie gestern noch einwandfrei funktioniert.

Hoffentlich kostete die Reparatur nicht ein Vermögen.

Als sie mit sorgenvoll gerunzelter Stirn ins Haus zurückkehrte, um die Reparaturwerkstatt anzurufen, lief sie Lou geradewegs in die Arme.

«Ärger mit dem Wagen?», erkundigte er sich mitfühlend. «Springt er nicht an? Soll ich mal einen Blick drauf werfen?»

«Verstehst du denn was von Autos?» Veronika konnte sich das nicht vorstellen.

«Ein bisschen.» Lou schien keineswegs gekränkt von ihrer Skepsis. Ohne Zögern folgte er ihr hinaus zu ihrem Auto, hob die Motorhaube an und bat Veronika, den Anlasser zu betätigen. Nichts rührte sich. Nicht einmal ein leises Röcheln.

«Hm, ich fürchte, da bin ich überfordert», gab Lou offen zu. «Es ist besser, wenn wir ihn gleich zur Werkstatt abschleppen. Ich habe heute nichts vor und könnte Chauffeur für dich spielen. Was hältst du davon?» Er zwinkerte ihr vertraulich zu. «Ich wäre dir dankbar, wenn du mein Angebot annehmen würdest. Hier ergeht es mir sonst noch wie dem Frosch bei Wilhelm Busch!»

Unwillkürlich sah Veronika vor ihrem inneren Auge Lou, an dessen einem Bein Jenny und am anderen Mascha zog, und musste schallend lachen. «Das geschähe dir recht», meinte sie amüsiert. «Du hättest dich eben beizeiten für eine von den beiden entscheiden sollen. Jetzt sieh zu, wie du damit fertig wirst!»

«Sei nicht so herzlos, gönn mir eine kurze Erholungspause.» Lou grinste jungenhaft. «Ich konnte doch nicht ahnen, dass sie *so* ausgehungert sind.»

«Na gut, dann engagiere ich dich für heute als Fahrer. Aber wir müssen noch kurz in der Werkstatt vorbei und dort Bescheid sagen. Ich kenne den Chef, der kümmert sich dann um alles Weitere.»

Der Mechaniker, ein älterer Mann mit grauen, kurzgeschorenen Haaren nahm ihre Beschreibung mit Gleichmut auf. «Keine Sorge, das kriegen wir schon wieder hin», brummelte er gutmütig. «Heute Abend läuft er wieder wie geschmiert.» Einer seiner Mundwinkel hob sich zu der Andeutung eines Lächelns. «Genießen Sie Ihren Tag!»

Auf dem Weg zurück zu Lous Wagen, einem kleinen flotten Flitzer, war Veronika sich der ihr folgenden Blicke nur zu bewusst. Jeder der Männer kannte ihre Geschichte. Vermutlich hielten sie

Lou für ihren jugendlichen Liebhaber. Irgendwie schmeichelte ihr das, denn Lou sah heute ganz besonders attraktiv aus. Ob es an dem hellblauen Leinenhemd lag? Oder daran, dass die Jeans so geschickt geschnitten war, dass sie seine schmalen Hüften und den festen, kleinen Hintern nachzeichnete, ohne provozierend eng zu sitzen?

Vielleicht war es auch die Intensität, mit der die Blicke aus seinen dunklen Augen auf ihr ruhten ...

Während sie in der Bank war, wollte er einen kurzen Stadtbummel machen, wie er sagte. Veronika sah ihm nach, wie er davonschlenderte, die Sonnenbrille lässig auf die Stirn geschoben. Ja, er sah verdammt gut aus. Sie konnte ihre Freundinnen verstehen, die ihre Augen nicht von ihm lassen konnten. So wie Mascha sich heute Morgen benommen hatte, hatte sie ihn wohl etwas näher kennengelernt. Und auch Jenny schien ihr irgendwie verändert. Nicht mehr so spröde und abweisend.

Veronika wandte sich um und betrat die kühle Schalterhalle mit den Kassen, dem modernen Brunnen in der Mitte und der versteckt gelegenen Treppe in die oberen Stockwerke, wo die wichtigen Verhandlungen stattfanden. Die Empfangsdame an der Rezeption im ersten Stock lächelte sie mit professioneller Höflichkeit an.

«Lohgerber, ich habe einen Termin», sagte Veronika, leicht nervös, denn das Schreiben, mit dem sie zu einer Besprechung «über bestimmte Aspekte Ihrer finanziellen Situation» gebeten worden war, hatte seltsam vage geklungen.

«Ja, natürlich. Herr Maier-Hinterfeld hat Sie bereits avisiert», erwiderte die junge Frau in dem unauffälligen dunkelblauen Kostüm, kam eilfertig hinter ihrem Tresen hervor und bat Veronika, ihr zu folgen. «Ich bringe Sie in sein Büro.»

«Ist Herr Dr. Schneyder denn krank?», fragte Veronika irritiert, denn sie war davon ausgegangen, dass der ihr unbekannte

Maier-Hinterfeld im Auftrag ihres entgegenkommenden Gesprächspartners vom letzten Mal geschrieben hätte.

«Herr Dr. Schneyder ist nicht mehr bei uns», antwortete die junge Frau ausweichend.

In Veronika stieg ein ungutes Gefühl auf, das sich verstärkte, als sie das Büro betraten. Der Mann, der sich erhob, um sie zu begrüßen, war ihr auf Anhieb unsympathisch. Trotz Armani-Anzug und modischer Brille wirkte er eher wie ein schmieriger Buchmacher. Sein aufgesetztes Lächeln und der protzige Siegelring, der ihr auffiel, als er ihr die manikürte Hand entgegenstreckte, trugen wenig dazu bei, ihn in einem besseren Licht erscheinen zu lassen.

«Frau Lohgerber, wie schön, dass Sie Zeit für mich haben», sagte er und bleckte die unnatürlich weißen Zähne.

Veronika unterdrückte heroisch den Impuls, sich auf dem Absatz umzudrehen und davonzulaufen. Sei nicht so albern, ermahnte sie sich selbst. Du wirst doch vor diesem kleinen, miesen Bürohengst keine Angst haben! Sein Händedruck war genauso unangenehm, wie sie es erwartet hatte. Feucht, unbestimmt, irgendwie schwammig.

«Nehmen Sie doch bitte Platz.» Er wies auf einen niedrigen Polstersessel neben dem Fenster. «Darf ich Ihnen etwas bringen lassen? Einen Kaffee? Ein Mineralwasser?»

«Danke, nichts», wehrte Veronika ab. «Lassen Sie uns gleich zur Sache kommen. Sie haben angedeutet, dass es Probleme gäbe. Können Sie mir das genauer erklären? Soviel ich weiß, habe ich alle Verbindlichkeiten bei Ihrer Bank fristgerecht bedient.»

«Äh, ja, das stimmt», sagte er und wartete, bis die Tür sich hinter der jungen Angestellten geschlossen hatte. Dann zog er den zweiten Sessel unmittelbar vor ihren, setzte sich breitbeinig hinein und warf schwungvoll einen grünen Aktendeckel auf den kleinen Tisch neben Veronikas Sessel.

«Sie führen in dem Haus doch so eine Art Pension», begann er.

«Wir führen dort eine Pension», berichtigte Veronika ihn kühl.

«Gut, aber Sie sind die eingetragene Besitzerin, richtig?»

«Das stimmt», sagte Veronika und fragte sich im Stillen, worauf er hinauswollte.

«Wie Sie wissen, läuft Ende des Jahres Ihr Abkommen mit der Bank über die Stundung Ihrer Schulden aus. Können Sie schon beurteilen, ob Sie Ihre Verbindlichkeiten bei uns dann begleichen können?»

Veronika saß wie erstarrt da. Das hatte sie befürchtet, seit sie diesen Brief geöffnet hatte. Natürlich war das nicht zu schaffen. Was sollte sie tun? Um eine Fristverlängerung betteln?

«Ich frage das nicht ohne Grund», erläuterte ihr Gegenüber selbstzufrieden. «Es ist nämlich ein Interessent auf der Bildfläche erschienen, der das Anwesen gerne kaufen würde. Natürlich würden wir es vorziehen, unsere langjährige Geschäftsbeziehung mit Ihnen weiterzuführen, aber ...», er zuckte bedauernd mit den Schultern. «Allerdings gäbe es da noch eine Möglichkeit», fuhr er mit bedeutungsvoll gesenkter Stimme fort.

Veronika sah auf. «Und welche?»

«Haben Sie schon mal daran gedacht, dass es eine Möglichkeit gibt, deutlich höhere Einnahmen zu erzielen als mit einer Pension?»

Fassungslos starrte sie ihn an. Hatte sie ihn richtig verstanden?

Er nickte selbstzufrieden. «Genau. Gegen ein, sagen wir, entsprechendes Entgegenkommen und eine geringe finanzielle Beteiligung wäre ich bereit, mich bei der nächsten Sitzung sehr entschieden dafür auszusprechen, das Abkommen mit Ihnen zu verlängern.» Er lehnte sich zurück, die Beine breit gespreizt, eine fast obszöne Geste und griff nach seinem Reißverschluss. «Zufällig habe ich Verbindungen zu Insidern, die Ihnen die passende Kundschaft ins Haus schicken werden. Praktisch, nicht wahr? Und natürlich werde ich selber ab und an vorbeikommen und nach dem Rechten sehen.» Grinsend zog er den Reißverschluss auf, fasste in den Slip und präsentierte ihr seinen Penis. «Wie wäre es jetzt gleich mit einer kleinen Anzahlung? Ich möchte nicht die Katze im Sack kaufen.»

Angewidert blickte Veronika auf das rosige Etwas, das sich, gestützt von seinen beiden Händen, in die Höhe reckte und neckisch auf sie zuzuschwanken schien.

«Nicht so schüchtern! Er beißt nicht», scherzte Maier-Hinterfeld, offensichtlich um einen lockeren Tonfall bemüht.

«Ich fürchte, ich kann Ihnen nicht ganz folgen.» Veronika verschanzte sich hinter ihrem eisigsten Lächeln. «Sie können doch nicht ernsthaft vorschlagen, dass ich aus meinem Haus einen ... ein Bordell mache!»

«Warum denn nicht?» Der Mann betrachtete bedauernd seinen Penis, der zusehends schrumpfte. «Geld ist Geld, und soviel ich gehört habe, geht es nicht gerade tugendhaft bei Ihnen zu. Da können Sie genauso gut damit Kohle machen.» Verärgert stopfte er seinen nunmehr vollkommen schlaffen Schwanz zurück in den Slip und zog mit einem ungeduldigen «Ratsch» den Reißverschluss der Hose hoch.

Veronika war alarmiert. «Und wer hat so etwas behauptet?»

Er wich ihrem Blick aus. «Man hört da so einiges.»

In Gedanken ging Veronika ihre Gäste der vergangenen Wochen durch. Aber bei keinem von ihnen schien ihr eine Verbindung zu diesem Rattengesicht vorstellbar. Er hatte jetzt ein selbstzufriedenes Grinsen aufgesetzt, das den Wunsch in ihr weckte, ihm irgendetwas ins Gesicht zu schütten. Aber sie hatte ja alle Getränke abgelehnt. Unter Aufbietung ihrer ganzen Willenskraft gelang es ihr, Haltung zu bewahren und so zu tun, als dächte sie ernsthaft über seinen Vorschlag nach.

So ekelhaft er auch war, so wollte sie doch vermeiden, ihn unnötig früh zu ihrem Feind zu machen. Im Augenblick konnte sie keinen zusätzlichen Ärger brauchen. Jenny war an den Konten dran. Vielleicht schaffte sie es ja, noch rechtzeitig das Geld zu beschaffen, damit sie sich freikaufen konnten.

Sie zwang sich, Maier-Hinterfeld freundlich anzulächeln und zu sagen: «Ihr Vorschlag hat mich überrascht. Um nicht zu sagen, schockiert. Aber ich werde darüber nachdenken und mich mit meinen Freundinnen beraten.»

«Tun Sie das», ermutigte er sie, und sie sah, dass er mit dem Gedanken spielte, ihr nochmals seinen Penis zu präsentieren. Also stand sie so hastig auf, dass der Sessel beinahe umkippte, und verabschiedete sich.

Als sie wieder auf die Straße trat, lehnte Lou an einem Laternenpfahl unmittelbar neben der Eingangstür und sah sie besorgt an. «Ärger mit der Bank?»

Sein Mitgefühl tat ihr gut, und sie erwiderte nicht ganz so schroff, wie sie es unter anderen Umständen getan hätte: «So kann man es nennen!» Sie schnaubte erbost durch die Nase. «Stell dir vor, da sitzt tatsächlich einer, der allen Ernstes vorschlägt, die Pension zu einem Bordell umzufunktionieren!»

Kopfschüttelnd ging sie neben Lou her, immer noch fassungslos bei der Erinnerung an das so seltsam verlaufene Gespräch.

«Ich nehme an, du bist ihm ins Gesicht gesprungen», meinte Lou lachend und griff nach ihrem Arm. «Denk einfach nicht mehr daran und lass uns den Tag genießen.»

«Du hast leicht reden», seufzte Veronika bedrückt. «Wenn ich mir vorstelle, dass wir zu Neujahr vermutlich auf der Straße sitzen, wird mir ganz schlecht.»

«Bis dahin kann noch viel passieren», sagte er leichthin und zog sie in den Seiteneingang des Parkhauses. «Carpe diem.» Unvermittelt blieb er stehen und nahm sie in die Arme. Die nüchtern grauen Betonwände des Treppenhauses erzeugten nicht gerade eine romantische Atmosphäre, ebenso wenig wie der stechende Ammoniak-Geruch, der hier alles zu durchdringen schien. Trotzdem fühlte Veronika sich auf einen Schlag wie verzaubert. Lou konnte küssen. Und wie!

Sie schloss die Augen und überließ sich seinen Lippen, seiner Zunge, die sich tief in ihre Mundhöhle wühlte. Schmeckte einen Hauch von Pfefferminze, ein wenig Grapefruit und ihn – seinen ganz persönlichen Geschmack. Im ersten Moment der Überrumpelung hatte sie einfach nur stillgehalten, es mit sich geschehen lassen. Nun aber begann sie ungehemmt seine Küsse zu erwidern. Ihre Zungenspitze fuhr neugierig über seine glatten Zähne, erkundete die Innenseite der Wangen, die leicht raue Oberfläche seiner Zunge. Sie bekam nicht genug davon, ihre Zunge um seine zu schlingen, sie in ihren Mund zu saugen. Er nahm die Herausforderung an. Seine Zunge glitt in wollüstigen Schlängelbewegungen tiefer, während seine Hände sich unter ihre Bluse stahlen, fast unmerklich den BH öffneten und ihre empfindlichen Nippel fanden.

Veronika stöhnte leise auf und drückte die Brust heraus, sich seinen geschickten Fingern entgegenreckend. Wie von selbst suchten und fanden ihre Hände zu der harten Beule in seiner Jeans. Fahrig nestelte sie noch am Verschluss, als er zurückwich und den Kuss beendete.

«Halt, das ist hier nicht das Richtige für dich», flüsterte er, küsste sie zart auf die Nasenspitze und schloss die Häkchen ihres BHs wieder. «Vertraust du mir?»

Sie blinzelte verwirrt, hatte Mühe, sich aus der Verzauberung zu lösen. Was für eine merkwürdige Frage!

«Kommt drauf an», sagte sie, um einen leichten Tonfall bemüht. «In welcher Hinsicht?»

Lou zog einen Mundwinkel hoch. «Immer auf der Hut, was? In dieser Hinsicht», meinte er spöttisch und fuhr ihr mit dem Zeigefinger vom Brustansatz bis hinunter zum Venushügel. «Ich will dich an einen Ort bringen, der dafür besser geeignet ist. Aber es soll eine Überraschung sein.»

Veronikas Herzschlag beschleunigte sich, und sie spürte, wie ihre Handflächen feucht wurden. Sollte sie sich darauf einlassen?

Warum nicht?, sagte eine innere Stimme provozierend. Du wirst dir doch diese Gelegenheit nicht entgehen lassen? Mascha und Jenny haben sich ja auch nicht zweimal bitten lassen!

«Ich muss nur vor dem Abendessen zurück in der Villa sein», sagte sie kurz entschlossen. «Du weißt ja, dass heute zwei neue Gäste kommen.»

«Bis dahin sind wir längst wieder da», entgegnete er sorglos und griff in die Gesäßtasche. «Hier, leg dir das um.»

Kapitel 8

Während der Fahrt war sie zunehmend nervöser geworden. Hatte sie vielleicht allzu leichtfertig ja gesagt? Die schwarze Schlafmaske, die er ihr gegeben hatte, war so dicht, dass sie nichts von ihrer Umgebung erkennen konnte. Und sie fuhren und fuhren ...

Irgendwie glaubte sie, dass sie sich inzwischen auf dem flachen Land befanden, aber sie hätte nicht zu sagen gewusst, wieso sie zu dieser Ansicht kam. Als Lou den Wagen schließlich langsam ausrollen ließ und ruhig sagte: «Du kannst das Ding jetzt abnehmen», riss sie vor lauter Nervosität beinahe das Gummiband aus seiner Öse.

Erstaunt schaute sie sich um: Das Haus, vor dem sie standen, wirkte wie eine ganz normale Vorstadtvilla. Nur der Parkplatz war viel zu weitläufig.

«Wo sind wir hier?», fragte sie etwas misstrauisch. Das Ganze wirkte wie ...

«Das ist ein privater Swingerklub», erwiderte Lou fröhlich und kam ums Auto herum, um ihr beim Aussteigen behilflich zu sein. «Heute ist Ruhetag, da haben wir ihn ganz für uns.» Und schon ging er verdächtig zielstrebig auf den Seiteneingang zu.

«Halt.» Veronika blieb stocksteif stehen. Er drehte sich mit fragend gehobenen Augenbrauen zu ihr um.

«Wieso sind wir hier an einem Ruhetag? Kennst du die Besitzer?»

«Sonst hätte ich wohl kaum die Schlüssel.» Er hob demonstrativ ein schweres Schlüsselbund mit einem Anhänger in Form eines Plüschpenis.

«Wie hast du das so schnell gemanagt?»

«Ein Anruf genügte», erklärte er selbstzufrieden. «Die Schlüssel habe ich immer dabei, wenn ich in der Gegend bin. Na, komm schon, du wirst begeistert sein!»

Nicht ganz überzeugt folgte Veronika ihm um die Hausecke. Der Seiteneingang, zu dem er sie geführt hatte, lag etwas versteckt zwischen zwei hohen Jasminbüschen. Perfekt, um ungesehen hineinzuschlüpfen.

«Nach dir», meinte sie entschieden, als er ihr einladend die Tür aufhielt.

Innen sah sie sich neugierig um. Sie standen in einer Art Empfangsraum, von dem aus zahlreiche Türen in andere Bereiche führten. Alle waren dezent mit Messinglettern beschriftet. «Büro» las Veronika auf einer Tür, «Garderobe», «Lounge», «Kostüme» auf den anderen.

«Ich habe Hunger. Du auch?» Lou verschwand ohne viel Federlesens hinter einer Tür ohne jede Kennzeichnung. Die Küche?

Veronika schaute sich um, ehe sie Lou folgte. Der hatte bereits den Kühlschrank geöffnet und einige vorbereitete kalte Platten herausgezogen. Lachs, Forelle, Kaviar, winzige Rehmedaillons mit Preiselbeeren, liebevoll dekorierte Pastetenförmchen, dazwischen Jakobsmuschelhälften, gefüllt mit diversen Salaten.

«Bedien dich», lud er sie ein, während er behutsam eine Champagnerflasche entkorkte.

«Das ist ja Wahnsinn!» Mit der Sachkenntnis der erfahrenen

Gastgeberin erkannte Veronika auf den ersten Blick die Qualität. «Dies Büfett dürfte gut und gerne einen Tausender gekostet haben!»

«Echt?» Lou schien nicht sehr beeindruckt. «Das gibt es hier immer.»

«Der Club muss einigen Gewinn abwerfen, wenn die Betreiber sich einen derartigen Luxus leisten können», stellte Veronika fest und warf einen Blick auf das Etikett der Champagnerflasche. «Ich als Inhaber wäre übrigens nicht begeistert, abends feststellen zu müssen, dass jemand sich schon darüber hergemacht hat.»

«Ach was, ich habe schon Bescheid gesagt, dass sie nachbestellen müssen», winkte Lou sorglos ab. «Keine Hemmungen. Danach zeige ich dir den Rest vom Haus.»

Sein Versprechen, das ihrer Neugierde sehr entgegenkam, ließ sie ihre Bedenken fallen lassen und zugreifen. Die Situation hatte etwas, das sie an ihre Jugend erinnerte: Sie fühlte sich genau wie damals, als sie sich mit ein paar Schulfreundinnen in die Schulküche geschlichen hatte, wo die Kuchen und Salate für die Abiturfeier gestanden hatten, und sich einen Spaß daraus gemacht hatte, alles durchzuprobieren. Das war das Donnerwetter des Rektors und das Nachsitzen wert gewesen!

Der Reiz des Verbotenen hatte den sinnlichen Genuss so erhöht, dass die gleichen Speisen bei späteren Gelegenheiten nie wieder so wunderbar aufregend geschmeckt hatten. Als sie Lou davon erzählte, grinste er verständnisvoll und meinte: «Ich kann mir vorstellen, wie du dich fühlst. Wenn man immer beherrscht und brav ist, ist es ganz besonders aufregend, mal so richtig ungezogen zu sein.»

Er nahm eine gefüllte Dattel und hielt sie ihr vor die Lippen. «Hier, probier die mal. Sie sind ganz frisch eingeflogen worden.»

Veronika öffnete bereitwillig den Mund und ließ sich füttern wie ein Kind. Nach der Dattel folgte eine winzige Kirschtomate, eine Weintraube ...

Seine Finger, die wie unabsichtlich ihre Lippen berührten, brachten ihren Pulsschlag auf Touren. Wie von selbst schlossen ihre Lippen sich um sie, hielten sie fest in ihrem Mund. Ihre Zunge begann mit ihnen zu spielen, als hätte sie einen eigenen Willen. Erkundete sie, spürte den feinen Papillarlinien der Fingerspitzen nach, den kaum fühlbaren Falten der Fingergelenke, fuhr entlang der scharfen Kante der kurzgeschnittenen Nägel und verweilte auf der glattpolierten Oberfläche. Im ersten Moment hatten Lous Augen sich überrascht geweitet, aber dann hatten sie sich zu schmalen Schlitzen verengt, aus denen er sie zu beobachten schien.

Herausfordernd sah sie ihm in die Augen, während sie an seinen Fingern saugte und lutschte, als gebe es nichts, was ihr mehr Vergnügen bereitete.

«Wenn du so weitermachst, werde ich dir gleich die Kleider vom Leibe reißen und dich hier in der Küche nehmen», murmelte er heiser und entzog ihr sanft, aber bestimmt seine Hand. «Und das wäre schade, denn ich habe etwas ganz Besonderes mit dir vor.»

«Was denn?», flüsterte Veronika und genoss das Kribbeln in ihrem Bauch, das sich bei seinen verheißungsvollen Worten dort breitmachte.

«Abwarten!» Er lächelte geheimnisvoll. «Folge mir einfach.»

Er ging ihr voraus durch die schwere Tür, an der *Garderobe* stand. Sie befanden sich in einem Raum, der Veronika stark an die Umkleidekabine eines Hallenbades erinnerte. Reihen von Spinden an der einen Seite, an der gegenüberliegenden kleine Abteile.

«Hier lassen wir unsere Kleider», erklärte Lou überflüssigerweise und begann schon damit, die Knöpfe seines Hemdes zu öffnen. «Die weiteren Räumlichkeiten dürfen nur in Kostümen des Hauses oder nackt betreten werden.»

«Was für Kostüme denn?», erkundigte Veronika sich interessiert.

«Oh, alles, was du dir denken kannst», antwortete Lou mit einem oberflächlichen Schulterzucken. «Latex, Leder, Ketten ...»

«Können wir da einen Blick hineinwerfen?»

«Wenn du willst.» Er wirkte verblüfft. So, als hätte er nicht erwartet, dass Veronika sich dafür interessieren könnte. Mit offenem Hemd ging er ihr voraus, schloss umständlich die Tür auf und trat dann beiseite. «Bitte, nach dir.»

In der Luft lag der leichte Geruch von Babypuder, Lederpflege und Maschinenöl. Dazwischen etwas Blumiges. Jasmin? Neugierig sah Veronika sich um. Der große Raum war angefüllt mit Kleiderständern, auf denen nach Material geordnet die verschiedenen Kostüme in allen erdenklichen Größen hingen. Fasziniert ging sie an dem Ständer voll schwarz glänzender Ledersachen vorbei, strich mit der Hand über die glatte Oberfläche.

«Möchtest du vielleicht etwas davon anprobieren?», schlug Lou vor. «Zu deinen blonden Haaren und der hellen Haut sieht das hier sicher phantastisch bei dir aus.» Mit sicherer Hand zog er ein geschnürtes Korsett aus pechschwarzem Lammnappa herunter und hielt es ihr hin. «Na, was meinst du?»

«Ich weiß nicht, wie man das anzieht», wehrte Veronika ab.

«Aber ich!» Lou blieb entschlossen. Und seine Entschlossenheit führte dazu, dass Veronika innerhalb kürzester Zeit nackt vor ihm stand. Ein wenig unsicher. Schließlich war es eine durch und durch ungewöhnliche Situation. «Zuerst das Mieder», entschied er, während er sich bereits suchend umblickte. «Halt dich hier fest», wies er sie an und zeigte auf die Stahlstange in der

Mitte des Raums. Sie schien die Umkleidekabinen zu ersetzen. Veronika gehorchte und hielt im nächsten Moment erschreckt die Luft an, als er die Schnürung in ihrem Rücken energisch festzuzurren begann. Das handschuhweiche Leder umspannte ihren Körper wie eine zweite Haut, zeichnete jede Kontur nach. Sie fühlte sich nackt, lediglich mit einer zusätzlichen Hautschicht versehen. Dass diese Haut schwarz war, erzeugte nur die Illusion von Bekleidung.

Lous Hände fuhren bewundernd über die stramm sitzende Korsage, die ihre Taille unglaublich schmal wirken ließ. Fast schockiert betrachtete sie sich im mannshohen Standspiegel, der unmittelbar neben der Stange aufgestellt war. Das Glas warf ihr das Bild einer Unbekannten zurück. Die Frau mit den schulterlangen blonden Haaren wirkte unglaublich sexy in dem eng geschnürten Korsett. So eng, dass ihre hellen Brüste oben über den Rand quollen. Für die Brustwarzen waren kleine Löcher ausgespart, und tatsächlich ragten sie rosenholzfarben und steif vor Erregung wie reife Himbeeren aus dem dunklen Untergrund hervor.

Lous Hände fuhren jetzt liebkosend über den unteren Rand der Korsage, wo ihre Hinterbacken sich wie helle weiße Vollmonde gegen das dunkle Leder abzeichneten. «Ich hole den Rest», sagte er heiser und verschwand zwischen den Ständern.

Wie gebannt hing ihr Blick an dem ungewohnten Bild. Mit der neuen Äußerlichkeit war auch ein großer Teil der alten Veronika verschwunden. Der alten Veronika, die niemals von jemand anderem Anweisungen entgegengenommen hätte. Aber in dieser Situation schien es einfach richtig zu sein, Lou die Initiative zu überlassen. Er kannte sich aus, sie nicht. In ihr stieg die Vorfreude, ja Spannung auf das, was Lou noch mit ihr vorhatte.

Als er wieder neben ihr auftauchte, hatte er einiges in der Hand: ein Paar Lederstiefel mit hohen Absätzen, lang genug, um ihr bis an die Oberschenkelansätze zu reichen, ein Paar Abendhandschuhe, eine lederne Halbmaske und eine mit Nieten besetzte Lederhalsmanschette. Veronika schluckte, als sie Letztere erkannte, und kämpfte das leise Gefühl von Panik nieder, das sie bei dem Anblick befiel.

Das war hart an der Grenze dessen, worauf sie sich einzulassen bereit war!

«Keine Sorge, es erfüllt nur denselben Zweck wie die Korsage: deine Haut eng zu umschließen», sagte Lou beruhigend, sobald er den Widerstreit auf ihrem Gesicht richtig gedeutet hatte. «Es ist keins zum Anketten. Schau.» Er gab sie ihr und sie ließ sie durch die Finger gleiten. Das erstaunlich weiche Leder wurde mit vier zierlichen Schnallen, die individuell eingestellt werden konnten, geschlossen. Versuchsweise legte sie es um und stellte überrascht fest, dass es sich tatsächlich angenehm anfühlte. Wie eine Hand, die zärtlich ihre Kehle umschloss. Nicht zu eng, aber fest genug, um den Körperkontakt aufrechtzuerhalten.

Und es sah toll aus! Im Spiegel wirkte die Frau mit dem durch die Manschette optisch verlängerten Hals geradezu königlich. Sie drehte sich ein wenig, um sich aus allen Richtungen zu bewundern.

Lou hielt ihr auffordernd einen Stiefel hin, und sie stützte sich an der Stahlstange ab, während er ihn ihr anzog. Der zweite folgte, dann die Handschuhe und die Halbmaske.

«Wie fühlst du dich?», erkundigte Lou sich und trat hinter sie, legte die Hände besitzergreifend auf ihre nackten Schultern.

«Gut», antwortete sie und fand, dass selbst ihre Stimme anders klang. Leicht heiser, dunkel. Passend zu der geheimnisvollen Dame in Schwarz. «Und du?»

«Ach, ich nehme irgendwas Passendes.» Er ging zu einem Ständer auf der anderen Seite des Raums und zog wie rein zufällig schwarze Lederhosen und eine passende Weste aus dem

Angebot. Die Hosen saßen wie angegossen. Provozierend eng und hauchdünn, zeichneten sie jede Einzelheit seines Körpers nach, als sei dieser nur mit einer schwarzen Folie überzogen. Die offene Weste dazu verlieh ihm einen Hauch von Verruchtheit, der Veronikas Mund trocken werden ließ.

«Darf ich bitten?» Mit altmodischer Galanterie bot er ihr den Arm, und sie ergriff ihn dankbar, denn auf den hohen Absätzen lief sie ziemlich unsicher. Lou geleitete sie durch den Korridor zurück, durch den Umkleideraum und von dort weiter einen unbeleuchteten Gang entlang. Veronika klammerte sich aus Angst, in dem unbekannten Haus zu stolpern, an seinen Arm und überließ sich seiner Führung.

Vor der letzten Tür blieb er schließlich stehen und wandte sich ihr zu. «Wenn du wirklich willst, dass wir das Spiel beenden, sagst du laut und deutlich ‹Sindbad›. Wirst du daran denken?»

Veronika überlief ein Schauer der Erregung. Bei SM-Spielen gab es immer ein Codewort, das das Ganze beendete, sobald der unterlegene Mitspieler aussteigen wollte. Wie weit würde Lou gehen? Und wie weit sie selber?

«Ich werde daran denken», erwiderte sie mit leicht belegter Stimme, die ihre zwiespältige Stimmung durchklingen ließ. Lou lächelte verhalten, während er bereits die leicht in den Angeln quietschende Tür aufstieß.

«Wenn wir in diesem Zimmer sind, dann sind wir nicht mehr Veronika und Lou», sagte er sehr leise. «Wir sind dann Conte Ludovico und seine Gefangene, die Contessa di Montebello, die ihm und seiner Gnade ausgeliefert ist. Also vergiss dein Codewort besser nicht!»

In Veronikas Ohren klang das fast bedrohlich, und für einen kurzen Moment wäre sie fast umgekehrt und geflüchtet. Aber dann schritt sie so würdevoll, wie es ihre Rolle erforderte, über die Schwelle.

Das Verlies, um ein solches handelte es sich offensichtlich, war nur spärlich möbliert. Dafür waren an den unverputzten, rauen Steinwänden überall Eisenringe und Stangen angebracht. In einigen Halterungen steckten brennende Fackeln, von denen Rauch aufstieg, der dem Raum eine zusätzliche, unheimliche Stimmung verlieh. Tageslicht gab es hier unten keines. Außer dem Flackern der Fackeln bemerkte Veronika allerdings geschickt angebrachte Spots, die für die entsprechende Ausleuchtung sorgten.

An der hinteren Wand stand ein schwarzes eisernes Himmelbett mit blutroten Vorhängen, so rot, dass sie geradezu zu leuchten schienen. Von den Eisenverstrebungen hingen Ketten mit vorbereiteten Schließen für Hand- und Fußgelenke. Plötzlich erhielt sie einen Stoß zwischen die Schulterblätter, der sie vorwärtstaumeln ließ. «Nun, werte Contessa, sehen wir unsere Situation inzwischen klarer», sagte eine höhnische Stimme hinter ihr. «Darf ich Ihnen meine kleinen Spielzeuge vorstellen?» Rücksichtslos zog er sie zu der Wand rechts neben der Tür und wies auf eine Sammlung mittelalterlicher Folterinstrumente und Peitschen allen Kalibers. «Diese dort hat mir bei aufsässigen Mägden schon manche gute Dienste geleistet», verkündete er und zeigte auf eine dicke Lederpeitsche mit hässlichen Schnüren, die in unregelmäßigen Abständen eingeknotete Dornen aufwiesen. «Aber für Eure zarte Haut ist jene wohl besser geeignet.» Fast zärtlich glitten seine Finger über eine schlanke Gerte, schmal und bösartig.

Veronika biss sich auf die Lippen, um die aufsteigende Panik niederzukämpfen. Das klang so verdammt echt, wie Lou sprach. Wenn sie nicht gewusst hätte, dass es alles nur ein Spiel war und Lou in seinen Leder-Jeans und der Weste nur verkleidet …

Entsetzt starrte sie ihn an. Er sah völlig verändert aus: muskulös und gefährlich! Nicht wie der jugendliche Galan, der ihr vorhin so verspielt beim Umkleiden geholfen hatte. Lag es an seinem Gesichtsausdruck? Eine so finstere, unheilschwangere Miene hätte sie ihm niemals zugetraut. Oder war es nur die Atmosphäre hier unten, das flackernde Licht, dessen Schatten ihr einen Streich spielten?

Sie öffnete schon den Mund, um «Sindbad» zu sagen, als sie sich plötzlich anders entschloss. Die Angst, die sie empfand, war nicht lähmend, sondern eher berauschend. Ähnlich wie die Angst in der Geisterbahn, wo man in furchtsamer Lust den nächsten Schrecken erwartet, oder die atemlose Spannung in der Achterbahn, kurz bevor der Wagen aus den Schienen zu springen scheint, ehe er dann doch sicher unten ankommt.

Sie konnte später immer noch «Sindbad» sagen und das Spiel stoppen, aber im Augenblick wäre es so gewesen, als zöge sie die Notbremse, noch ehe der Wagen den halben Aufstieg hinter sich gebracht hatte. Ihr würde ja nicht ernsthaft etwas geschehen. Auch wenn er noch so finster dreinschaute, er war schließlich Lou. Und sie war gespannt, wie dieses Spiel weiterging.

«Wagt es nicht, mir auch nur ein Haar zu krümmen», ging sie auf den theatralischen Ton, den er angeschlagen hatte, ein.

Der Anflug eines anerkennenden Lächelns glitt über sein Gesicht, ehe er sich wieder auf seine Rolle als finsterer Conte besann und höhnisch sagte: «Noch auf dem hohen Ross, Contessa? Wartet ab, schon bald werdet Ihr um Gnade winseln.»

Im nächsten Augenblick fand sie sich dicht an eine der kalten Steinmauern gepresst. Etwas Hartes, Unnachgiebiges legte sich ihr um die Handgelenke, und dann wurden sie einfach nach oben gezogen, bis sie mit hoch über dem Kopf erhobenen Armen mit dem Gesicht dicht an der Wand stand.

Eine Hand an ihrer Wade ließ sie zusammenzucken, aber er schloss nur ruhig die eiserne Fußfessel von einer aus der Reihe der kurzen Eisenketten, die in regelmäßigen Abständen etwa eine Handbreit über dem Boden in die Wand eingelassen waren. Dann packte er ihr anderes Fußgelenk, zog es zur Seite, bis sie mit leicht gespreizten Beinen dastand, und schloss auch um dieses einen der Eisenringe.

Er ließ ihr Zeit und wartete, bis ihre absolut hilflose Lage ihr vollständig bewusst geworden war. Die Kette, die ihre Arme unnachgiebig nach oben zog, hielt sie aufrecht. Die hohen Absätze der Stiefel zwangen sie in dieser Stellung dazu, fast auf den Zehenspitzen zu balancieren. Die Ketten klirrten leise, wenn sie versuchte, eines ihrer Glieder zu bewegen.

Ihr Klirren klang unnatürlich laut in der Stille hinter ihrem Rücken. Sie versuchte den Kopf zu drehen, um wenigstens sehen zu können, was er als Nächstes vorhatte. Aber sie konnte nichts erkennen. Die Halbmaske erlaubte ihr nur einen kleinen Ausschnitt ihrer Umgebung wahrzunehmen, und Lou hielt sich außerhalb ihres Gesichtsfelds.

Allmählich wurde Veronika nervöser. Was hatte er mit ihr vor? Er würde sie doch nicht wirklich auspeitschen? Angestrengt lauschte sie auf jedes Geräusch, versuchte zu erraten, was er tat.

Plötzlich schmiegte sich etwas Hartes, Heißes an ihre zwischen Korsage und Stiefelrand nackten Hinterbacken. Zwei Hände suchten und fanden ihre Schamlippen, teilten sie, legten ihre Klitoris frei. Zu ihrer eigenen Überraschung war sie nicht nur feucht, sondern richtig nass.

Sie konnte es an den schmatzenden Geräuschen hören, als er seine Finger in sie schob.

«Sieh an, die unnahbare Dame schätzt anscheinend eine feste Hand», flüsterte eine spöttische Stimme ihr ins Ohr, während er seine Finger in sie stieß und in der Wärme ihrer Scheide genüsslich hin und her glitt.

Veronika schloss die Augen und bewegte auffordernd die Hüften, um ihm zu zeigen, dass sie mehr davon wollte. Ein kleines Stück weiter nach oben, näher an ihrer Klitoris ...

Er lachte leise und wissend, nahm die kleine Knospe ganz leicht zwischen Zeigefinger und Daumen, drückte sie, zog daran. Veronika stöhnte lustvoll auf. Im nächsten Moment hatte er die Hand auch schon wieder weggezogen.

Und war zurückgetreten.

Sie gab einen protestierenden Laut von sich. Diesmal folgte keine ausgedehnte Stille. Sie hörte seine schnellen Schritte, mit denen er zur gegenüberliegenden Wand ging und wiederkam.

«Mir scheint, die Erziehung trägt langsam Früchte», schnurrte er mit seidenweicher Stimme. «Ich bin gespannt, was meine kleine Freundin noch bewirkt.»

Veronika vernahm ein leises, pfeifendes Geräusch, und gleich darauf empfand sie einen scharfen, brennenden Schmerz quer über beide Pobacken.

«Aua!» Der spontane Schmerzensschrei entlockte dem Mann hinter ihr lediglich ein amüsiertes Lachen.

«Aber, aber, Contessa!», mahnte er heiter. «Denkt an Eure Contenance!»

Da der Schmerz schon wieder verflog, schwieg Veronika und rang mit sich. Sollte sie «Sindbad» rufen und all dem ein Ende bereiten? Andererseits hatte es nur kurz wehgetan. Inzwischen brannte es noch ein bisschen, aber es war nicht wirklich schmerzhaft. Zudem hatte der Schlag die Neugierde in ihr geweckt, ob es tatsächlich zutraf, dass Schläge auf den Hintern die Erregung ins Unermessliche steigern sollten. Jetzt hatte sie die Chance, selber auszuprobieren, wie es auf sie wirkte. Natürlich konnte es sein, dass sie nicht darauf ansprach und es einfach nur wehtat. Das Risiko war sie bereit einzugehen. Sie konnte ja immer noch jederzeit «Sindbad» rufen.

Sie entspannte sich und wartete auf den nächsten Schlag. Diesmal nahm sie sich vor, ihn vorbereitet zu empfangen. Aber er ließ sie warten. Gerade als sie nicht auf der Hut war, traf die Gerte erneut ihr Gesäß und ließ sie überrascht zusammenfahren. Diesmal wusste sie, dass das scharfe Brennen nicht von Dauer sein würde, und wartete auf das sanfte Nachglühen, das ihre Pobacken durchziehen würde. Überraschend, wie der starke Reiz in ihrem Inneren tatsächlich etwas Neuartiges auslöste. Ihre Pobacken schienen zu einer Art eigenem Leben zu erwachen. Als wären sie neue Rezeptoren der Lust geworden, nahmen sie die Schläge auf, das Brennen, die Wärme und formten daraus ein ihr bisher unbekanntes Lustgefühl.

Sie gab es auf, den nächsten Schlag abzupassen. Es war unmöglich, weil Lou sich viel Zeit zwischen den Schlägen nahm. Manchmal war sogar das Glühen bereits verebbt, bis die Gerte wieder pfiff. Ihr Körper zuckte nicht mehr zusammen, wenn sie auftraf, sondern blieb weich und nachgiebig. Seit sie ihre Muskeln entspannt halten konnte, waren der Schmerz weniger und die Lust immer stärker geworden. Sie glaubte schon ihre Säfte die Schenkel hinunterlaufen zu spüren. Die Sehnsucht, Lous Penis in sich zu spüren, wurde immer stärker. Jeder Schlag machte ihr die Leere bewusster. Sie wollte ausgefüllt werden. Ausgefüllt bis an die Grenzen des Erträglichen!

Als ahnte er ihren geheimen Wunsch, hielt er nach dem letzten Schlag nicht still, sondern schob den Gertenstiel zwischen ihre weit gespreizten Beine, zog ihn zwischen ihren nassen Schamlippen hindurch, bewegte ihn rhythmisch vor und zurück, bis sie glaubte, wahnsinnig zu werden. Das glatte Leder schraubte sich langsam in sie, drang tief ein und wurde mit der gleichen Drehbewegung wieder herausgezogen.

Zwischendurch zog er die Gerte immer wieder über ihren bebenden Hintern, ließ sie über ihre Schenkel tanzen. Die hohen Lederschäfte der Stiefel dämpften die Schläge allerdings stark ab, sodass sie kein Brennen und Glühen auslösten.

«Eure rote Kehrseite ist ein äußerst herausfordernder Anblick», stellte er mit rauer Stimme fest, während er die Gerte wegwarf und beide Hände fest auf ihre Pobacken legte. «Ich hätte nicht übel Lust, Euch gleich hier und jetzt von hinten zu nehmen. Angebunden wie eine widerspenstige Stute ...»

Veronika biss sich auf die Lippe, um nicht «Ja, bitte» zu rufen. Stattdessen warf sie stolz den Kopf in den Nacken, lachte verächtlich und sagte: «Damit scheint Ihr ja Erfahrung zu haben!»

Eine Hand packte ihr Haar, zog den Kopf noch weiter nach hinten, bis es schmerzte, und er zischte ihr wütend ins Ohr: «Treibt es nicht zu weit mit Eurer Unverschämtheit! In Eurer Lage solltet Ihr lieber demütig um Gnade bitten, anstatt mich zu reizen.»

Veronika schwieg. Einerseits, weil seine Reaktion sie tatsächlich erschreckt hatte, andererseits war sie sich über die Feinheiten ihrer Rolle nicht im Klaren. War sie wirklich zu weit gegangen, oder gehörte das zum Spiel?

Erleichtert konstatierte sie, dass er sich an ihren Fußfesseln zu schaffen machte. Ein lautes Klirren, und die Eisenketten, die ihre Beine gespreizt gehalten hatten, fielen zu Boden. Sie spürte seinen erhitzten Körper, als er sich reckte und ihre Hände losband. Während sie noch ihre malträtierten Handgelenke massierte, zog er sie bereits zum Himmelbett und stieß sie grob auf die hohe Matratze.

«Ihr werdet Euch selbst die Fußfesseln anlegen», befahl er in scharfem Ton und schaute mit in die Hüften gestemmten Armen zu, wie sie sich aufrichtete, auf allen vieren zum Fußende kroch und mit spitzen Fingern die eisernen Ringe aufnahm. Sie waren an der Innenseite mit Leder überzogen und gepolstert und schmiegten sich eng um ihr Fußgelenk, als sie sie überstreifte und zuschnappen ließ. Sie rasteten deutlich hörbar ein. Was nun?

«Hinlegen, Arme weit auseinander», wies er sie an. Sie tat wie geheißen, und ihre Handgelenke wurden auf die gleiche Art wie ihre Fußgelenke gefesselt und an den beiden oberen Bettpfosten befestigt. Nun lag sie mit weit gespreizten Gliedern auf der blutroten Matratze wie eine Opfergabe.

Kritisch, aber nicht unzufrieden begutachtete der Conte sein Werk. Er zog hier noch ein wenig fester an, lockerte da um ein Kettenglied, schob ein Kissen unter Veronikas Becken und trat dann zurück.

«So gefallt Ihr mir schon besser», stellte er selbstgefällig fest. «Was doch ein paar Schläge auf die Kehrseite bewirken!»

Die Erinnerung an ihre brennenden Pobacken ließ das Kribbeln in Veronikas Bauch anschwellen. Ungeduldig zerrte sie an den Fesseln. «Kommt schon zum Ende», fauchte sie ihn mit blitzenden Augen an. «Oder traut Ihr Euch nicht?»

«Nicht so hastig, meine Schöne.» Seine Augen funkelten diabolisch, während er sich über sie beugte. «Wir wollen es doch richtig auskosten!»

Sein Mund senkte sich auf ihren. Während seine Hände besitzergreifend ihre nassen, geschwollenen Schamlippen erkundeten, stieß er seine Zunge immer wieder tief in ihren Mund, als nehme er die Stöße seines Penis voraus. In Veronikas Körper spielten sämtliche Nerven verrückt. Die Erregung ließ ihn unkontrolliert beben. Ihre Brüste prickelten, ihre Scheidenmuskeln verkrampften sich in dem vergeblichen Bemühen, endlich etwas umschließen zu dürfen.

Aber er vermied sorgsam, ihr das zu geben, wonach sie sich sehnte. Geschickt reizten seine Finger ihre Lippen und die Klitoris nur so weit, dass die Erregung zwar wellenartig stieg und abebbte, doch nie so weit, dass der Höhepunkt in greifbare Nähe gerückt wäre.

Als er den Kopf hob und ihren Mund freigab, erwartete sie, dass er nun endlich in sie eindringen würde. Stattdessen ließ er seinen Blick suchend durch den Raum gleiten, bis er auf etwas fiel, das ihm zuzusagen schien. «Diese Rosenknospen bedürfen dringend einer Verzierung», stellte er fest und kniff leicht in ihre aus den Löchern der Korsage hervorlugenden Nippel. Er erhob sich, nahm etwas Kleines aus einer Schale neben dem Bett und beugte sich erneut über sie. Mit den Fingern der einen Hand rollte und zwirbelte er ihre Brustwarze, bis sie so heftig prickelte, dass Veronika es kaum mehr aushalten zu können glaubte. Als sie nichts anderes mehr verspürte, als dieses unerträgliche Prickeln, setzte er eine Brustwarzenklemme an. Der scharfe Schmerzreiz ließ sie erschreckt die Luft einziehen. Was tat er da?

«Keine Rose ohne Dornen», sagte er, scheinbar belustigt über ihre Reaktion. Ungerührt begann er, die zweite Brustwarze ebenfalls zu massieren und zu kneifen, bis er entschied, dass sie für die Klemme bereit war.

Durch die Augenschlitze ihrer Halbmaske versuchte Veronika zu erkennen, was er an ihren Brustwarzen angebracht hatte. Im ersten Moment hatte es so stark gekniffen, dass ihr die Tränen in die Augen getreten waren. Zu ihrer Überraschung hatte der Schmerz aber rasch nachgelassen, und die ungewohnt starke Reizung fing an, ihre Wirkung zu zeigen.

In ihren Brüsten begann es zu kribbeln, und Ströme der Erregung bahnten sich ihren Weg in ihren Unterleib. Da sie keines ihrer Glieder bewegen konnte, stöhnte Veronika ungehemmt, um sich Erleichterung zu verschaffen. Dass ihre Lust einem fremden Willen unterworfen war, war so ungewohnt, dass sie nicht wusste, ob sie es frustrierend oder erregend finden sollte.

Ihr Dilemma löste sich, als eine Hand sich fest auf ihren Venushügel legte. Völlig reglos. Sie lag einfach nur da. Aber allein ihr geringes Gewicht und die von ihr abstrahlende Wärme reichten bereits aus, um Veronikas Klitoris zu stimulieren.

Sie spannte sämtliche Muskeln an, während sie sich bemühte, sich gegen die Hand zu pressen, an ihm zu reiben. Der Orgasmus schien so nahe, sie wollte und konnte nicht länger warten!

«Seid Ihr bereit, meinen Speer zu empfangen?», flüsterte der Conte mit belegter Stimme.

«Ja, ja», keuchte Veronika auf und warf den Kopf hin und her, um ihn zur Eile anzutreiben.

«Dann bittet darum!», befahl er. «Ich möchte, dass Ihr mich darum bittet, dass ich Euch meinen Samen schenke.»

«Bitte, bitte, kommt», stammelte Veronika, halb wahnsinnig vor Ungeduld.

Seelenruhig kniete er sich zwischen ihre gespreizten Schenkel und öffnete den Hosenlatz, befreite sein Glied aus dem engen Gefängnis. Im Gegensatz zu ihr ließ er kein Zeichen von Hast erkennen.

Gierig starrte sie auf den leicht wippenden, steil aufgerichteten Phallus, der ihr majestätisch zuzunicken schien. Wie um sie zu quälen, ließ er sich Zeit, zögerte den Moment hinaus. Seine Finger spreizten unnötig langsam ihre Schamlippen, glitten dabei zu ihrer glattrasierten Pospalte, streichelten sie dort neckend. Aber endlich setzte er die Eichelspitze an ihrer Spalte an. Veronika stöhnte lustvoll auf, als er langsam eindrang, sich tiefer schob. Alles in ihr schrie danach, endlich diesem ganz speziellen Rhythmus folgen zu können, dem rituellen Tanz der Lust. Aber er begann langsam, zog sich wieder zurück, um genauso langsam wieder vorzudringen. Ihre Scheidenmuskeln zuckten vor Anstrengung, während sie seinen harten Schaft umklammerten und festhielten.

Endlich schien auch seine Selbstbeherrschung nachzulassen: Sein Stoß-Rhythmus beschleunigte sich merklich, und sie meinte zu spüren, wie sich auch in ihm die Spannung aufbaute, die dem Orgasmus unausweichlich vorausgeht. Begeistert ging sie auf seine schnellen Stöße ein. Warf sich ihnen entgegen, soweit ihre Fesseln das zuließen. Schließlich fasste er mit Zeigefinger und Daumen einer Hand ihre Knospe, zog daran. Und als hätte er eine Schleuse geöffnet, brach der Sturm in ihr los. Der plötzliche Schmerz, als er mit der anderen Hand achtlos die Brustklemmen abschlug, war der letzte Funke, der ihre bis an den Rand des Erträglichen stimulierten Nerven explodieren ließ.

In den Nachwehen ihrer Lust so lange wie möglich verweilend, achtete sie nicht darauf, dass Lou von ihr herunterglitt, die Fesseln löste und ihr die Maske und das Halsband abnahm. Im Augenblick war es ihr absolut gleichgültig, was um sie herum vorging. Sie wollte nur ihren Orgasmus bis zum letzten, kaum mehr spürbaren Zucken auskosten.

Als Veronika träumerisch lächelnd die Augen wieder aufschlug, hockte ein sehr mit sich zufrieden wirkender Lou neben ihr auf der Bettkante. «Hat es dir gefallen?», erkundigte er sich. «Ich war mir nicht ganz sicher, ob ich nicht besser das ‹Polizeirevier› gewählt hätte. Aber dies Verlies hat einfach mehr Ambiente.»

«Auf jeden Fall», gab sie ihm entschieden recht. «Nein, es war unbedingt die richtige Wahl. Gibt es hier unten eigentlich auch etwas zu trinken?» Sie sah sich suchend um.

«Nicht, wenn man sich nicht rechtzeitig darum kümmert.» Mit zerknirschter Miene sprang er auf. «Ich hole schnell die Flasche von oben.»

Während sie auf ihn wartete, räkelte Veronika sich zufrieden wie eine satte Katze auf dem roten Satinlaken. Auf ihrer erhitzten

Haut fühlte es sich kühl und seidig an, und sie genoss es, ihre Glieder langsam darübergleiten zu lassen. Ihr Blick schweifte über die Wände. Vorhin war sie nicht in der Stimmung gewesen, die liebevolle Dekoration zu würdigen, aber jetzt holte sie es nach. Derjenige, der diesen Raum eingerichtet hatte, hatte viel Mühe darauf verwandt, das war ihr klar. Sonst hätten die künstlichen Steinwände nicht so glaubwürdig massiv gewirkt, die Folterwerkzeuge nicht so sorgsam zusammengestellt. Selbst an Blutspritzer hatte der Dekorateur gedacht. Veronikas Mundwinkel hoben sich zu einem amüsierten Lächeln, als sie das bemerkte. Dunkle Flecken und Spritzer zierten an den passenden Stellen die rußgeschwärzten Wände. Es fehlten bloß noch bleiche Knochen in einem dunklen Winkel, und das Gruselkabinett wäre perfekt gewesen.

Ja, Lou hatte richtig entschieden. Als widerspenstige Contessa hatte die Maske der Rolle es ermöglicht, Dinge zu genießen, die sie als Veronika nicht zugelassen hätte. Unbewusst spannte sie die immer noch prickelnden Pobacken an. Ja, es war ungeheuer erregend gewesen, einem Mann so ausgeliefert zu sein, und sie gestand es sich selbst ein, dass die Schläge sie mehr erregt hatten, als sie es je für möglich gehalten hätte.

Doch sie würde es nicht zur Gewohnheit werden lassen. Sie runzelte die Stirn, als ihr bewusst wurde, dass sie keinerlei Einfluss mehr auf das Geschehen gehabt hatte. Lou hatte das Spiel bestimmt und die Regeln. Er hatte ihre Lust unglaublich angestachelt, und ihr Orgasmus war großartig gewesen. Aber sie konnte den vagen Verdacht nicht loswerden, dass er damit etwas ganz Bestimmtes bezweckt hatte. Der Mann, der so überzeugend den Bösewicht gespielt hatte, tat nichts ohne Grund. Schon gar nicht eine so aufwendige Inszenierung wie ihre Verführung hier ...

«Da bin ich wieder», riss seine heitere Stimme sie aus ihren

Überlegungen. «Ich hatte vergessen, ihn in den Kühlschrank zurückzustellen. Deshalb habe ich lieber eine neue Flasche mitgebracht.» Er schwenkte sie in der einen Hand, während er in der anderen zwei Sektgläser und ein weißes Handtuch trug. Achtlos ließ er den überquellenden Schaum auf den Boden tropfen. «Hier, bitte.» Er reichte ihr das vor Kälte beschlagene Glas und hob dann das seine: «Auf die Contessa!»

Zufrieden aufseufzend, ließ er sich neben ihr in die Kissen sinken. «Möchtest du auch den Rest sehen?», fragte er, nachdem er sein Glas mit ein paar kräftigen Schlucken geleert hatte. «Die Gelegenheit ist günstig. Wir haben noch etwas Zeit, ehe jemand kommt.»

Veronika beeilte sich auszutrinken. An jeder Art von Inneneinrichtung interessiert, war sie gespannt, zu sehen, wie ein solcher Club die unterschiedlichen Erwartungen der Kundschaft befriedigte.

Das «Polizeirevier» hinter der entsprechend beschrifteten Tür wirkte auf sie eher abschreckend. Nüchtern und kahl, minimalistisch eingerichtet. Mit ihrer neu erworbenen Erfahrung registrierte sie die diversen, modernen Fesselungsmöglichkeiten: Handschellen, Kabelbinder – sogar eine Zwangsjacke war vorhanden. In einem offen stehenden Wandschrank sah sie eine Kollektion Schlagstöcke. Eine stabile, an der Wand verankerte Garderobe aus Metallstreben erfüllte hier offenbar den Zweck der Eisenringe im Kerker.

Besser gefiel ihr das deutlich weitläufigere «Dschungelcamp», in dem eine recht realistisch nachempfundene Südseekulisse samt künstlichem Wasserfall und Pool einem verschiedene Spielmöglichkeiten eröffnete.

«Besonders beliebt sind die ‹Schiffbrüchigen-Wochenenden›, erläuterte Lou ihr fachmännisch. «Dann wird eine Gruppe zufällig zusammengewürfelter Gäste hier eingesperrt und muss sich zusammenraufen. Da geht es manchmal ganz schön zur Sache.»

«Ist das nicht gefährlich? Ich könnte mir vorstellen, dass manche Leute dann so richtig die Kontrolle verlieren?», fragte Veronika.

«Natürlich ist immer ein Spielleiter mit dabei. Und außerdem wird natürlich alles videoüberwacht.» Lou grinste vielsagend. «Die Filme gehen später weg wie warme Semmeln.»

Er führte sie eine Tür weiter, zum «Krankenzimmer», und staunend stand Veronika in einer anscheinend gut ausgerüsteten Gynäkologenpraxis. «Doktorspiele finden immer ihre Liebhaber», meinte Lou, als er ihr Befremden bemerkte. «Du würdest nicht glauben, wie geil manche Männer drauf sind, sich selber auf den Stuhl zu setzen – oder ihre Partnerin ‹zu untersuchen›.»

Veronika ging an der spiegelnden Front aus Glasschränken voller medizinischer Geräte entlang. «Was ist denn das?» Im letzten der Reihe standen mehrere Gefäße aus Metall, die am unteren Rand Auslauftüllen hatten.

«Irrigatoren.» Lou warf ihr einen erstaunten Blick zu. «Sag bloß, du kennst so etwas nicht!»

«Nein. Und wofür sind die?»

Plötzlich breitete sich ein mutwilliges Lächeln auf seinem Gesicht aus. «Ich zeige es dir.» Er griff nach einem neben der Tür hängenden Arztkittel und zog ihn sich über. «Warte, ich helfe dir hinauf.» Im Nu saß sie auf dem gepolsterten Brett und legte ihre Beine in die vorgesehenen Stützen.

«Festhalten, ich kippe den Sitz jetzt nach hinten», warnte Lou, und im nächsten Moment lag sie wie ein Käfer auf dem Rücken, die Beine hoch in der Luft. Obwohl die Gefahr, dass sie herunterfiel, nicht gerade groß war, umklammerte sie mit den Händen krampfhaft die Armstützen. Lou klappte das Brett weg, und ihr Hintern schwebte praktisch in der Luft. Er betätigte ein paar versteckte Schalter, und an den Beinstützen angebrachte Scheinwerfer tauchten ihre Scham in grelles Licht.

«Hier gibt es noch etwas», sagte er geheimnisvoll. «Schau mal nach oben.»

Veronika gehorchte, und ihr stockte der Atem: Stark vergrößert konnte sie dort auf einem von der Decke hängenden Bildschirm ihre immer noch gerötete und leicht geschwollenen Vulva sehen. Sie blinzelte verwirrt.

«Und es kommt noch besser», versprach Lou und griff nach einem bereitliegenden Speculum. Er wärmte es nicht an, wie ihr Arzt es immer zu tun pflegte, und sie hielt die Luft an, als die kalten, harten Schnabelhälften in sie eindrangen. «Jetzt schau noch einmal nach oben.» Die Hälften spreizten sich, drängten auseinander. Sie konnte tatsächlich ihre Scheide von innen sehen!

Fasziniert starrte Veronika auf den Monitor und folgte dem Lauf der Minikamera, die sich auf Erkundungstour in ihr Inneres begab. Im Licht des winzigen Scheinwerfers waren geriffelte fleischrote Wände zu erkennen. Wie eine verborgene Höhle, die sich in ihrem Innersten versteckt hielt. Die Kamera wanderte immer tiefer in die Dunkelheit, bis sich ihr am Ende eine runde, glatte Kuppel entgegenwölbte. Sie erinnerte sie an die Spitze eines Penis: genauso glatt und prall und mit winzigen Rillen und Furchen versehen. Selbst das kleine, kaum sichtbare Loch in der Mitte fehlte nicht.

«Wunderschön, nicht wahr?» Lous Stimme klang geradezu andächtig. «Ich finde, jede Frau sollte wissen, wie phantastisch es dort drinnen aussieht. Eine Reise ins Herz der Lust ...» Er lachte leicht auf, als er sich seiner pathetischen Ausdrucksweise bewusst wurde. Veronika lachte nicht. Wie gebannt starrte sie darauf und verfolgte, wie sich langsam, sehr langsam die Wände stärker mit einem glitzernden Film überzogen, bis sich einzelne

Tropfen bildeten, die wie durchsichtige Perlen im Lichtschein schimmerten.

Wortlos beugte Lou den Kopf über ihren Schoß. Seine Zunge begann zärtlich ihre Klitoris zu umspielen. Wie auf ein geheimes Kommando hin wurde sie noch feuchter. Eine Perle nach der anderen löste sich, rollte nach unten, wo sie sich mit den anderen zu einem Rinnsal vereinigte, das sich seinen Weg aus der Höhle herausbahnte.

Veronika konnte sich dem Reiz des Anblicks nicht entziehen. Dass sie tatsächlich zusehen konnte, wie ihre steigende Erregung sich zeigte, verstärkte die Lust, die sie bei Lous raffinierten Liebkosungen empfand. Als spürte er, dass sie kurz davorstand, ihn zu bitten, in sie einzudringen, hob er den Kopf und lächelte.

«Es kommt noch besser», versprach er leise, wandte sich ab und verschwand aus ihrem Sichtfeld. Wasser plätscherte, und als er wiederkam, trug er einen Irrigator in der einen Hand, in der anderen baumelte ein Gummischlauch mit einer spitz zulaufenden Tülle an einem Ende. Das Gefäß stellte er unter dem Stuhl ab, und Veronika hörte, wie er ein Zellophanpäckchen aufriss.

«Ganz locker», sagte er, wobei er mit dem Zeigefinger Gleitcreme um ihren Anus verteilte und blitzschnell ein Zäpfchen einführte. Es schmolz, ehe sie auf den Fremdkörper reagieren konnte, und hinterließ lediglich ein leichtes Wärmegefühl. Lous Zeigefinger massierte noch ein wenig weiter, drang dann fast unmerklich ein und drehte ihn ganz behutsam, um den Muskel an die Dehnung zu gewöhnen. Sobald sie entspannt war und es zu genießen begann, zog er langsam den Finger heraus und ersetzte ihn durch die spitze Tülle.

Automatisch versuchte der Muskel, sie auszustoßen, doch Lou schob sie immer tiefer hinein. Veronika spürte eine Verdickung und verkrampfte sich unwillkürlich.

«Das ist nur der Wulst, der es innen festhält», murmelte Lou beruhigend. «Sobald er durch ist, wird es wieder schmaler. Entspann dich!»

Tatsächlich schloss sich der Muskel, sobald die Verdickung ihn passiert hatte, fest darum und hielt das Schlauchende fest.

«So, jetzt wollen wir das mal entfernen», sagte Lou, während er das Speculum herauszog, «und dadurch ersetzen.»

Ihr stockte der Atem, als sie zusehen konnte, wie seine Eichel sich langsam und unaufhaltsam ihren Weg in sie bahnte. Er stand zwischen ihren Beinen und stieß in sie – und sie konnte das alles ganz genau verfolgen!

Der harte Penis drängte in sie, ließ die Perlen zerplatzen. Veronika verschwendete keinen Gedanken an die Wunder der Technik, die ihr diesen Anblick ermöglichten. Ihr war es absolut gleichgültig, welche Ingenieurskunst dahintersteckte. Aber die Bilder, die der Monitor über ihr gestochen scharf wiedergab, stachelten ihre Erregung mehr an, als sie es für möglich gehalten hätte.

Wie ein Schlangenkopf schob sich die Eichel immer tiefer, bis sie das Licht des Mini-Scheinwerfers verdunkelte, zog sich zurück und stieß wieder hinein. Veronika überließ sich dem Rhythmus, spürte, wie sich langsam, aber unaufhaltsam in ihrem Inneren der pulsierende Knoten bildete, der sich bald, sehr bald explosionsartig im Orgasmus auflösen würde. Auch Lou zwischen ihren Beinen hatte sich versteift und stieß jetzt schneller, härter in sie. Vor Veronikas Augen verschwammen die Bilder.

Im gleichen Augenblick, in dem sein Sperma aus der Eichelspitze schoss und die Kameralinse bedeckte, hob er den Behälter und ließ das Wasser aus dem Irrigator in ihr Rektum laufen. Es lief nicht nur, es brandete geradezu in sie hinein, füllte sie an. Der pulsierende Knoten zersprang in einem grandiosen Feuerwerk, das hinter ihren geschlossenen Augenlidern zerstob.

Sie bekam kaum mit, wie Lou sich zurückzog und vorsichtig Kamera und Tülle entfernte. Erst der Drang, schleunigst eine Toilette aufsuchen zu müssen, ließ sie die Augen aufschlagen und eilig vom Stuhl rutschen.

«Die Tür dort drüben», sagte Lou, wie selbstverständlich voraussehend, wonach sie Ausschau hielt.

Sie konnte nicht umhin, sich darüber zu wundern, welche Wassermengen sie aufgenommen hatte. Ihr Körper spie das Wasser aus wie eine barocke Brunnenfigur, die noch nicht von der Prüderie der folgenden Jahrhunderte gegängelt wurde. Danach fühlte sie sich sonderbar leicht, erleichtert.

Was für eine Erfahrung!

Immer war sie bei der Erwähnung von Einläufen oder Klistieren innerlich zusammengezuckt. Ein unbestimmter Widerwille gegen diese Art, eine natürliche Körperöffnung ihrem Zweck so widersprechend zu nutzen. Sie wusste, dass diese Methode der inneren Reinigung bei manchen Therapien immer noch eingesetzt wurde, und hatte sie sich immer als extrem unangenehm vorgestellt. Nun konnte sie plötzlich die Vorliebe vergangener Jahrhunderte dafür verstehen. Die zahlreichen Kupferstiche, auf denen Perücken tragende Ärzte mit Klistierspritzen unter dem Arm zu ihren wohlhabenden Patienten eilten, um sie von mehr oder weniger eingebildeten Leiden zu befreien, kamen ihr in den Sinn. Sie hatte sie als Marotten einer vergangenen, unaufgeklärten Gesellschaft betrachtet, die ja auch den Aderlass als Allheilmittel ansah. Was konnte man da anderes erwarten?

Nun hatte sie feststellen müssen, dass das Ganze nicht etwa unangenehm, sondern äußerst erregend sein konnte.

Innerhalb einiger Stunden hatte Lou ihren Horizont beträchtlich erweitert!

Die übrigen Räumlichkeiten entsprachen in etwa dem, was

sie in einem Swingerklub erwartet hatte: eine Sauna, ein Dunkelraum, ein Kuschelraum, eine Art Tanzcafé.

«Wie viele Leute kommen eigentlich hierher?», erkundigte sie sich, während sie Lou behilflich war, die Platten wieder mit Klarsichtfolie abzudecken und in den Kühlschrank zurückzustellen.

«An guten Tagen ist es brechend voll», beantwortete er ihre Frage ausweichend.

«Kannst du es nicht ein bisschen genauer sagen?»

«Nein», er lächelte sie entschuldigend an. «Weißt du, ich bin nicht gut im Schätzen. Aber glaub mir, der Laden rechnet sich!»

Veronika überschlug im Geist die Kosten für die Einrichtung, die laufenden Kosten und konnte nicht umhin, die Betreiber zu beneiden. Neben diesem Etablissement war *La Villa* eine äußerst bescheidene Sache!

Kapitel 9

Die Begrüßung in der Villa bei ihrer Rückkehr fiel ziemlich unterkühlt aus. «Ich dachte schon, ihr kommt gar nicht mehr wieder», sagte Mascha, mit missmutig zusammengepressten Lippen ihren Ärger demonstrierend. «Hast du dran gedacht, dass heute die beiden Neuen kommen?»

«Natürlich hab ich daran gedacht», gab Veronika ihrerseits leicht gereizt zurück. Konnte man ihr nicht einmal einen einzigen Tag der Erholung gönnen?

«Dann solltest du dich vielleicht wieder in die Dame des Hauses verwandeln. Sonst könnten die Neuen eine falsche Vorstellung von dieser Pension bekommen», stichelte Mascha weiter.

«Wie meinst du das?»

«Schau mal in den Spiegel da. Siehst du, was ich meine?»

Veronika musterte sich kritisch in dem hohen Wandspiegel. Gut, ihr Make-up war leicht verschmiert, aber die Frisur saß tadellos. Auch ihre Kleidung wies weder verräterische Knitterfalten noch sonstige Hinweise auf den lustvoll verbrachten Tag auf. Schließlich hatte sie die Kleider ja auch in der Garderobe gelassen.

Auffällig waren höchstens das Strahlen in ihren Augen, der sinnliche Zug um den Mund ...

«Du stinkst förmlich nach Bumsen! Wie oft habt ihr's denn

getrieben? Zweimal? Dreimal?» Mascha schien Gefallen daran zu finden, Veronika mit ihrer Ausdrucksweise vor den Kopf zu stoßen. Sie wusste nur zu genau, dass ihre Freundin diese vulgäre Ausdrucksweise zutiefst verabscheute.

«Ich wüsste nicht, was dich das anginge.» Veronika warf arrogant den Kopf in den Nacken, eine Geste, um deren vollkommene Beherrschung Mascha sie immer beneidet hatte. «Das ist ja wohl ganz ausschließlich meine Privatsache.»

«Nicht, wenn ich mir hier derweil die Finger wund schufte! Ich bin nicht deine Leibeigene», fauchte Mascha und warf mit unnötigem Kraftaufwand das Messer, mit dem sie die blanchierten Pfirsiche geschält hatte, ins Spülbecken.

Blitzartig wurde Veronika klar, was Mascha plagte: Sie war eifersüchtig! Spontan trat sie zu ihr, schlang die Arme um sie und sagte herzlich: «Natürlich bist du das nicht! Tut mir leid, wenn du den Eindruck hattest, dass du zu wenig Unterstützung bekommen hast. Lass mich duschen, und dann helfe ich dir.»

Sie spürte, wie Maschas angespannter Körper fast widerwillig weich wurde. Dann gab Mascha nach und erwiderte die Umarmung. «Ich hab's nicht so gemeint. Vergiss es. Wahrscheinlich kriege ich meine Tage oder so. Übrigens wollte Jenny dir etwas zeigen. Schien wichtig zu sein.»

Besorgt eilte Veronika in die kleine Zentrale. Jenny drehte kaum den Kopf. «Schönen Tag gehabt?»

«Fang du jetzt bitte nicht auch noch an», stöhnte Veronika entnervt.

«Wieso ‹auch noch›?» Erstaunt sah Jenny vom Bildschirm auf.

«Mascha ist mir vorhin fast ins Gesicht gesprungen, weil sie sich überarbeitet fühlt», sagte Veronika leichthin. «Ihr seid richtig gut darin, mir ein schlechtes Gewissen zu vermitteln, nur weil ich mir einen Tag mit Lou gegönnt habe.»

«Ach, das.» Jenny grinste wissend. «Sie hat ganz schön geschimpft, dass alles an ihr hängenbliebe. Deswegen habe ich mich schleunigst hierher verdrückt. Eigentlich war ich auch sauer, weil ich Lou meine Song-Sammlung zeigen wollte. Aber dann habe ich zufällig jemanden getroffen ...»

Das klang so geheimnisvoll, dass Veronika prompt fragte: «Wen denn?»

«Einen Superhacker.» Jennys Stimme vibrierte vor lauter Begeisterung. «Wir chatten schon den ganzen Tag.»

«Um Himmels willen», entfuhr es Veronika. «Bist du wahnsinnig geworden? Die Kosten ...»

«Komm wieder runter von deiner Palme!». Jennys herablassendes Lächeln hatte etwas Überhebliches. «Willkommen im einundzwanzigsten Jahrhundert: Wir haben doch Flatrate. Und im Internet ist es wurscht, ob der andere in Wuppertal oder Pasadena hockt.»

«Und worüber unterhaltet ihr euch schon den ganzen Tag?», hakte Veronika nach.

Jenny lachte. «Das ist ja das Verrückte: Zuerst haben wir nur unsere Sammlungen gecheckt, aber dann kam eins zum anderen, und schließlich habe ich ihm von deinem Mann erzählt.»

«Du hast, was?!»

«Na ja, ich kam mit den Konten nicht weiter. Und da habe ich Sam gefragt, ob er nicht einen Trick auf Lager hat, diese Sicherheitssperren zu umgehen.»

«Verstehe ich dich richtig: Du hast einen wildfremden Typen gefragt, ob er dir bei illegalen Computersachen weiterhilft?» Veronika war entsetzt. «Und wenn er nun ein Geheimagent oder so was ist?» Allein die Vorstellung, wie ein Haufen Zivilfahnder ihr Haus stürmten, ließ sie erschauern. «Mein Gott, Jenny, hast du noch alle Tassen im Schrank?»

Die wirkte allerdings nicht im Geringsten besorgt, im Gegenteil, sie schien sich königlich über Veronikas Ängste zu amüsieren. «Sam ist eine Berühmtheit in Hackerkreisen. Jeder kennt ihn. Ich hätte nur nie gedacht, dass er sich mit einem kleinen Licht wie mir abgeben würde.» Jenny schielte stolz auf ihr Spiegelbild im Monitor. «Aber wie ich ihm erzählt habe, dass ich so etwas in der Art von Robin Hood versuchen würde, war er gleich bereit, mir zu helfen.»

«Wie lange hattet ihr euch denn da schon über eure Musiksammlungen unterhalten?», fragte Veronika und konnte nicht umhin, einen Blick auf die Webcam zu werfen, die Jenny jetzt in ihrer Augenhöhe installiert hatte.

«Nicht lange, nur zwei, drei Stunden», meinte Jenny und wurde rot. Hastig fuhr sie fort: «Und es hat sich gelohnt. Guck mal!» Sie drehte den Monitor so, dass Veronika lange Zahlenreihen sehen konnte.

Folgsam beugte die sich vor, studierte die Kolonnen und richtete sich dann kopfschüttelnd wieder auf. «Ich könnte nicht behaupten, dass mir das alles auch nur das Geringste verriete. Was soll das sein?»

«Das sind die Kontonummern samt Zugangsdaten zu den Geldern, die dein Mann beiseitegeschafft hat – zumindest der größte Teil, soweit ich das beurteilen kann», erklärte Jenny und lehnte sich stolz zurück. «Diese komische Bank hat ein absolut mieses Sicherheitssystem. Ein Kinderspiel, das zu knacken. Mein Problem war die Bank davor. Die war so clever, dass ich da nur mit Sams Hilfe reinkam. Und diese hier scheint die Endstation zu sein.» Sie beugte sich vor, und las halblaut «Banca di Populo de … – was für ein unaussprechlicher Name. Na, jedenfalls hier liegt es nun und wartet nur darauf, dass wir es zurückholen.» Sie tätschelte liebevoll das Monitorgehäuse. «Na, was sagst du nun?»

«Ich bin sprachlos», gestand Veronika. «Und das geht wirklich so einfach: das Zurückholen? Wird Erwin denn nicht merken, dass wir es sind?»

«Natürlich wird er es vermuten.» Jenny kicherte wie ein bösartiger Kobold. «Aber das nützt ihm nichts! Erstens wird Sam mir helfen, die Spuren zu verwischen, und zweitens, was soll er denn machen? Er kann ja nicht gut zur Polizei gehen, oder?»

«Nein, das kann er nicht», gab Veronika ihr recht. «Aber wenn er einen Privatdetektiv beauftragt?»

Jenny verzog verächtlich den Mund. «Soll er doch! Ich bezweifle, dass irgendjemand etwas findet, wenn Sam die Spuren verwischt.»

Veronika begann sich mit dem Gedanken anzufreunden, dass sie tatsächlich bald sehr reich sein würde. «Wie viel ist es?» In Gedanken summierte sie ihre Bankschulden, die Kosten für Maschas Darlehen und vielleicht die eine oder andere Investition ...

Jenny zögerte mit der Antwort.

«Was ist denn, Jenny?»

«Eigentlich finde ich, mir steht ein Finderlohn zu», platzte sie schließlich fast trotzig heraus. «Ohne mich hättest du nichts davon wiedergesehen.»

«Aber natürlich.» Veronika schämte sich, nicht gleich daran gedacht zu haben. «Das ist doch selbstverständlich.»

«Ich will nämlich zu Sam in die Staaten», gestand Jenny und betrachtete aufmerksam ihre Fingernägel. «Er hat mich eingeladen, mir sein Geschäft anzusehen, und wenn es mir gefällt, kann ich einsteigen.»

«So plötzlich, Hals über Kopf? Ist das nicht etwas unüberlegt?»

Jenny zuckte mit den Schultern. «Vielleicht. Aber eine solche Riesenchance bekommt man nur einmal im Leben. Du weißt natürlich nicht, wie berühmt Sam ist. Es ist, wie soll ich's dir erklären ...», sie suchte sichtlich nach Entsprechungen aus Veronikas Leben. «Es ist so, als würde dich das Waldorf Astoria fragen, ob du bei ihnen einsteigen willst, verstehst du?»

Ihre Augen leuchteten, als sie fortfuhr: «Das ist die Gelegenheit für mich, mein Leben umzukrempeln. Es war nett mit euch, ehrlich. Aber ich passe nicht in diese Villa. Ich kam mir immer vor wie einer der Fehler in diesen Bilderrätseln. Du weißt schon: Original und Fälschung.»

«Nein, Jenny ...», versuchte Veronika zu protestieren.

«Doch, so war es. Von diesen Typen, mit denen du so gut kannst, kriege ich eine Gänsehaut. Der Einzige, mit dem ich mich gerne unterhalten habe, war Lou. Aber der ...» Sie verstummte peinlich berührt.

«Du willst doch nicht von uns weg wegen Lou?», fragte Veronika bestürzt, streckte impulsiv eine Hand aus und legte sie auf Jennys Arm. «Glaub mir, da war nichts Ernstes. Hätte ich gewusst ...»

«Glaubst du etwa, ich bin immer noch scharf auf ihn?» Jenny klang regelrecht empört. «Ich bin ja nicht blöd. Anfangs fand ich ihn echt super. Aber dann habe ich doch gesehen, wie er erst Mascha angebaggert hat und heute dich. Nee, ehrlich, auf solche Spielchen kann ich gut verzichten. Macht das mal zwischen euch aus.»

«Gut», sagte Veronika erleichtert, dass Jenny offensichtlich nicht unter Liebeskummer litt. Ob das der aufregenden neuen Bekanntschaft zu verdanken war? «An wie viel Finderlohn hattest du gedacht?»

«Fünfundzwanzig Prozent? Ich glaube, das ist der übliche Satz, oder?»

«Keine Ahnung, aber einverstanden. Ich kann es noch gar nicht glauben», sagte Veronika. «Vor ein paar Monaten waren wir am Ende und jetzt das! Wie lange wird es dauern?»

«Du meinst, bis wir das Geld abholen können?»

«Genau.» Plötzlich kam Veronika ein beunruhigender Gedanke. «Ach, ich wünschte, ich würde mehr von Gelddingen verstehen. Ich glaube, dass Summen ab einer bestimmten Höhe irgendeiner Aufsicht gemeldet werden müssen.»

«Keine Ahnung. Aber ich könnte mal Sam fragen, ob er jemanden weiß, der sich damit auskennt.»

Veronika schluckte die Bemerkung, dass Sam sich allmählich zu einem wahren Quell der Weisheit entwickelte, hinunter und sagte nur: «Ich wäre dir sehr dankbar. In meiner Hausbank kann ich ja schlecht nachfragen.» Sie lachte auf. «Wenn ich mir die Gesichter vorstelle!»

«Hör mal, erzähl Mascha und Lou erst mal nichts von meinen Plänen, ja?», bat Jenny, ohne in Veronikas Lachen einzustimmen. «Und wenn ich du wäre, würde ich diese Geschichte auch lieber für mich behalten.»

Die beiläufige Warnung ernüchterte Veronika augenblicklich. «Ich hatte nicht vor, es Lou zu erzählen, aber ich habe ein blödes Gefühl, Geheimnisse vor Mascha zu haben.»

«Mascha ist derzeit so mit Lou», Jenny kreuzte zwei Finger der erhobenen linken Hand. «Was du ihr erzählst, könntest du genauso gut gleich ihm erzählen. Und ich trau ihm nicht.»

«Hast du einen konkreten Verdacht?»

«Nein, nicht den geringsten.» Jenny hob ratlos die Schultern. «War ein toller Nachmittag mit ihm da draußen.» Sie sah verlegen beiseite, und Veronika war sich nun sicher, dass Lou und Jenny sich nähergekommen waren. Offenbar hatte der erfahrene Liebhaber auch sie richtig eingeschätzt. Gut! Ihr hatte es immer leidgetan, dass das Mädchen vor Männern zurückzuschrecken schien. Ob ihre neu erwachte Unternehmungslust ebenfalls darauf zurückzuführen war, dass diese unsichtbare Sperre nun gefallen war?

«Aber irgendwas stimmt nicht mit ihm», fuhr Jenny fort.

«Was denn?»

«Findest du es nicht seltsam, dass er innerhalb von vierundzwanzig Stunden mit jeder von uns Sex hatte?», meinte Jenny und krauste nachdenklich die Nase. «Verstehst du. Wir sind doch völlig verschieden.»

«Du machst dir zu viele Gedanken über ihn», erwiderte Veronika, ohne zu zeigen, dass Jennys Bemerkung ihr zu denken gab. «Ich denke, er hat einfach die Gelegenheit genutzt. Junge Männer tun so etwas, weißt du.»

«Das meine ich nicht. Ist dir nicht komisch vorgekommen, wie er sich verändert hat? Als gäbe es verschiedene Lous, für jede von uns den passenden.»

Erstaunt stellte Veronika fest, dass Jenny mit ihrer Bemerkung den Nagel auf den Kopf getroffen hatte. Als sie ihn gestern zusammen mit Jenny gesehen hatte, war er ihr wie der perfekte Partner für sie vorgekommen. Die beiden hatten so vertraut miteinander gewirkt, als wären sie schon seit einiger Zeit zusammen. So wie Mascha sich aufführte, lag die Vermutung nahe, dass er auch bei ihr «die richtigen Knöpfe gedrückt» hatte.

Und heute mit ihr? Wie hatte er erraten können, was sie anmachte, wenn es sie doch selber überrascht hatte? Das Rollenspiel hatte sie mehr erregt, als sie es je vermutet hätte. Und er war perfekt auf sie eingegangen: keine Musik-Fachsimpeleien wie mit Jenny, keine übertriebenen Komplimente wie für Mascha. Stattdessen hatte er sie mit ihrer Schwäche für Inszenierungen überrumpelt.

Sie sah Jenny ernst an. «Du könntest recht haben. Etwas an unserem Conte ist nicht ganz sauber. Aber das bleibt unter uns wie die Geldgeschichte, okay? Wenn heute die neuen Gäste kommen, wird es einfacher, so zu tun, als wäre alles wie immer.»

Herbert Hinrichsen traf als Erster ein. Seine Silhouette zeichnete sich dunkel und fast bedrohlich gegen das glühende Rot der untergehenden Sonne ab. Jedenfalls empfand Veronika das so, als sie ihm die Tür öffnete und im Gegenlicht lediglich seine Umrisse erkennen konnte. Die hohe Gestalt überragte sie so deutlich, dass sie zu ihm aufschauen musste.

«Guten Abend, mein Name ist Hinrichsen. Ich habe reserviert», sagte er und rückte umständlich seine altmodische Schildpattbrille zurecht. Die sonore Stimme passte nicht ganz zu den dicken Brillengläsern, hinter denen er blinzelte wie eine kurzsichtige Eule.

«Guten Abend, wir haben Sie bereits erwartet. Mein Name ist Lohgerber.» Veronika trat zurück, um ihn einzulassen. Dabei musterte sie ihn unauffällig und konnte nicht anders, als sich über ihren allerersten Eindruck zu wundern. Wie hatte sie diesen Mann nur als unheimlich empfinden können? Wurde sie allmählich paranoid?

Hinrichsen mochte hochgewachsen sein, aber sein restliches Äußeres war alles andere als furchteinflößend. Der Anzug aus leichtem grauem Wollstoff hatte schon bessere Zeiten gesehen, und auch die Schuhe waren zwar sauber geputzt, aber unter der glänzend polierten Schuhcremeschicht waren die abgestoßenen Spitzen noch deutlich zu erkennen. Ein altmodischer Schweinslederkoffer vervollständigte das eher biedere Auftreten.

«Darf ich Ihnen Ihr Zimmer zeigen?», fragte Veronika höflich und drehte sich bereits um, um vorauszugehen. Er mochte zwar nicht ihrer üblichen Klientel entsprechen, aber sie würde den Teufel tun und ihn das spüren lassen. Die Unbeholfenheit, mit der er seinen Koffer eng an sich gepresst trug, um nur ja nirgends anzustoßen, rührte sie. Offensichtlich war er nicht an exklusive Hotels gewöhnt. Was hatte ihn nur ins *La Villa* verschlagen?

Eigentlich war das Dalí-Zimmer für ihn vorgesehen gewesen, weil sie das chinesische, da es direkt an ihr Schlafzimmer grenzte, gerne bis zuletzt frei hielt. Aber aus Gründen, die ihr selbst schleierhaft waren, ging sie an der offenen Tür der Uhren-Suite vorüber und öffnete die Tür zum Reich-der-Mitte-Zimmer. Hier würde sie eher mitbekommen, wenn er etwas benötigte.

«Ich hoffe, Sie werden sich bei uns wohlfühlen», sagte sie und lächelte ihm herzlich zu.

«Danke sehr, das werde ich bestimmt.» Er stellte den Koffer ab und sah sich um. Unten schrillte die Türglocke. Das musste Monsieur Godunow sein.

«Wir essen immer um sieben», informierte Veronika Hinrichsen hastig. «Wenn Sie noch irgendwelche Wünsche haben, ich bin gleich wieder da.»

«Nein, nein, gehen Sie ruhig. Ich komme schon zurecht. Bis später dann.» Er nickte ihr zu und wandte sich ab, um seinen schäbigen Koffer zu öffnen.

Als Veronika die Treppe heruntereilte, hatte Mascha bereits die Tür geöffnet und unterhielt sich angeregt auf Russisch mit dem Neuankömmling. Veronika blieb stehen und nutzte die Gelegenheit, ihn genauer in Augenschein zu nehmen. Alexej Godunow entsprach fast schon lächerlich übertrieben dem Bild des bärigen Russen. Seine massive Gestalt hätte man sich gut als Flößer auf der Wolga vorstellen können. Das breite, slawisch geschnittene Gesicht, die breiten Schultern, die kräftigen Hände, die mühelos die schweren Gepäckstücke schlenkerten – all das ließ einen erwarten, dass er im nächsten Augenblick lautstark «Kalinka» anstimmen würde.

Erst auf den zweiten Blick fielen ihr der Maßanzug und die handgenähten Schuhe auf. Nein, dieser Mann hatte noch nie in seinem Leben mit den Händen gearbeitet. Sprach er tatsächlich Russisch mit französischem Akzent?

«Guten Abend», meldete Veronika sich von der Treppe und

ging langsam auf die beiden zu, um ihrerseits den neuen Gast zu begrüßen. «Monsieur Godunow aus Paris?»

«Oui, Madame.» Er wechselte in ein gut verständliches, wenn auch nicht völlig akzentfreies Deutsch. «Und ich muss sagen, ich bin entzückt, hier bei Ihnen eine – wie sagt man auf Deutsch? – Landsmännin zu treffen!»

Kurz entschlossen bat Veronika Mascha, ihm sein Zimmer zu zeigen. «Ich übernehme derweil die Küche», sagte sie und zwinkerte der Freundin ermutigend zu. Es konnte nicht schaden, wenn dieser Godunow Mascha von Lou ablenkte, fand sie. Und das tat er offensichtlich, denn die Freundin wirkte so aufgedreht wie lange nicht mehr. Ob das nur daran lag, dass sie mit ihm russisch sprechen konnte, oder ob mehr dahintersteckte, konnte man noch nicht beurteilen.

Vor sich hin lächelnd, machte Veronika sich daran, die Vorspeisenteller anzurichten.

Was sie dazu beitragen konnte, Mascha und diesen Pariser Kunsthändler zusammenzubringen, das würde sie tun. Auch, wenn es bedeutete, mehr in der Küche zu stehen, als ihr lieb war.

«Kann ich irgendetwas helfen?» Die schüchterne Frage riss sie aus ihren Überlegungen. Hinrichsen stand in der Küchentür und betrachtete mit schiefgelegtem Kopf das scheinbare Chaos. «Ich möchte nicht aufdringlich sein, aber mir scheint, Sie könnten ein weiteres Paar Hände ganz gut gebrauchen.»

Ihren ersten Impuls, empört abzulehnen und ihn wieder hinauszuschicken, unterdrückte sie schleunigst. Er hatte recht, ein wenig Unterstützung war ihr sehr willkommen. Und Herbert Hinrichsen war nicht der Mann, vor dem sie sich genieren musste, das zuzugeben.

«Wenn Sie mir Rucola waschen und schneiden könnten. Dann kann ich derweil schon die Tomaten füllen.»

Fachmännisch machte er sich an die ihm zugewiesene Aufgabe, und eine Zeit lang arbeiteten sie in stummer Eintracht. Hinrichsen wusch, schleuderte und schnitt die feinen grünen Blättchen mit der Effizienz einer Maschine, während Veronika sich verbissen darauf konzentrierte, die Artischockencreme so in die Tomatenhälften zu streichen, dass sie zwar gut gefüllt, aber nicht verschmiert aussahen. Dabei vergaß sie fast, dass sie zu zweit in der Küche waren.

«Die Küche ist nicht ihr eigentliches Arbeitsgebiet, nicht wahr?»

Hinrichsens Bemerkung kam so unerwartet, dass Veronika zusammenfuhr und prompt kleckste.

«Nein», antwortete sie und griff nach der Küchenpapierrolle. «Dafür ist eigentlich Mascha zuständig.»

«Ist das die Dame, die ich vorhin mit dem Herrn aus Paris zusammen sah?»

«Genau. Aber da Monsieur Godunow Russe ist, habe ich meine Freundin gebeten, ihm sein Zimmer zu zeigen. Sie ist nämlich auch Russin, wissen Sie», fügte sie hinzu, als ihr einfiel, dass ein Fremder das ja unmöglich wissen konnte.

«Sie führen die Pension zu zweit?», erkundigte sich Hinrichsen mäßig interessiert und drehte energisch die Kurbel der Salatschleuder.

«Zu dritt», berichtigte Veronika ihn geistesabwesend. «Jenny ist für alles zuständig, was mit Elektronik zu tun hat. Bei ihr wird gebucht, sie überprüft die Bonität und all so was.»

«Erstaunlich», murmelte Hinrichsen vor sich hin, während er nach dem Messer griff. «Keine von Ihnen ist also vom Fach?», fügte er laut hinzu.

«Sie meinen aus der Hotelbranche?» Veronika schnaubte leicht durch die Nase. «Nein, keine von uns. Wir haben uns einfach hineingestürzt, und es hat funktioniert.» Sie drehte sich erstaunt zu ihm um, als er begann, die Rucolablätter mit der Geschwindigkeit und der Geschicklichkeit eines chinesischen Kochs zu zerhacken.

«Aber Sie haben doch bestimmt Koch gelernt!», rief sie aus und sah fasziniert zu, wie das große Hackmesser sich so rasend schnell bewegte, dass sie ihm mit den Blicken nicht mehr folgen konnte.

«Unter anderem», sagte Hinrichsen bescheiden und schob das zerhackte Grün mit der Messerschneide in die bereitstehende Schüssel. «Was steht als Nächstes an?»

Als die Übrigen zum Abendessen erschienen, war es dem reichgedeckten Tisch nicht anzusehen, dass Mascha erst in allerletzter Minute wieder in der Küche erschienen war.

Jenny hatte sich wie so oft entschuldigt, und so waren sie nur zu fünft: die beiden Frauen und ihre drei männlichen Gäste. Fast automatisch teilte sich die Gesellschaft: Mascha und Godunow plauderten begeistert auf Russisch miteinander, während Veronika zwischen Hinrichsen und Lou eine oberflächliche Konversation zu vermitteln versuchte.

Lou hatte Hinrichsen kritisch beäugt und ihr dann verächtlich zugeflüstert: «Bah, was für eine Vogelscheuche! Kannst du ihn nicht loswerden? Er wird uns zu Tode langweilen.»

«Dann wirst du dich eben etwas anstrengen müssen», hatte Veronika leichthin erwidert und ihm einen strengen Blick zugeworfen. «Wehe, du beleidigst ihn!»

«Was willst du dann machen? Mich rauswerfen?» Lou hatte ihr einen herausfordernden Blick zugeworfen. «Wenn ich nett zur Vogelscheuche bin, bist du dann nett zu mir?» Der Hintersinn der Frage war angesichts seines Blicks nicht misszuverstehen gewesen.

Und plötzlich war Veronika wütend geworden. «Nicht hier und nicht so», hatte sie ihm zugezischt. Lou benahm sich wie ein verzogener kleiner Junge, dachte sie, während sie beobachtete, wie er sich reichlich von der Platte bediente, die Hinrichsen ihm höflich hinhielt.

Absichtlich richtete er seine Fragen und Bemerkungen nur an Veronika, und die musste all ihr Geschick als Gastgeberin aufbieten, um Hinrichsen immer wieder in die Unterhaltung mit einzubeziehen. Dabei kamen sie zwangsläufig auf seine Erfahrungen als Koch zu sprechen.

«Ach», sagte Lou gönnerhaft, und seine Augen, die zum ersten Mal sein Gegenüber direkt fixierten, funkelten bösartig über dem Weinglas, «wo haben Sie denn alles gearbeitet?»

Hinrichsen ließ sich nicht aus der Reserve locken. «Hier und da», antwortete er vage und legte sich ruhig vom Rinder-Carpaccio nach.

«Mittlere oder obere Preisklasse?» Lou ließ nicht locker.

«Ich denke nicht, dass wir uns begegnet wären», erwiderte der Ältere ausweichend. «Sie kommen aus Mailand, Conte?»

«Ja, meine Familie hat dort in der Umgebung ihren Stammsitz», gab Lou arrogant zurück.

Hinrichsen nahm das mit einem knappen Kopfnicken zur Kenntnis und widmete sich erneut seinem Teller.

«Und woher stammen Sie, Herr Hinrichsen?», fragte Veronika. «Ihr Name klingt so hanseatisch.»

«Ich bin in Hamburg geboren», sagte er knapp, und es schien, als sei das Thema ihm unangenehm. Taktvoll beeilte Veronika sich, ein anderes Thema anzuschneiden.

Der Abend verlief in ähnlicher Weise weiter, allerdings verabschiedete Hinrichsen sich so früh, dass Lou, sobald die Zimmertür oben hinter ihm zugefallen war, spöttisch bemerkte, dass die Gesellschaft wohl nicht nach seinem Geschmack gewesen wäre.

«Das wäre ihm nicht zu verübeln», bemerkte Veronika ehrlich verärgert. «Musstest du ihm so offen zeigen, dass du ihn für einen Langweiler hältst?»

«Aber das ist der doch!» In übertriebener Überraschung riss er die Augen auf. «War ich wirklich unhöflich? Soll ich mich entschuldigen?»

«Ich fürchte, ich muss mich ebenfalls entschuldigen», mischte Godunow sich ein. Mascha hatte sich in die Küche verzogen, und im Gegensatz zu Hinrichsen fühlte er offensichtlich nicht das Bedürfnis, sich dort als Helfer zu betätigen. Stattdessen gesellte er sich, sein Weinglas in der Hand, zu ihnen und fuhr leicht beschämt fort: «Aber es war so schön, sich auf Russisch zu unterhalten. Und wir haben sogar tatsächlich gemeinsame Bekannte in Petersburg. Ist das nicht geradezu eine Fügung?»

«Tatsächlich?» Veronika war überrascht. Sie hätte nicht gedacht, dass Mascha und dieser reiche Kunsthändler sich in den gleichen Kreisen bewegt hatten.

«Ja, ja, Maschenka war sehr beliebt als Dolmetscherin! Wenn man bedenkt, dass wir uns dort nie begegnet sind, und nun laufen wir uns hier zufällig über den Weg. Da könnte man schon an einen Wink des Schicksals glauben.»

«Ist so etwas nicht eher bloßer Zufall?» Lou schien angetan von dieser Wendung der Unterhaltung.

«Das mag Ihnen als mediterranem Skeptiker so erscheinen», meinte Godunow gutmütig lächelnd. «Aber wir Russen sind nun mal sehr abergläubisch. Uns fällt es leichter, an das Schicksal zu glauben, als alles für zufällig zu halten.»

Lou widersprach, auch Italiener hätten durchaus einen Hang zum Aberglauben, aber man müsse doch unterscheiden ... Ehe sie es sich versahen, waren die beiden Männer in eine angeregte Debatte über kulturelle Unterschiede verwickelt, die Veronika die Gelegenheit gab, unauffällig in die Küche zu verschwinden.

Das Erste, das ihr auffiel, war Maschas abwesender Gesichtsausdruck, mit dem sie die gewohnten Handgriffe ausführte. Sie schien nicht einmal mitzubekommen, dass Veronika neben sie trat. «Dieser Godunow ist ja mächtig beeindruckt von dir», sagte Veronika und griff nach einem Geschirrtuch. «Und wenn ich mich nicht sehr irre, du auch von ihm. Stimmt's?»

Mascha fuhr zusammen. Im nächsten Augenblick hatte sie sich wieder gefangen und stellte den Topf, den sie gerade gescheuert hatte, auf die Abtropffläche.

«Ja, er ist einfach wundervoll», gab sie verträumt lächelnd zu. «Ein richtiger Mann, wie die Männer in Petersburg. Aber viel, viel netter. Wahrscheinlich, weil er in Paris aufgewachsen ist und nicht in Russland.»

Das hörte sich ganz so an, als wäre auch hier der gute Lou abgemeldet, dachte Veronika ironisch. Schweigend trocknete sie die letzten Töpfe ab und räumte sie in den Schrank. Gemeinsam kehrten sie zu den beiden Männern zurück, die immer noch bei einer Flasche Wein diskutierten.

Inzwischen waren sie bei den Vorzügen und Nachteilen der großen Hotels angelangt. Veronika bemühte sich, ihre Ungeduld zu unterdrücken und nicht ständig demonstrativ auf die Uhr zu schauen. Am liebsten hätte sie sie alle auf ihre Zimmer geschickt wie ungezogene Kinder. Sie brannte darauf, zu Jenny ins Büro zu schleichen und zu erfahren, wie es um die Transaktionen stand. Aber das war natürlich unmöglich. Also zwang sie sich, die aufmerksame Gastgeberin zu spielen, obwohl sie insgeheim nur auf den Moment wartete, an dem Lou und Godunow endlich auf ihre Zimmer gingen.

Maschas unterdrücktes Gähnen war es schließlich, das Godunow aufspringen und ausrufen ließ: «Wie unhöflich von uns, Sie von Ihrem wohlverdienten Schlaf abzuhalten!»

Lou verdrehte zwar die Augen, aber er widersprach nicht,

als Godunow ihn freundschaftlich auf die Schulter klopfte und meinte: «Kommen Sie, Conte, gönnen wir den Damen ihre Nachtruhe!»

Kaum waren Mascha und die beiden Männer in ihren Zimmern verschwunden, eilte Veronika auch schon zu Jenny. «Wie sieht es aus?», wollte sie wissen. «Was sagt dieser Sam?»

«Immer mit der Ruhe.» Jenny wedelte abwehrend mit der Hand. «Es gibt mehrere Möglichkeiten. Einmal die mit den verschiedenen Konten. Dafür musst du allerdings ganz schön rumlaufen. Diplomatengepäck ist übrigens tabu für den Zoll. Kennst du vielleicht jemanden?»

«Leider nein.»

«Und dann gibt es immer noch die gute alte Schweiz mit ihren Bankfächern. Sam meint, das wäre das Einfachste. Und du weißt, Bargeld hinterlässt keine Spuren!»

«Schön und gut, und wie bekomme ich es aus der Schweiz heraus und hierher?»

«Es gibt einen Kurierdienst, der darauf spezialisiert ist, große Summen legal über die Grenze zu schaffen.»

«Wie soll denn das gehen?» Veronika hob skeptisch die Brauen.

«Ganz einfach. Du darfst Bargeld völlig legal bis zu einer bestimmten Summe über die Grenze bringen. Und Autos mit grenznahen Kennzeichen werden sowieso fast nie kontrolliert. Also fährt diese Firma einfach so lange hin und her, bis sie alles herübergeschafft hat. Du kannst es dir dann sogar bis nach Hause bringen lassen.»

«Und wer garantiert mir, dass sie nicht mit dem Geld abhauen?»

Jenny grinste. «Niemand. Aber laut Sam läuft das Geschäft wie geschmiert. Sie wären schön dumm, sich diese Quelle selber zu versauen. Sie nehmen übrigens zehn Prozent.»

«Dann verstehe ich, dass sie lieber korrekt bleiben», meinte Veronika trocken. «Na gut, das erscheint mir auch am vernünftigsten. Ehe ich von Bank zu Bank wandere und zig Konten eröffnen muss, zahle ich lieber diese Firma.»

Gedankenverloren stieg sie langsam die Treppen hinauf und öffnete die Tür zu ihrem Zimmer. Es war dunkel. Hatte sie nicht vorhin das Licht angelassen? Vermutlich nicht, sonst wäre es ja noch an. Müde drückte sie den Lichtschalter.

Nichts.

Auch das noch! Hoffentlich war es nur der Schalter in ihrem Zimmer. Morgen musste sie gleich als Erstes den Elektriker kommen lassen. Es war Neumond, und so fiel auch nicht der kleinste Schimmer durch die Vorhänge. Vorsichtig tastete sie sich auf ihr Bett zu und streckte die Hand nach dem Schalter der kleinen Leselampe daneben aus. Vielleicht hatte sie Glück, und es war tatsächlich nur der eine Schalter ...

Im nächsten Augenblick setzte ihr Herz aus, als kräftige Männerarme ihren Oberkörper umschlangen und eine raue Stimme ihr ins Ohr flüsterte: «Kein Laut!» Nachdem der erste Schreck verflogen war, überflutete sie Ärger. Wie konnte Lou es wagen, sie dermaßen zu erschrecken?

Sie atmete tief durch, um ihrem Unmut Luft zu machen. Eine große Hand, die sich fest auf ihren Mund legte, verhinderte das.

«Nein, nein, schön den Mund halten», flüsterte die Stimme «Ich nehme die Hand jetzt weg, aber wenn du zu schreien versuchst, kneble ich dich. Verstanden?»

Veronika nickte schwach. Prompt verschwand die Hand, und sie konnte wieder ungehindert atmen. «Lou, lass den Blödsinn. Das ist nicht mehr lustig», protestierte sie, als sie merkte, dass sie langsam, aber unaufhaltsam zum Bett gezogen wurde.

Ohne Vorwarnung erhielt sie einen kräftigen Schubs, der sie

rücklings auf die Matratze fallen ließ, und ehe sie sich wieder gefasst hatte, schlang er einen Seidenschal um ihre beiden Handgelenke, zog sie über ihren Kopf und befestigte ihn geschickt an den Bettpfosten.

So entschieden sie auch an den Fesseln zerrte und zog, die Seide blieb unnachgiebig.

«Pscht, entspann dich» murmelte der Mann, während er begann, den Gürtel ihres Morgenmantels zu lösen. Seine Finger gingen umsichtig und behutsam vor, und dadurch beruhigte er Veronika mehr, als es alle Versicherungen vermocht hätten. Sie blieb reglos liegen, während er den Morgenmantel langsam herabgleiten ließ, bis sie nackt vor ihm lag. Im Stockfinsteren konnte er genauso wenig sehen wie sie, aber ihr wurde klar, dass es ihm nicht um visuelle Reize ging, sobald ein kaum spürbares Etwas sie am Hals berührte.

Der Hautkontakt war so zart, dass man ihn für Einbildung hätte halten können. Aber er bewegte sich. Die Spitzen der Daunenfeder fuhren ihren Haaransatz entlang, folgten dem Schwung der Augenbrauen und wieder hinunter zum Kinn. Unter dem Kinn und unter den Ohrläppchen verweilte er länger. Die Nerven an diesen Stellen schienen besonders empfänglich für diese Art von Reizung.

Er ließ sich Zeit. Bis er an ihren Brüsten angelangt war, war Veronikas Körper dermaßen sensibilisiert, dass sie die Berührungen sehr viel deutlicher empfand als zu Beginn. Die Federspitze strich zuerst an den Seiten entlang, dann an den Unterseiten der Brüste. Veronika rührte sich nicht. Sie genoss mit allen Sinnen die Zärtlichkeit, mit der ihre nackte Haut liebkost wurde. Als er mit der ganzen Flaumfeder ihre Brustspitzen umkreiste, reagierten sie sofort. Erstaunlich, welche Effekte eine Berührung hatte, die kaum als solche empfunden werden konnte!

Ihre Nippel pulsierten, richteten sich auf, streckten sich der hauchzarten Reizung entgegen, verlangten nach mehr. Mit einem leisen Stöhnen drückte sie das Kreuz durch, versuchte ihre Brüste der streichelnden Feder entgegenzurecken.

In der Intimität der absoluten Dunkelheit ihres Zimmers ließ sie sich vollkommen gehen. Das Einzige, das zählte, waren die unerwartet starken Empfindungen, mit denen ihr Körper auf die ungewöhnliche Behandlung reagierte.

Und sie steigerten sich noch, als er mit der Feder über ihren zitternden Bauch tanzte, spielerisch den Nabel erkundete. Veronika stöhnte begeistert auf. Dass ein solch profaner Gegenstand solche Gefühle auslösen konnte! Ihre gesamte Körperoberfläche schien von einem feinen Netz aus hochempfindlichen Nervenbahnen überzogen zu sein, die jede noch so feine Berührung registrierten und sie in pure Lust übertrugen. Erwartungsvoll spreizte sie die Beine, erwartete in atemloser Spannung, welche Empfindungen die Feder an ihren Schamlippen wecken würde.

Aber er vermied jede Berührung ihres Venushügels, fuhr stattdessen über ihre Hüften, verweilte kurz, um übermütig die besonders dünne Haut in der Leistenbeuge zu kitzeln, und begann dann geschickt ihre Schenkel zu liebkosen. Dort, wo die Haut am empfindlichsten ist, in den Kniekehlen und an den Innenseiten, löste der zarte Kontakt ein Kribbeln aus, das sich fast bis zum Unerträglichen steigerte.

Im Unterbewussten empfand Veronika eine kindliche Überraschung darüber, wie ihr Körper auf die Zärtlichkeit der Feder reagierte. Es war doch nur ein Streicheln. Er hatte noch nicht einmal ihre Schamlippen berührt, geschweige denn ihre Klitoris. Wie war das möglich, dass allein durch diesen subtilen Reiz ihre Haut zu glühen, ihr ganzer Körper zu vibrieren schien?

Fast außer sich und doch unwillig, den vollkommenen Genuss, den er ihr schenkte, zu beenden, bewegte sie unruhig die Hüften. In ihrem Inneren brodelte es bereits. Die Lust hatte sich ihren Weg gebahnt.

Unwillkürlich musste sie an die Bilder der Kamera denken, die ihr so minuziös gezeigt hatten, was in ihrem Inneren vor sich ging, wenn sie erregt war. Und die Erinnerung an die Ansicht trug das Ihre dazu bei, dass Veronika atemlos flehte: «Bitte, ich halte das nicht mehr länger aus!»

Der Mann schien zu spüren, dass sie fast wahnsinnig vor Erregung war. Er lachte leise und dunkel auf, legte die Feder beiseite, und dann beugte er seinen Kopf über ihren Schoß.

Zuerst blies er zart über ihre nassen Schamlippen, dann immer kräftiger. Der Luftzug seines Atems kühlte ihre schweißfeuchte Haut und die brennenden Lippen aber nur unzureichend.

Ihre Klitoris pulsierte fordernd. Veronika warf den Kopf hin und her und biss sich auf die Lippe, um nicht laut zu stöhnen. Diese süße Qual war fast unerträglich und doch so herrlich, dass sie eigentlich gar nicht wollte, dass er damit aufhörte.

Schließlich hatte er ein Einsehen, beugte den Kopf noch tiefer, und seine Zunge berührte schließlich ihre nassen, gierigen Lippen. Seine Zungenspitze fuhr leicht darüber, tastete sich tiefer vor. Bis er endlich ihren Eingang fand, der sich zuckend vor Ungeduld dem Eindringling öffnete.

Tief drängte die Zunge sich in die feuchte Hitze; leckte und saugte und streichelte das empfindsame Gewebe, bis Veronikas gesamtes Universum einzig und allein nur noch aus dem lodernden Feuer zwischen ihren Beinen bestand. Langsam fuhr die Zunge über die Innenseite der Schamlippen, kostete ihre Säfte, als sei es eine lang vermisste Delikatesse. Zielstrebig näherte sie sich der Klitoris, die zitternd vor Ungeduld wartete, dass auch sie Beachtung fand. Zuerst liebkoste die Zunge nur zurückhaltend die Außenbereiche, ließ das Zentrum unangetastet. Erst leicht, dann kräftiger umkreiste die Zungenspitze die feste Perle im geschwollenen, weichen Fleisch.

Veronika war so hochgradig erregt, dass es kaum intensiverer Reize bedurfte. Kaum hatte die Zunge auch nur ihre Knospe berührt – zart, kaum spürbar –, da explodierte die angestaute Lust in ihr mit einer Gewalt, die ihren Körper spannte wie einen Bogen.

Der Seidenschal, den sie mit aller Kraft umklammert hatte, riss mit einem hässlichen Geräusch. Sie nahm es nicht einmal wahr, dass ihre Hände jetzt frei waren. Der Orgasmus ließ ihren Körper in einem letzten, überwältigenden Ansturm sich aufbäumen – dann brach sie erschöpft und glücklich, zu keiner Bewegung mehr fähig, zusammen.

Erschlafft lag sie da, registrierte kaum, dass er ihr sanft den Schal entwand, ihr einen unerwartet keuschen Kuss auf die Stirn drückte. Ein leichter Luftzug, als er die Tür öffnete und wieder schloss. Dann war er weg, als hätte das alles nie stattgefunden.

Hatte es überhaupt stattgefunden, oder hatte sie es nur geträumt?

Gedankenverloren tastete ihre Rechte nach dem nassen Schoß.

Kapitel 10

Als sie am nächsten Morgen erwachte, fiel ihr Blick als Erstes auf einen kleinen schneeweißen Flaum, der sich als unschuldige Erinnerung vom Dunkelblau ihres Bettlakens deutlich abhob. Genüsslich räkelte sie sich, während ihre Blicke an dem winzigen Relikt hingen. Es war wundervoll gewesen. Ganz anders als alles, was sie bisher gekannt hatte. Schon erstaunlich, dass sie innerhalb von vierundzwanzig Stunden so viele ungeahnte Facetten der Lust erlebt hatte.

Wenn sie sich entscheiden müsste, was das Aufregendste gewesen war, würde sie dem nächtlichen Erlebnis den Vorzug geben. Die Spiele mit Lou in diesem Club waren gut – verdammt gut! – gewesen, aber es hatte etwas gefehlt, was sie nicht direkt fassen konnte.

War es die stumme Fürsorge gewesen? Die selbstlose Konzentration auf ihre und nur ihre alleinige Lust?

Sie hatte alle Kontrolle aufgegeben, sich mit dem vollkommenen Vertrauen eines Kindes den sanften Händen mit der Feder überlassen, und sie war nicht enttäuscht worden. Nur, wem hatte sie sich anvertraut?

Irgendetwas sagte ihr, dass es nicht Lou gewesen war. Nicht, dass Lou nicht zu Verspieltheit und Zärtlichkeit fähig gewesen wäre. Aber die Selbstlosigkeit passte nicht zu ihm. Lou wäre nicht einfach verschwunden wie ein Geist der Nacht, er wäre geblieben.

Godunow konnte es auch nicht gewesen sein. Seine massige Gestalt wäre nicht zu verwechseln gewesen. Aber Hinrichsen?

Nein, entschied sie. Es musste wohl ein Einbrecher gewesen sein. Sei nicht so dämlich, schalt sie sich im nächsten Moment. Hast du schon jemals von einem Einbrecher gehört, der nur dazu einbricht, um die Überfallene nach allen Regeln der Kunst erotisch zu verwöhnen?

Vielleicht besaß Lou ja doch noch unbekannte Seiten ...

Als sie in die Küche kam, war Mascha dabei, Kaffee aufzubrühen. Dabei trällerte sie so gutgelaunt vor sich hin, dass Veronika erstaunt ausrief: «So wie du dich anhörst, hast du eine tolle Nacht gehabt!»

«Du wirst lachen. Ich habe geschlafen wie ein Stein», gestand Mascha ihr. «Allein!»

«Wie bitte?» Veronika war überrascht. Irgendwie war sie davon ausgegangen, dass Mascha und Godunow ihre Bekanntschaft vertiefen würden.

«Ja, da staunst du, was?» Mascha wandte sich ab, um den Kühlschrank zu öffnen. «Natürlich habe ich auch erwartet, dass er mich auf einen Schlummertrunk oder so etwas in seine Suite einladen würde. Aber stattdessen hat er mich bis vor meine Zimmertür begleitet, mir die Hand geküsst, mir tief in die Augen gesehen und gesagt: *Maschenka, du bist eine tolle Frau. Ich will dich, aber nicht so beiläufig. Du verdienst es, dass man dich umwirbt. Lass uns noch ein paar Tage warten. Das Warten wird es nur umso aufregender machen.* War das nicht süß?»

Veronika konnte nicht umhin, Godunow stummen Beifall zu zollen. Wie raffiniert! Nach einigen Tagen des Aufschubs wäre Mascha überreif für die Eroberung. Und er hatte recht. Es verlieh dem Ganzen zusätzliche Würze.

«Hat er gesagt, wie lange er sich in Geduld üben will?», fragte Veronika, während sie die Butter zu kleinen Röllchen formte und kunstvoll auf einer Kristallschale anordnete.

Mascha schüttelte den Kopf. «Aber wenn es mir zu lange dauert, werde ich mir schon zu helfen wissen!», verkündete sie kess.

«Man sollte sich immer zu helfen wissen», sagte eine freundliche Stimme, und Hinrichsen erschien im Türrahmen. «Einen schönen guten Morgen. Kann ich mich noch irgendwie nützlich machen? Monsieur Godunow schmettert im Bad bereits russische Volkslieder, er wird also auch bald herunterkommen.»

«Wenn Sie so nett wären, die Aufschnittplatten zu übernehmen», ging Veronika erfreut auf sein Angebot ein. Sie brannte vor Ungeduld, Jenny im Büro aufzusuchen und sich zu vergewissern, dass die Transaktionen auch wie geplant geklappt hatten. Jenny war die Nacht aufgeblieben, wegen der Zeitverschiebung, hatte sie ihr erklärt. Aber inzwischen müsste die Sache doch über die Bühne gegangen sein!

Jenny schlief am Schreibtisch, den Kopf auf die Arme gebettet. Veronika rüttelte sie an der Schulter. «Jenny, wach auf. Hat alles geklappt?»

«Natürlich», brummte die schlaftrunken und vergrub den Kopf vor dem hellen Licht wieder in den Armen. «Kannst es dir anschauen. Dort drüben.» Anscheinend meinte sie damit den Monitor, auf dem blubbernde Fische durch karibikblaues Wasser glitten. Veronika bewegte die Maus, und die Fische verschwanden. Allerdings sah sie anstelle der erwarteten Zahlenreihen einen jungen Mann, der mit geöffneter Hose in die Kamera grinste und begann, sich provozierend zu räkeln.

«Was soll denn das?», platzte sie heraus. «Jenny, da ist ein halbnackter Mann in deinem Computer.»

«Was?» Jenny schoss wie von der Tarantel gebissen hoch.

Dann grinste sie erleichtert. «Das ist doch nur Sam. Wir haben uns ein bisschen die Zeit vertrieben, während wir gewartet haben.»

«Dann solltest du ihm vielleicht mitteilen, dass er mehr Zuschauer hat, als er weiß», riet Veronika und beobachtete interessiert, wie Sam seinen Penis streichelte. Er wurde beeindruckend schnell hart. Während er sich mit einer Hand das erigierte Glied rieb, das sich jetzt in majestätischer Größe aus seinem Schoß erhob, tippte er, ohne hinzusehen, mit der anderen auf einer neben ihm stehenden Tastatur.

Auf dem Bildschirm vor ihnen erschien ein Schriftzug: «Hey, Jenny, may I see your ass?»

Jenny zog die Tastatur zu sich, tippte hastig ein paar Worte und schaltete die Webcam ein, die auf den Platz vor dem Bildschirm ausgerichtet war.

«Ups», der junge Mann schien leicht aus dem Konzept gebracht. Geistesgegenwärtig griff er nach einer Lederjacke und legte sie über seine Blöße. «Who's that?»

Jenny klärte ihn auf, und er hob charmant lächelnd eine Hand, um Veronika zu grüßen. Die andere tippte «Hy, nice to see you» ein.

«Das ist also dein Sam», meinte Veronika nachdenklich. «Er scheint nett zu sein. Ihr seid euch ja im Laufe der Nacht offensichtlich ziemlich nahegekommen.»

«Na ja», Jenny tippte wie rasend und das Bild der Webcam verschwand so plötzlich, wie es aufgetaucht war.

«Wie funktioniert das eigentlich?», forschte Veronika neugierig nach. «Macht ihr mit den Kameras eure privaten Peepshows, oder wie man das nennt?»

«Man nennt es Cyber-Sex», erklärte Jenny herablassend. «Und es ist keine schlechte Methode, zusammen Sex zu haben – zumindest ist es die sicherste.»

«Aber ihr masturbiert doch nur und lasst den anderen dabei zuschauen», wandte Veronika ein. «Das ist doch kein Ersatz für richtigen Sex.»

«Warum denn nicht? Auf jeden Fall besser, als mit irgendeinem Idioten ins Bett zu gehen, der nur auf einem herumrammelt», verteidigte Jenny die elektronisch gefilterte Nähe. «Ich selber weiß am besten, was ich mag. Und wenn Sam mir dabei zusieht oder mir Anweisungen gibt, dann ist das fast so, als wären wir zusammen im Bett.»

«Wenn du meinst ...» Veronika ließ das Thema Sex via Internet fallen. Nachvollziehen konnte sie es nicht, aber wenn Jenny Gefallen daran fand, war es schließlich ihre Angelegenheit. Eigentlich war sie wegen etwas deutlich Wichtigerem hier unten. «Hat alles mit dem Geld geklappt?»

«Natürlich.» Jenny schien geradezu beleidigt, dass sie fragte. «Hier. Das ist der Code für die Transferfirma.» Sie kritzelte ein paar Zeichen auf ein Stückchen Papier und reichte es Veronika. Die betrachtete fast ehrfurchtsvoll die nüchternen Zahlenreihen. Schon seltsam, dass ein solch unscheinbarer Papierfetzen der Schlüssel zu einem Vermögen war!

«Und was mache ich damit?»

«Das ist deine Legitimation», erklärte Jenny leicht ungeduldig. «Oder glaubst du, der Kurier gibt jedem, der die Tür aufmacht, den Geldkoffer?»

«Bist du denn nicht dabei?» Veronika wurde plötzlich von Nervosität gepackt. «So schnell geht das doch nicht mit deiner Übersiedlung, oder?»

Jenny grinste übermütig. «Sam ist echt gut! Man weiß nie ...» Mit dieser kryptischen Äußerung spazierte sie aus dem Raum.

Veronika sank auf den Schreibtischstuhl und bemühte sich, ihre Gedanken zu ordnen. Das Ganze erschien ihr surrealistisch – wie einer jener Träume, die einem eine Wirklichkeit vorgaukeln, die so real ist, dass man nach dem Erwachen Probleme hat, Traum und Wirklichkeit voneinander zu trennen.

Hatte dieser harmlos aussehende Junge mit den zerzausten Locken es tatsächlich fertiggebracht, zusammen mit Jenny eine derart komplizierte Transaktion einzufädeln und durchzuführen? Nachdem sie ihn gesehen hatte, schien es ihr geradezu phantastisch, dass diese beiden Erwins Pläne durchkreuzt haben sollten.

Vielleicht sollte sie einen Wintergarten anbauen als Frühstückszimmer? Oder das Schwimmbad um einen Außenbereich erweitern?

Nein, jetzt nicht übermütig werden, rief sie sich selbst zur Ordnung. Noch war das Geld nicht da. Und bis es so weit war, musste sie sich um ihre Gäste kümmern.

Oben waren inzwischen alle um den Frühstückstisch versammelt. «Hoffentlich keine Probleme?» Hinrichsen erhob sich in einer Geste altmodischer Höflichkeit, um ihr den Stuhl zurechtzurücken. «Sie sehen irgendwie besorgt aus.»

«Nein, nein», wehrte sie ab und nahm dankend die gefüllte Tasse entgegen, die er ihr reichte. «Läuft alles bestens.»

Neben Hinrichsen sitzend, suchte sie unauffällig in Lous Miene nach einem Hinweis auf seinen nächtlichen Besuch. Irgendeinem Zeichen, das ihr sagte, dass er der nächtliche Liebhaber gewesen war. Aber wenn er es gewesen sein sollte, verriet er es mit keinem Wimpernzucken. Stattdessen wirkte er heute Morgen ungewohnt in sich gekehrt, als wälze er schwierige Entscheidungen.

Und tatsächlich brach er als Erster auf. Das gewohnte Leinensakko lässig über die Schulter geworfen, in der Hand eine bei ihm ungewohnte prall gefüllte Aktentasche, entschwand er wortlos.

«Der gute Conte scheint ein Morgenmuffel zu sein», stellte Hinrichsen fest und sah ihm nach, wie er zu seinem Auto ging. «Ist er morgens immer so schlecht gelaunt? Er wäre mir fast ins Gesicht gesprungen, als ich ihn fragte, was er eigentlich beruflich macht.»

«Vielleicht hat er geschäftliche Probleme. Dann ist man nicht in Hochstimmung», meinte Godunow gutmütig. «Ist es in Ordnung, wenn ich Mascha für ein paar Stunden entführe?» Er sah Veronika fragend an. «Meine Großtante würde sie gerne kennenlernen.»

«Wir sind bis zum Nachmittag wieder zurück», versprach Mascha, die Veronikas Zögern richtig interpretierte. «Keine Sorge, ich lasse dich schon nicht mit dem Abendessen hängen.»

«Dann amüsiert euch gut!» Veronika schmunzelte, als Godunow über den Tisch griff, Maschas Hand sanft in seine riesige Pranke nahm und sie zärtlich anlächelte. Dass es die beiden mächtig erwischt hatte, war offensichtlich. So mädchenhaft-schüchtern hatte sie die resolute Mascha noch nie erlebt.

«Es hat doch immer wieder etwas Anrührendes, nicht wahr?», meinte Hinrichsen leise, Veronikas Gedanken aussprechend, sobald Godunows Limousine ihren Blicken entschwunden war. «Die beiden sind wirklich ein schönes Paar!»

«Ja, ich finde auch, dass sie gut zusammenpassen», stimmte sie ihm zu und verspürte einen leisen Stich. War sie etwa neidisch auf Maschas neues Glück? Erschreckt über sich selbst, flüchtete sie sich schleunigst wieder in ihre Rolle als Hausdame. «Und was haben Sie heute für Pläne, Herr Hinrichsen?»

«Wenn Sie nichts dagegen haben, würde ich den Tag gerne hier verbringen», sagte er mit einem entschuldigenden Unterton. «Vielleicht könnte ich Ihnen ein wenig zur Hand gehen. Erinnerung an alte Zeiten, wissen Sie?»

«Sie haben auch eine Pension geführt?», fragte Veronika, jetzt doch ein wenig überrascht.

«Nicht direkt.» Ihr fiel auf, dass die Antwort genauso ausweichend ausfiel wie am Abend zuvor. Aber da er keine Anstalten machte, sich ihr genauer zu erklären, wäre es unhöflich gewesen, ihn zu drängen. Vielleicht waren ja unschöne Erinnerungen damit verbunden?

«Wie sind Sie eigentlich auf die Geschäftsidee dieser *La Villa* gekommen?», fragte Hinrichsen interessiert und lenkte sie von ihren Überlegungen ab.

«Ich weiß gar nicht mehr, wer zuerst die Idee hatte», erwiderte sie nachdenklich und lächelte bei der Erinnerung an jenen Abend. «Wissen Sie, wir waren alle drei ziemlich am Ende mit unserem Latein: Ich saß da mit dem Haus, aber ohne Geld. Mascha war schon seit längerem arbeitslos, und Jenny lebte quasi auf der Straße. Da lag es irgendwie nahe, dass wir uns zusammentaten.»

«Mir scheint, das war für alle ein Glücksfall», stellte Hinrichsen fest. Er sah sich anerkennend um: «Dies Ambiente ist Ihr Werk, oder?»

«Ja, Inneneinrichtung ist meine Leidenschaft», gestand Veronika offen ein. «Mascha ist eine ausgezeichnete Köchin, und Jenny betreut unseren Internetauftritt und managt die Buchungen. – Wir sind oft ausgebucht», fügte sie stolz hinzu.

«Das kann ich mir vorstellen!» Hinrichsen lächelte. «Darf ich fragen, ob Sie dies Haus geerbt haben? Sie sagten vorhin, Sie hätten mit dem Haus, aber ohne Geld dagesessen.»

Über Veronikas Gesicht glitt ein Schatten, und sie kniff unbewusst die Lippen zusammen. «Nein, das Haus war das Einzige, das mein Mann nicht nach Südamerika mitnehmen konnte!», sagte sie bitter. Sie hielt erschrocken inne, als ihr bewusst wurde, dass sie gerade kurz davorstand, einem ihrer

Gäste die ganze schäbige Geschichte zu erzählen. Hinrichsen hatte so eine Art, dass man gar nicht mehr daran dachte, dass er eigentlich ein Fremder war. «Wenn Sie mir wirklich helfen wollen, dann könnten Sie gleich damit anfangen», fuhr sie fort, brüsker, als sie beabsichtigt hatte und begann, den Tisch abzuräumen.

Danach fragte er sie nicht weiter aus, sondern beschränkte sich auf konkrete Fragen, wie «Wo kommt der Zucker hin?», und oberflächliche Plaudereien.

Die Küche nahm sie nicht all zu lange in Anspruch. Unsicher sah sie Hinrichsen an. «Wollen Sie nicht lieber eine Runde schwimmen, während ich die Zimmer mache?», schlug sie vor. «Schließlich sind Sie hier doch Gast!»

«Ich habe keine Badehose dabei.»

«Na und? Das Schwimmbecken steht ganz zu Ihrer Verfügung, Herr Hinrichsen!» Sie knickste scherzhaft. «Ich werde dafür sorgen, dass niemand Sie stört.»

Kaum hatte sie ihn dazu überredet, rannte sie fast in den oberen Stock und riss als Erstes die Tür zum Macke-Zimmer auf. Bei ihrer Suche nach der Feder oder einem anderen Hinweis auf den nächtlichen Besucher wollte sie allein sein!

Lous Zimmer spiegelte den Charakter seines Bewohners wider, fand sie und machte sich daran, die verstreuten Kleidungsstücke zusammenzusammeln und in den Schrank zu hängen. Offensichtlich war der Herr es gewöhnt, dass man ihm hinterherräumte, dachte sie erbost und bückte sich, um einen schwarzen Slip aufzuheben, der das Ende der Spur darstellte, die zum Badezimmer führte.

Während sie das Bad putzte und das Bett machte, hielt sie gespannt Ausschau nach einem Anzeichen der Feder. Sie vermutete, dass es eine Straußenfeder gewesen war. Keine anderen Vogelfedern besaßen diese Masse an Flaum, deren Berührung ihr bei der Erinnerung immer noch Schauer über den Körper laufen ließ.

Als sie auf den hinter einem Sessel abgestellten kleinen Handkoffer stieß, glaubte sie schon, endlich das Gesuchte gefunden zu haben. Aber als sie den Deckel öffnete, stieß sie enttäuscht den Atem aus: Er enthielt nichts außer einer Sammlung Pornohefte. Mäßig interessiert schlug sie eins davon auf und erstarrte: Die Szene mit der gefesselten Frau auf dem schwarzen Bett mit den roten Laken kam ihr unheimlich bekannt vor. Und darunter, in einem umrahmten Textfeld, stand: «*Dieses Spiel eignet sich besonders gut, um im Alltag selbstbewusste und unabhängige Frauen zu erregen. Die Diskrepanz zwischen ihrer gewohnten Dominanz und der nun quasi erzwungenen Unterwürfigkeit gibt ihnen die Möglichkeit, sich neu zu orientieren und eine Facette ihrer sexuellen Wünsche auszuleben, die sie sich selber nicht zugestehen.*»

Veronika starrte auf das Bild, und vor ihrem inneren Auge erstand die ganze Szenerie erneut: die unheimliche Kammer und die noch unheimlichere Verwandlung des fröhlichen Lou in diesen furchteinflößenden Fremden, der ihren Adrenalinspiegel in ungeahnte Höhen getrieben hatte. Ja, es war wohl etwas dran an dieser Einschätzung! Hilflos einem fremden Willen ausgeliefert zu sein, hatte sie tatsächlich unwahrscheinlich erregt. Auch wenn sie sich damit beruhigt hatte, dass ihr nichts Ernsthaftes geschehen könnte – ein Rest von Unsicherheit war geblieben, und dieser Rest war es gewesen, der ihr den letzten Kick gegeben hatte.

Auf den folgenden Seiten wurden diverse Schlagtechniken erläutert. Wider Willen angezogen von den Darstellungen der diversen Peitschen, Gerten und Paddel, wurde ihr im Nachhinein doch ein bisschen unwohl, als sie die dunkelroten Striemen und grellrot leuchtenden Flecken auf den Hinterteilen und Oberschenkeln betrachtete. Nur gut, dass Lou sie zurückhaltend benutzt hatte. Solche Spuren hätten ihr keineswegs gefallen.

Rasch legte sie das Heft zurück und durchsuchte den Stapel, ob er weitere Anleitungen enthielt, die ihr bekannt vorkamen. Die Variante mit den Miniatur-Kameras fand sie nicht, dafür aber die Doktorspiele: ein ganzes Heft darüber.

Fasziniert blätterte sie es durch. Da gab es die fast schon normale Spielart mit einer Frau auf dem Gynäkologenstuhl und einem Mann, der sich damit vergnügte, alle möglichen Gerätschaften in ihre Körperöffnungen einzuführen. Auf dem letzten Bild staken riesige, metallisch glänzende Klemmen in Vagina und Rektum wie gierige Aliens, die gerade im Begriff standen, in den Körper einzudringen.

Aber es gab auch eine Bildfolge mit einem männlichen «Patienten», der sich mit offensichtlich großem Vergnügen einen dicken schwarzen Silikonstöpsel in den Anus schieben ließ.

«Veronika?» Jennys Stimme vom Flur her ließ sie schuldbewusst zusammenzucken. Beim Stöbern ertappt, dachte sie ironisch. Gut, dass es nur Jenny war.

«Hier bin ich. Das solltest du dir einmal ansehen», rief sie halblaut, und gleich darauf streckte Jenny den Kopf ins Zimmer.

«Was denn?» Neugierig kam sie näher, um, sobald sie einen Blick auf die Heftseite, die Veronika ihr hinhielt, geworfen hatte, große Augen zu machen. «Das gibt's doch nicht ...», hauchte sie ungläubig. «Das hätte ich nicht von ihm gedacht!»

Veronika benötigte einen Moment, um Jennys schockierten Gesichtsausdruck richtig einzuordnen. Dann wurde ihr klar, dass sie Jenny die Seite mit dem Mann mit dem Stöpsel zwischen den Pobacken hingehalten hatte und schüttelte amüsiert den Kopf. «Nein, nein. Ich denke nicht, dass Lou auf so was steht. Aber schau einmal, was er alles im Angebot hat!»

Sie zeigte auf den Stapel, und Jenny kniete sich hin, um sich alles näher anzuschauen. «Das wäre doch was für Mascha!», kicherte sie und hielt eine aufgeschlagene Heftseite hoch, auf der die Überschrift «Küchensex» prangte. *«Die Küche ist ein wahres Paradies für Phantasiebegabte»*, las sie laut vor. *«Abgesehen von Handfegern, Kochlöffeln, Pfannenwendern und Entsafter-Schlauchklemmen für S/M-Anhänger wimmelt es geradezu von erotisch einsetzbaren Gegenständen. Butter als Gleitmittel steht gebrauchsfertig im Kühlschrank. Genauso brauchbar sind erfahrungsgemäß Mascarpone, Crème fraîche oder ähnlich fetthaltige, cremige Ingredienzen. Eiswürfel und Kerzen (Achtung: nur echte Wachskerzen nehmen!) für Heiß/Kalt-Reize sind im Allgemeinen griffbereit.*

Und das Gemüse bietet für jeden Geschmack das Passende: Karotten sind als Analstöpsel perfekt geeignet, wenn sie fest, rund und nicht zu dick sind. Salatgurken können zu Dildos jeder gewünschten Form und Größe geschnitzt werden. Glattschaliges Obst wie beispielsweise Äpfel, Birnen, Pflaumen sind wunderbare Vaginalkugeln. Und wer einmal ausprobiert hat, eine Vagina mit Trauben anzufüllen und dann zu penetrieren, wird überrascht sein, welch ungeahnte Empfindungen da ausgelöst werden.

Vorsicht ist nur geboten bei rauen Oberflächen: Aus nachvollziehbaren Gründen sollte man also die Finger von Erdbeeren, Aprikosen, Pfirsichen oder gar Zucchini lassen. Aber mit etwas gesundem Menschenverstand und einer Portion Phantasie kann die Küche zum aufregendsten Raum avancieren.»

«Deswegen gab es vorgestern auf einmal keine Salatgurken mehr!», meinte Veronika schmunzelnd und hielt ihrerseits ein Heft hoch. «Kommt dir das vielleicht bekannt vor? Mich erinnert es an die Szenerie, als wir Lou zum ersten Mal sahen.»

In Hochglanzdruck prangte auf einer Doppelseite das Bild eines Teenager-Pärchens, das auf einer Badematte neben einem Swimmingpool lag. Beide waren nackt, und der Junge präsentierte mit gespielter Schüchternheit seinen erigierten Penis. Das Mädchen streckte gerade eine Hand danach aus.

Jenny entriss ihr das Heft und blätterte hektisch darin herum. «Er hat einfach so etwas wie Gebrauchsanweisungen benutzt», stellte sie schließlich kopfschüttelnd fest. Dann lächelte sie strahlend, voll neu entdeckten Selbstbewusstseins. «Was soll's? Hat ja funktioniert. Weißt du, dass er mir erst gezeigt hat, dass ich nicht frigide bin?»

«In dem Fall muss man ihm eigentlich noch dankbar sein.» Veronika nahm ihr das Heft aus der Hand und legte es zum restlichen Stapel zurück. «Eine beeindruckende Sammlung. Mich würde interessieren, wo er sie überall schon eingesetzt hat.»

«Du meinst, er macht das öfter?»

«Natürlich. Sonst wäre er nicht so gut darin. Ich frage mich nur, was er damit bezweckt.» Veronika verzog nachdenklich das Gesicht. «Ich kann mir nicht vorstellen, dass er einen solchen Aufwand rein zum Spaß betreibt.»

«Frag ihn doch», schlug Jenny vor. «Aber dann müsstest du natürlich zugeben, dass du in seinen Sachen gestöbert hast.» Grinsend verzog sie sich, als Veronika drohend das Staubtuch zusammenballte.

Das Durchblättern der Pornohefte hatte sie aufgehalten. Dankbar stellte sie fest, dass Godunows Räume in einem sehr viel ordentlicheren Zustand waren. Keine quer durch den Raum verteilten Kleidungsstücke, keine verrückten Möbel – nur das zerwühlte Bett und das Badezimmer zeugten davon, dass hier jemand geschlafen hatte. Trotz ihrer Eile, die verlorene Zeit wieder aufzuholen, warf sie einen Blick in den Schrank und in die Nachttischschublade, um sich davon zu überzeugen, dass hier keine Straußenfeder versteckt wurde.

Es hätte sie auch überrascht, da Godunow völlig auf Mascha fixiert schien, aber sie wollte sicher sein.

Nun blieb nur noch Hinrichsen. Mit unerklärlicher Nervosität öffnete sie die Tür zur Bambus-Suite, wie sie sie nannte. Die Fenster standen offen, und eine frische Brise bauschte die Vorhänge. Ein leichter Geruch nach einem dezenten Aftershave gab dem Raum eine maskuline Note, ebenso wie das ordentlich zurückgeschlagene Bettzeug.

Sobald sie das Bad betrat, kam ihr etwas vage vertraut vor. War es das Potpourri der unterschiedlichen Düfte? Das Aftershave vermischte sich mit der Seife und seinem ganz persönlichen Geruch zu einer Mixtur, die ihre Sinne beunruhigte.

Energisch sprühte sie den Glasreiniger auf den Spiegel, der scharfe Salmiakgeruch überdeckte alles andere und ließ sie wieder ruhiger atmen.

Der etwas ungelenke Hinrichsen schien der am wenigsten Passende für die Besetzung der Rolle «nächtlicher Liebhaber». Wieso also fühlte sie sich hier in der Atmosphäre seines Zimmers so seltsam?

Ein Reisewecker und eine kleine Flasche Mineralwasser standen akkurat ausgerichtet neben der Leselampe auf dem Nachttisch. Die Wasserflasche war nicht geöffnet worden, deswegen wollte Veronika sie in den kleinen Kühlschrank der Minibar zurückstellen. Kaum hatte sie die Tür aufgezogen, wäre ihr die Flasche um ein Haar entglitten. Dort lag sie: schneeweiß und flauschig inmitten der kleinen Portionsfläschchen: eine prächtige Straußenfeder!

Das war unmöglich. Ausgerechnet Hinrichsen!

Er konnte einfach nicht der geheimnisvolle nächtliche Liebhaber gewesen sein. Wie zur Bestätigung sah sie sich im Zimmer um. Nicht die kleinste Spur von Unordnung. Wenn Godunow ordentlich war, so war Hinrichsen penibel. Ein solcher Mann würde niemals nachts in fremde Schlafzimmer eindringen; geschweige denn, solche Dinge mit dieser Feder tun, wie er sie getan hatte.

«Also haben Sie mein Geheimnis gelüftet», vernahm sie eine männliche Stimme von der Tür her.

Veronika schrak zusammen. Jetzt fiel die Flasche doch zu Boden. Mit einem dumpfen Knall landete sie auf dem dicken Wollteppich und rollte dann, glücklicherweise unbeschädigt, unter das Sofa.

Wie in Trance schloss sie den Kühlschrank und drehte sich langsam um. Immer noch von ihrer Entdeckung wie vor den Kopf geschlagen, konnte sie es einfach nicht akzeptieren.

Fassungslos starrte sie ihn an und registrierte dabei unbewusst, dass er auf einmal so gar nicht mehr an den zurückhaltenden Herbert Hinrichsen erinnerte. Der offene Bademantel verbarg kaum etwas von seinem muskulösen, sehnigen Körper.

Wieso hatte sie ihn für schlaksig gehalten? Warum für ungelenk?

Er hatte es so perfekt verstanden, die Rolle des steifen Hanseaten zu verkörpern, dass sie gar nicht auf die Idee gekommen war, an seinem Erscheinungsbild zu zweifeln. Nun aber wurde er ihr auf einmal sehr bewusst: Mit seiner Rolle hatte er auch die leicht unbeholfene Art abgelegt, und seine neue Präsenz beherrschte mühelos den Raum.

Das war kein schüchterner Buchhalter!

«Ich muss zugeben, ich hätte nicht erwartet, dass Sie mir so schnell auf die Schliche kommen», bemerkte er bedauernd, während er auf sie zukam, ohne dabei Anstalten zu machen, seinen Bademantel zu schließen. «Schade, ich hatte mich bereits auf heute Nacht gefreut.»

Jetzt stand er unmittelbar vor ihr, und Veronikas Mund war auf einmal so trocken, dass sie mühsam schlucken musste. Er stand viel zu nah. Von seinem Körper ging eine animalische Anziehungskraft aus. Der Duft seiner Haut stieg ihr in die Nase. Seine kräftige Brust war spärlich behaart, aber weiter unten, vom Nabel abwärts, zog ein dicker Busch Schamhaar ihre Blicke magisch an: Daraus erhob sich bereits sein Penis: rötlich schimmernd, die Eichel samtig violett. Leise bebend richtete er sich vollends auf und wies nun, leicht hin und her schwankend wie eine Wünschelrute, auf sie.

Wie verzaubert stand sie reglos da, ließ es geschehen, dass seine Hände nach ihr griffen, sie eng an seine Brust zogen. Die Wärme seines nackten Körpers drang durch die Stofflagen ihrer Bluse und des BHs. Zwei Finger legten sich unter ihr Kinn und zwangen sie sanft, aber unerbittlich, zu ihm aufzusehen.

Zögernd hob sie den Kopf, unsicher, ob sie ihrem Instinkt folgen sollte. Seine blauen Augen blitzten ziemlich herrisch, und er wirkte gar nicht unsicher, als seine Lippen sich auf ihren Mund senkten. Die Berührung bewirkte bei ihr eine Art elektrischen Schlag. Auf einmal war alles andere um sie herum vergessen, vollkommen unwichtig.

Seine Lippen waren zu Anfang noch vorsichtig, zurückhaltend. Schmeichelnd strichen sie über ihre, verharrten kurz in den Mundwinkeln, und strichen dann weiter über Veronikas volle Unterlippe. Es war ein zärtlicher, fast keuscher Kuss, der sie auf ungeahnte Art erregte und ermutigte, ihrerseits mit den Lippen seinen Mund zu erforschen. Gleich hinter den zarten Lippen wurde die Haut rauer. Nach einigen Stunden, wenn die Bartstoppeln nachgewachsen waren, würde sie vermutlich an feines Sandpapier erinnern.

Geduldig wartete er ab, bis ihr Mund weich wurde, sich einladend öffnete. Es war Veronika, die als Erste ihre Neugierde nicht mehr zügeln konnte und die ihre Zungenspitze vorsichtig zwischen seine Lippen schob. Sobald er sie schmeckte, gab es kein Halten mehr: Fest presste er seinen Mund auf ihren, und mit einem unterdrückten Stöhnen ließ er seine Zunge weit in ihren Mund hineinschnellen. Seine Finger gruben sich in ihre

Schultern, zogen sie noch enger an sich. Veronikas Hände flatterten über seine nackte Brust, seine Seiten, bis sie schließlich ihre Nägel in die weichen Stellen unterhalb der Schulterblätter grub. Er zog scharf die Luft ein und vertiefte seinen Kuss. Seine Hände glitten von ihren Schultern über ihren Rücken bis zu ihren Hüften. Dort verweilten sie nur kurz, ehe sie sich auf ihre Pobacken legten und sie genüsslich zu kneten begannen.

Fast unmerklich dirigierte er sie in Richtung Bett, bis sie in den Kniekehlen die weiche Matratzenkante spürte. Veronika erschrak. Nicht über die Tatsache, dass sie unmittelbar vor dem Bett standen, sondern dass sie so verzückt gewesen war, dass sie gar nicht mitbekommen hatte, wie sie vom anderen Ende des Zimmers hierhergelangt waren.

Einen Augenblick verharrten sie so bewegungslos, in stummer Frage. Dann legte sie ihrerseits ihre Hände kurz entschlossen auf seine festen, kleinen Pobacken und ließ sich nach hinten fallen. Geistesgegenwärtig gelang es ihm, sich mit den Armen abzustützen, bevor er der Länge nach auf sie fiel. Das Gewicht seines Körpers drückte sie hart in die nachgiebige Unterlage, aber das war nicht der einzige Grund, weswegen Veronika das Atmen schwerfiel.

Mit einer einzigen Bewegung streifte er den Bademantel ganz ab, ließ ihn achtlos zu Boden fallen und war nun völlig nackt.

Ohne Hast rutschte er von ihr herunter, drehte sich auf die Seite und begann, auf einen Ellbogen gestützt, ihr mit der freien Hand die Bluse aufzuknöpfen. Veronika rührte sich nicht, ließ es einfach geschehen. Es war aufregend, sich auf diese Art – diese überaus langsame Art – ausziehen zu lassen. Zielstrebig öffnete er Knopf für Knopf, bis der glatte Stoff an ihr heruntergleitt. Geradezu andächtig fuhren seine Fingerkuppen an den Konturen des BHs entlang, zeichneten sie nach. Die rauchblaue Spitze ließ die zarte Haut am Dekolleté schimmern wie Seide.

Er senkte den Kopf, ließ seine Lippen den unsichtbaren Spuren der Finger folgen.

Fast unmerklich stahlen die Finger sich auf ihren Rücken, fanden den Häkchenverschluss, und ehe sie es sich versah, hatte er ihr den BH abgestreift. Veronikas Nippel waren vor Vorfreude bereits steif. Rosenholzfarbene Spitzen auf cremeweißen Hügeln. Behutsam nahm er eine der Brustwarzen zwischen die Lippen, saugte sie in seinen Mund und drückte sie mit der Zunge an den Gaumen, in einem Rhythmus, als wollte er sie melken. Veronika erschauerte. Die Gefühle, die er damit tief in ihrem Bauch auslöste, breiteten sich explosionsartig aus.

Und in der Brust, an der er saugte, kribbelte es, als erwachten dort Hunderttausende schlafender Lustpunkte, die wiederum ihre Erregung weiterzugeben versuchten. Sie stöhnte leise auf, und ihre flatternden Hände suchten hektisch nach einem Halt in diesem Strom der Empfindungen.

Der Mann packte eine ihrer suchenden Hände mit festem Griff und führte sie an seinen erigierten Penis. Heiß, glühend heiß und hart schmiegte er sich in ihre Handfläche. Wie eine Ertrinkende umklammerte sie ihn. Er schien ein Fixpunkt im Wirbelsturm, in dem sie hilflos hin und her geworfen wurde.

Erst als sie es kaum noch auszuhalten glaubte, wechselte er zu ihrer anderen Brust und widmete sich ihr mit der gleichen Hingabe wie der ersten. Sie packte sein Glied fester, als suchte sie seinen Halt.

Gleichzeitig begann er, ihr den Rock auszuziehen. Ungeduldig hob sie den Po an, um es ihm zu erleichtern. Für einen Moment ließ er ihre Brustwarze los und richtete sich auf, um den Rock über ihre Füße zu ziehen und ihr dabei auch die Pumps von den Füßen zu streifen. Nun trug sie nichts mehr als die halterlosen rauchgrauen Strümpfe und den winzigen Tanga, dessen Spitzendreieck kaum ihre Scham bedeckte.

In der Erwartung, dass er es ihr ebenfalls ausziehen würde, bewegte sie die Hüften, aber er legte ihr seine flache Hand auf den Bauch und drückte sie wieder aufs Bett zurück. Ihre erste Verwirrung darüber verschwand rasch, sobald er begann, damit zu spielen. Zuerst zupfte er nur ein wenig an den Gummibändern, wie um ihre Elastizität zu prüfen; dann begann er, gezielt an den Bändern zu ziehen.

Durch ihre Pospalte, durch ihre Schamlippen – je nachdem, ob er von vorne zog oder von hinten, reizte es stets andere Nerven. Ihre rasierte Pospalte war erstaunlich empfindlich für diese Art der Manipulation. Schon nach kurzer Zeit verriet das leise schmatzende Geräusch aus ihrem Schoß, dass sie nass war. Auch Hinrichsen musste es gehört haben, aber er ließ sich nicht aus der Ruhe bringen. Unbeirrt streichelte er sie weiter, liebkoste die äußeren Schamlippen mit dem kurzgeschorenen Haar, spreizte sie weit, um die üppig geschwollenen inneren freizulegen. Seine geschickten Finger drangen ein, erkundeten sie, glitten in die Feuchte.

Veronika stöhnte hemmungslos und warf den Kopf auf dem Kissen hin und her, schwindelig vor Lust. Sie hatte jede Kontrolle aufgegeben; sich ganz und gar diesem Mann und seinen Zauberhänden überlassen, und nun war sie ihm ausgeliefert. Er hatte ihre Lust so angefacht, dass sie es kaum noch aushielt, auf die erlösenden Reize zu warten.

Außer sich und nahezu besinnungslos vor Lust, begann ihr Körper heftig zu zittern, und leise, wimmernde Laute drangen aus ihrer Kehle.

Mit einer einzigen raschen Bewegung streifte er ihr den inzwischen klatschnassen Tanga ab, warf ihn beiseite und drängte sich zwischen ihre Schenkel. Ihre Vagina saugte ihn gierig ein; so geschwollen und nass, dass es laute, schmatzende Geräusche gab, als er zu stoßen begann. Diese Untermalung schien ihn anzufeuern. Nach den ersten, noch zurückhaltenden Stößen steigerte er das Tempo und die Intensität, bis er sich geradezu verzweifelt in sie warf. Veronika bäumte sich in einer letzten, überwältigenden Woge auf und ließ sich davontragen. Das Einzige, das zählte, war diese flimmernde, funkelnde Lust, die ihren Körper so machtvoll in ein anderes Universum katapultierte, in dem außer ihr nichts existierte.

Ein Teil ihres Bewusstseins registrierte, dass auch Hinrichsen mit einem gutturalen Aufstöhnen über ihr zusammensackte, und sie zog ihn in einem plötzlichen Aufwallen von Zärtlichkeit eng an sich. Schweißüberströmt lagen sie eng aneinandergepresst da, bis Hinrichsen sich mit einem Laut des Bedauerns von ihr löste und sich neben ihr auf der Seite ausstreckte. Eine Zeit lang lagen sie einfach stumm nebeneinander und genossen das allmähliche Verebben der Glut.

«Wer bist du?», flüsterte Veronika schließlich und streckte vorsichtig eine Hand aus, um damit über seine Brust und seinen flachen Bauch zu fahren. Er drehte den Kopf zu ihr, lächelte sie strahlend an und ergriff ihre Hand, um sie in einer erstaunlich eleganten Geste zum Mund zu führen. Er drückte ihr einen zärtlichen Kuss in die Handfläche, schloss ihre Finger wieder und legte die Hand zurück auf seine Brust.

«Ich heiße wirklich Herbert Hinrichsen», sagte er mit einem spitzbübischen Grinsen. «Aber du wirst mich eher einordnen können, wenn ich dir sage, dass ich der Besitzer der Sucasa-Hotelkette bin.»

Veronika klappte vor Überraschung die Kinnlade herunter. Die von ihm so beiläufig erwähnte Hotelkette war ihr selbstverständlich bekannt. Wer kannte sie nicht? In den letzten Jahren hatte sie sich an die Spitze der Branche vorgeschoben und galt nun als die unumstrittene Königin der Branche. Es war etwa so unwahrscheinlich, dass der Besitzer dieser Kette bei ihr gebucht hatte, wie dass die Bank ihr plötzlich ihre Hypothekenschulden erließ.

Was, in aller Welt, tat ein Mann wie Hinrichsen hier bei ihnen?

Und dann noch in Verkleidung ... Er hatte ihnen glänzend den ärmlichen Buchhalter vorgespielt.

Empört setzte sie sich auf. «Was willst du eigentlich bei uns?», erkundigte sie sich misstrauisch. Es schien ihr vollkommen sinnlos. «Zwanzig Kilometer von hier ist eines deiner Hotels. Warum bist du nicht da abgestiegen?»

«Meine Hotels kenne ich», sagte er ruhig und streckte einen Arm aus, um sie wieder neben sich zu ziehen. «Mich reizte dein Konzept der pseudoprivaten Unterbringung auf höchstem Niveau. Weißt du, Privatpensionen sind ja eigentlich nichts Neues. Aber eben eher die kostengünstige Variante. Das, was ihr hier macht, ist neu. Ich wollte es mir einfach einmal anschauen.»

«Und das eben ...?»

«Das war nicht geplant», erwiderte er «Ehrlich!» Er legte den Kopf ein wenig schief, um ihr direkt in die Augen sehen zu können. «Ich habe doch nicht ahnen können, dass es mich bei der Konkurrenz dermaßen erwischt!»

«Und Straußenfedern hast du nur für alle Fälle einfach so dabei?» Veronika war durch das Geständnis keineswegs besänftigt, auch wenn es sie insgeheim freute, dass er ihr gegenüber die gleiche Anziehungskraft verspürte wie sie bei ihm.

Er lachte leise. «Es war köstlich zu sehen, wie du am nächsten Morgen gerätselt hast, wer von uns es wohl gewesen sein mag. Ich habe sie mir beim Conte ausgeliehen, sozusagen als Entschädigung für seine rüde Art.»

«Du hast in den anderen Gästezimmern herumgeschnüffelt?» Veronika war entgeistert.

«Nicht geschnüffelt, ich habe mich lediglich umgesehen», berichtigte er sie ironisch. «Eigentlich war ich nur an der Einrichtung interessiert, aber als ich diese Feder am Spiegelrahmen stecken sah, brachte mich das auf gewisse Ideen.» Er schaute sie vielsagend an.

«Du musst sie schleunigst wieder zurückbringen», befahl Veronika streng, konnte aber ein Lachen nicht unterdrücken. Ob Lou sich gewundert hatte, wo seine Feder geblieben war?

«Natürlich, heute Abend hat er sie wieder», versprach er gelassen und streckte sich träge wie eine Katze in der Mittagssonne. «Wie viel Zeit haben wir noch, bis die anderen wieder auftauchen?»

Die Stunden, bis Mascha und Godunow in bester Stimmung zurückkehrten, vergingen wie im Flug. Hinrichsen war ein Liebhaber, wie Veronika ihn sich immer gewünscht hatte: leidenschaftlich, einfühlsam und zärtlich. Und unermüdlich!

Es war Veronika, die schließlich bedauernd seufzte: «Ich kann nicht mehr! Wenn ich noch auf meinen eigenen Beinen die Treppe hinuntersteigen soll, müssen wir aufhören.»

Hinrichsen verzog das Gesicht zu einer gespielt betrübten Miene, verschränkte aber gehorsam die Hände hinter dem Kopf und fragte: «Kannst du nicht einfach die ganze Bagage vor die Tür setzen? Sollen sie doch auswärts essen.»

Veronika würdigte den Vorschlag keiner Antwort, sondern verschwand im Badezimmer. Während in der Dusche das heiße Wasser an ihr herabplätscherte, überdachte sie die neuesten Entwicklungen. Hinrichsen hatte ihr erklärt, dass er ihr Konzept gerne übernehmen würde: kleine, feine Villen, die nicht mehr als fünf Gäste aufnehmen sollten. Natürlich mit entsprechendem Preisniveau, damit die Exklusivität gewahrt würde. An dem Punkt hatte sie ihn spöttisch unter gesenkten Lidern angesehen und gemeint: «Ach, und weswegen hast du dich dann hier als ärmlicher Buchhalter eingeschlichen?»

«Das ist meine Lieblingsrolle», hatte er selbstzufrieden grinsend erklärt. «Damit teste ich, wie Leute behandelt werden, die nicht unbedingt der Klientel entsprechen.»

Veronika hatte sich plötzlich unbehaglich gefühlt. Deutlich erinnerte sie sich an Lous kaum verhüllte Verachtung und sein arrogantes Gebaren. Als hätte er ihre Gedanken gelesen, hatte Hinrichsen nachdenklich gesagt: «Es ist immer wieder interessant, wie mir die Menschen begegnen, wenn sie mich für den armen, alten Hinrichsen halten! Unser kleiner Conte war da keine Ausnahme – obwohl in seinem Fall noch so einiges andere mitgespielt haben dürfte.»

Auf Veronikas Nachfragen hatte er eisern geschwiegen, und jetzt fragte sie sich natürlich, was er damit gemeint haben könnte. Ihr unterschwelliges Misstrauen gegenüber dem chamäleonartigen Lou war also nicht ganz aus der Luft gegriffen gewesen!

Sie ertappte sich dabei, wie sie glücklich vor sich hin summte. Hinrichsens Angebot, sich von ihm aufkaufen zu lassen, befreite sie von allen dringlichen Sorgen: Als Teil seines Konzerns war ihre Zukunft gesichert. *La Villa* würde das Stammhaus eines neuen Zweigs werden. Er hatte ihr den Posten einer Direktorin angeboten mit einem Gehalt, das ihr astronomisch hoch erschienen war.

Auch Mascha brauchte sich keine Sorgen mehr zu machen. Hinrichsen hatte versprochen, ihr ebenfalls eine hochdotierte Stelle anzubieten. Und Jenny war ja entschlossen, ein neues Leben anzufangen. Welche Ironie, dass jetzt, wo sie bald im Besitz von Erwins Geldern wäre, sie diese gar nicht mehr brauchte!

Wer hat, dem wird gegeben – da war wohl wirklich etwas dran.

Hinrichsen hatte sie gebeten, sein Inkognito zu wahren, und so standen sie in der Küche und bereiteten unter seiner Anleitung das Abendessen zu, als Mascha und Godunow endlich auftauchten.

«Du wirst dir eine neue Köchin suchen müssen», rief Mascha und umarmte Veronika stürmisch. «Wünsch mir Glück!» Stolz hielt sie die linke Hand in die Höhe und ließ einen dicken Diamanten im Licht funkeln. Veronika erwiderte die Umarmung und suchte über Maschas Schulter hinweg Godunows Blick. Der Mann stand in der Küchentür, auf dem Gesicht das leicht abwesende Lächeln, das Verliebte auszeichnet, und nickte bestätigend. «Ich habe Maschenka gebeten, meine Frau zu werden», sagte er, und hob die Arme. In jeder Hand hielt er eine vor Kälte beschlagene Champagnerflasche. «Stoßt mit uns an, meine Freunde. Alle! Dies ist der glücklichste Tag meines Lebens.»

Mascha schniefte und wischte sich über die Augen. «Ist er nicht süß?», flüsterte sie Veronika ins Ohr, ehe sie sich von ihr löste und Godunow energisch befahl: «Alexej, geh und öffne schon einmal die Flaschen.» Dann wandte sie sich an Veronika und Hinrichsen. «Und ihr verschwindet sofort aus der Küche. Dies ist mein letztes Essen, und das werde ich selber kochen.» Mit diesen Worten griff sie sich ihre Schürze und schob die beiden entschieden hinaus.

«Das ging jetzt aber etwas plötzlich, nicht wahr?», meinte Hinrichsen, während er Godunow eine weiße Leinenserviette reichte.

«Ja, es kommt ein bisschen überraschend», bestätigte Veronika, die gerade die besten Kristallkelche aus der Vitrine holte. «Ihr habt euch doch erst gestern zum ersten Mal gesehen.»

«Großtante Olga meinte, wenn das Schicksal schon schubst, dann sollte man sich auch schubsen lassen!» Godunow strahlte über das ganze Gesicht. «Warum warten und zögern? Ist nicht die russische Art.» Der Champagner schäumte aus dem Flaschenhals, und er beeilte sich, ihn in die Gläser zu füllen. «Ich weiß genau, dass ich Maschenka will, und Maschenka will mich. Alles klar?» Er hob das Glas.

Veronika überlief es heiß und kalt: «Halt!», schrie sie fast vor Entsetzen. «Diese Gläser werden aber nicht gegen die Wand geworfen!»

Godunow hielt verblüfft inne. «Warum sollte ich mein Glas an die Wand werfen? Ich wollte nur einen Toast ausbringen: Auf die schönste Frau der Welt, die bald meine Frau sein wird!»

Alle tranken, wobei Veronika argwöhnisch jede Bewegung von Godunow verfolgte.

«Ich glaube, sie werfen sie in den Kamin», raunte Hinrichsen ihr zu, und seine Mundwinkel zuckten vor unterdrücktem Lachen. «Entspann dich, er ist nicht aus Moskau, sondern aus Paris.»

«Wo ist eigentlich dieser italienische Bursche?» Godunow sah sich suchend um. «Und die kleine Dürre?»

«Jenny ist zu irgendeinem Termin in der amerikanischen Botschaft gefahren», sagte Veronika. «Und Conte di Sarrastro müsste jeden Augenblick eintreffen. Soviel ich weiß ...» Sie kam nicht dazu, zu Ende zu sprechen, denn in dem Augenblick ertönte die Türklingel. «Das wird er sein», vermutete sie und ging, um ihm die Tür zu öffnen.

Zu ihrer Überraschung stand nicht Lou draußen, sondern zwei Männer in unauffälligen Anzügen. Veronika runzelte die Stirn. «Ja, bitte?»

«Zivile Ermittlung», blaffte der Größere und zückte einen Ausweis, den er ihr so dicht unter die Nase hielt, dass sie nichts erkennen konnte. «Hier wohnt ein Ludovico di Sarrastro?»

«Ja, der Conte wohnt hier», bestätigte sie verwirrt.

«Conte?» Der kleinere der beiden schnaubte verächtlich,

wurde aber durch einen kräftigen Rippenstoß seines Kollegen zum Schweigen gebracht. «Wir haben hier die Anweisung der Staatsanwaltschaft, dass die gesamte bewegliche Habe dieses Mannes zu beschlagnahmen ist», erklärte der Größere. «Wenn Sie uns also sein Zimmer zeigen würden?»

«Was hat Lou denn angestellt?» Mascha war in der Küchentür erschienen, den Kochlöffel noch in der Hand, und betrachtete die beiden Beamten neugierig.

«Das dürfen wir bei laufenden Ermittlungen nicht sagen.» Der Wortführer gab sich zugeknöpft. «Also, wenn wir dann anfangen könnten?»

Veronika führte die Männer hinauf und verfolgte, wie sie mit routinierter Präzision den Schrank, die Schubladen und die Ablage im Badezimmer leerten und alles in Lous Koffer verstauten. Es ging rasch. In kaum zehn Minuten war jede Spur seiner Persönlichkeit getilgt, als hätte er nie hier gewohnt.

«In den nächsten Tagen wird man Sie wahrscheinlich noch befragen», kündigte der Größere, der anscheinend der Ranghöhere war, ihr an. «Hat einer der übrigen Gäste mehr als normal mit ihm zusammengesteckt?»

Veronika schüttelte stumm den Kopf.

«Ist Ihnen an ihm etwas Besonderes aufgefallen?», hakte er weiter nach.

«Was meinen Sie damit?»

Die beiden wechselten einen Blick, dann sagte der Mann müde: «Auf dem Revier werden Sie es ja doch erfahren: Sein richtiger Name ist Ludwig Schneckenburger, und er wird seit Längerem wegen aller möglichen Betrügereien gesucht. Seine Masche ist raffiniert: Meist überredet er ältere, wohlhabende Frauen, ihr Geld in einen Sexclub zu stecken, weil das so eine Wahnsinnsrendite gäbe.» Er lachte rau auf. «Wenn das Geld weg ist, ist auch Herr Schneckenburger weg. Und der jeweilige Sexclub hat nie von ihm gehört, ist aber erleichtert zu hören, dass sich die Einbrüche nicht wiederholen werden.»

Nur unter größter Mühe gelang es Veronika, ihre höflich gelangweilte Miene beizubehalten, während ihre Gedanken rasten. Das also war der Hintergrund gewesen für den spontanen kleinen Ausflug! Ob Lou etwa mit diesem schmierigen Banktypen unter einer Decke gesteckt hatte? Schließlich hatte der ihr ja ebenfalls vorgeschlagen, sich mit einem Sexclub zu sanieren.

«Möchten Sie Anzeige erstatten?» Die Frage des Jüngeren riss sie aus ihren Überlegungen.

«Warum?», gab Veronika verwirrt zurück. «Er hat doch nur bei uns gewohnt.»

Die beiden Männer wechselten einen Blick. «Vielleicht haben Sie ja irgendwelche Verluste durch ihn erlitten», meinte dann der Jüngere und inspizierte taktvoll die Spitzen seiner braunen Schnürschuhe. «Es ist zweifelhaft, ob er seine Rechnung wird begleichen können. Mit einer Anzeige kommen Sie auf die Gläubigerliste.»

«Sie meinen, Lou – beziehungsweise Herr Schneckenburger – wird seine Rechnung hier schuldig bleiben?»

Jetzt grinsten beide Männer über das ganze Gesicht. «Na, hundertprozentig. Der Junge hat noch nie eine Hotelrechnung bezahlt!», prustete der Ältere.

«Nein», entschied Veronika, nachdem sie einige Sekunden nachgedacht hatte. «Ich werde keine Anzeige erstatten. Ich möchte nicht, dass meine Pension in einem solchen Zusammenhang erwähnt wird. Lieber schreibe ich die Kosten als hoffentlich einmaligen Verlust ab.»

«Wie Sie meinen.» Schulterzuckend griffen sie nach Lous Gepäck und marschierten Richtung Tür. «Einen schönen Abend noch!», sagten sie in Richtung der drei neugierigen Gesichter, die ihren Abgang verfolgten. Und weg waren sie.

Kaum war die Tür hinter ihnen zugefallen, platzte Mascha schon mit der Frage heraus: «Hast du da oben noch etwas aus ihnen herausbekommen? Was hat er denn ausgefressen?»

«Nichts Besonderes», antwortet Veronika leichthin. «Zechprellerei und ein bisschen Anlagebetrug.»

Hinrichsen sagte nichts, aber Godunow schnaufte erheitert und meinte: «Sieh an, sieh an, der kleine italienische Conte war also gar kein Conte, was?»

«Leider nein.» Veronika fixierte Hinrichsen scharf. «Du hattest schon so einen Verdacht, nicht wahr?»

«Man kann nicht so lange im Geschäft sein und einen Betrüger nicht riechen», erklärte Hinrichsen. «Aber ich muss ihm zugestehen, dass er seine Rolle nahezu perfekt gespielt hat. Vielleicht ein bisschen zu effekthascherisch.»

«Nun, jedenfalls ist es ja für uns noch recht glimpflich abgegangen», warf Veronika hastig ein und schaute Mascha warnend an. «Deswegen habe ich auch von einer Anzeige abgesehen. Das Aufsehen stünde in keinem Verhältnis zum angerichteten Schaden.»

Mascha verstand und nickte fast unmerklich. Ihre diversen Affären mit Lou waren Privatsache und sollten es auch bleiben.

«Außerdem habe ich eine wichtige Neuigkeit», fuhr Veronika etwas unsicher, wie sie es formulieren sollte, fort. «Herbert ist kein Buchhalter, sondern der Eigentümer der Sucasa-Hotels, und er hat mir ein Angebot unterbreitet.»

«Herbert ...?» Mascha hob fragend die Brauen und musterte Hinrichsen plötzlich überaus interessiert.

«Veronika und ich kamen uns über gewisse Aspekte der Ornithologie näher», gestand Hinrichsen mit einer solchen Unschuldsmiene, dass Veronika sich fast an ihrem letzten Rest Champagner verschluckte. «Und wir entdeckten so viele Gemeinsamkeiten, dass wir entschieden haben, unsere Talente und Kräfte zu bündeln. Veronika wird einen neuen Zweig meiner Kette übernehmen. Ich hatte auch geplant, Ihnen eine leitende Stellung anzubieten», er lächelte Mascha an, und hob sein Glas, um ihr zuzutrinken, «doch das hat sich ja erübrigt. Alles Gute für Ihre Zukunft!»

«Danke, euch auch!» Mascha hob ihr Glas, trank es in einem Zug leer und stand auf. «Aber jetzt kommt endlich essen, sonst wird mein allerletztes Menü ein Desaster!»

Gehorsam folgten sie ihr alle zu Tisch, wobei Veronika unauffällig einen winzigen weißen Flaum von Hinrichsens Ärmelaufschlag zupfte. «Diese gewissen Aspekte der Ornithologie ... Du hast die Feder doch noch nicht zurückgelegt gehabt, oder?», flüsterte sie.

Das stumme Versprechen in seinen Augen, als er sich ihr zuwandte und den Kopf schüttelte, jagte ihr einen freudigen Schauer der Erwartung über den Rücken.